PILLEURS DE VIES

Philippe Pascot

PILLEURS DE VIES

Max Milo
ESSAIS-DOCUMENTS

Paris, 2018
www.maxmilo.com
ISBN : 978-2-31500-865-0

À mon épouse qui me supporte,
À Solange Haquet qui m'a fait,
À Odette Pascot qui a supporté mon père,
À Yves Pascot, mon oncle, fervent défenseur
de la terre et de l'humain,
et à Éliane, son épouse.

« La politique n'est pas l'art de résoudre les problèmes,
mais de faire taire ceux qui les posent. »
Henri Queuille,
ministre des Finances, ministre de l'Intérieur,
président du Conseil sous la IVe République,
ministre et secrétaire d'État plus de trente fois.

Avec Valéry Giscard d'Estaing, François Mitterrand,
Jacques Chirac, Nicolas Sarkozy,
François Hollande, Emmanuel Macron.

« Cause toujours tu m'intéresses, me taire, moi ? Jamais ! »
Philippe Pascot

Sommaire

Respect

Je ne peux faire autrement que remettre une fois de plus les noms de ceux et celles qui se battent pour des principes de liberté et de justice à travers le monde. Malheureusement, au fur et à mesure de mes livres et du temps qui passe, j'ai l'impression fugace et désagréable que la liste ne diminue pas.

De plus en plus, ces hommes et ces femmes, qui ont osé dire ou faire, finissent leur vie exemplaire dans un cul-de-basse-fosse, égorgé(e), assassiné(e), torturé(e), pour avoir juste voulu défendre un monde de partage pour tous contre un monde de profit pour quelques-uns.

Laisser une trace, un nom, c'est déjà lutter pour qu'on n'oublie pas ou pour que cela ne se reproduise pas.

Prenez le temps de lire leur nom, leur histoire, c'est aussi une manière de combattre.

2014 – **Hadi Rashedi** et **Hachem Shabani**[1]. Enseignants en IRAN, pendus. Issus de la minorité arabe des Ahwazis (d'Ahwaz) fondateurs de l'association culturelle Al-Hiwar (« Le Dialogue » en arabe).

2017 – **Emilsen Manyoma** et **Joe Javier Rodallega** (son mari)[2] défendaient en Colombie les terres indigènes. Ils ont été torturés et égorgés.

---

1. « Le jeune poète Hashem Shabani a été pendu après l'approbation de sa condamnation par le « modéré » président iranien Hassan Rohani, le 13 février 2014. Voir http://www.danilette.com/

2. « Assassinat de la défenseuse des droits humains et avocate de paix Emilsen Manyoma et de son mari à Buenaventura ». Voir https://www.frontlinedefenders.org/fr/

2017– **Isidro Baldenegro López**[3], militant mexicain et lauréat du prix Goldman (2005) pour l'environnement, défendait les forêts et s'opposait à la déforestation illégale. Il a été abattu. Avant lui, son père avait également été assassiné.

2016 – **Berta Cáceres**[4], militante écologiste au Honduras, elle a été tuée devant son domicile. Elle a été lauréate 2015 du prix Goldman pour l'environnement.

2017 – **Wayne Lotter**[5] luttait contre le braconnage en Tanzanie, défenseur des éléphants. Il a été tué.

2017 – **María Efigenia Vásquez Astudillo**[6] a été abattue en Colombie. La journaliste dénonçait les exactions commises contre son peuple.

2018 – **José Napoleón Tarrillo Astonitas**[7], 50 ans, a été tué chez lui au Pérou, devant son épouse. Il s'opposait à des trafiquants qui avaient pris possession de certaines parties de la réserve écologique de Chaparrí.

2014 – **Joshua Wong, Alex Chow, Nathan Law**[8], arrêtés à Hongkong, condamnés pour avoir participé à la « révolte des parapluies » à Hongkong à l'automne 2014, puis relâchés en 2018.

2018 – **Taha Siddiqui**[9], journaliste au Pakistan, prix Albert Londres 2014, spécialiste des abus de l'armée (pakistanaise ou des talibans). En janvier, il subit une tentative d'enlèvement dont il réchappe par miracle grâce à une portière de voiture mal verrouillée. En 2017, plus

3. « Grand défenseur des forêts, Isidro Baldenegro López a été assassiné, Axel Leclercq, https://positivr.fr/, 20 janvier 2017.

4. « Deux ans ans après l'assassinat de Berta Cáceres, le Honduras violente toujours les écologistes », 3 mars 2018/ France-Amérique latine, Alerte Honduras, Collectif Guatemala-reporterre.net

5. «Assassinat de Wayne Lotter, le sauveur d'éléphants», Mathieu Ait Lachkar, liberation.fr, 19 août 2017.

6. «Colombia : Asesinan a comunera Efigenia Vásquez tras ataque del Esmad» https://www.telesurtv.net

7. « Chaparrí, muerte de un defensor del bosque », Edgar Gamboa, https://larepublica.pe/

8. « Peine de prison annulée pour Joshua Wong, le militant démocrate hongkongais », Florence de Changy, *Le Monde*, 7 février 2018.

9. « Pour Taha Siddiqui, reporter en danger », Marc Epstein, *Le Monde*, 28 janvier 2018.

d'une dizaine « d'empêcheurs de tourner en rond » ont disparu au Pakistan.

2018 – **Daphne Caruana Galizia**[10], journaliste d'investigation et blogueuse à Malte, tuée pour avoir dénoncé de la corruption au sein du gouvernement de son pays.

2018 – **Jan Kuciak**[11], journaliste slovaque assassiné en février (avec sa femme). Il menait une enquête sur l'infiltration d'une organisation mafieuse italienne et ses accointances avec le gouvernement de son pays.

2018 – **Marielle Franco**[12], 38 ans, élue municipale de Rio de Janeiro, infatigable activiste des droits de l'homme, militante contre les violences policières dans les favelas, a été abattue de cinq tirs dans la tête un mercredi de mars.

2016 – **Can Dündar**[13], journaliste turc qui a essuyé une tentative d'assassinat pour avoir diffusé une vidéo « l'affaire des camions » qui démontrait l'implication des services secrets turcs (et d'autres services qui savent et laissent faire) dans la livraison d'armes aux terroristes islamistes en Syrie.

2018 – **Olivia Arévalo Lomas**[14], 89 ans, défenseuse des droits culturels autochtones amazoniens, guérisseuse, leader des Shipibos-Conibos, a été tuée de cinq coups de feu.

2018 – **Hector Gonzalez Antonio**[15], journaliste au Mexique, battu à mort dans l'État de Tamaulipas à la frontière avec les États-Unis.

---

10. « Vidéo « "Projet Daphne" : révélations sur l'assassinat de la journaliste maltaise Daphne Caruana Galizia », Cellule investigation de Radio France, Sylvain Tronchet, France Info/Radio France, 20 avril 2018.

11. « Meurtre du journaliste slovaque : le Premier ministre démissionne, la crise politique continue », *Courrier international*, mars 2018.

12. « Assassinat de Marielle Franco : au Brésil, un choc comparable à *Charlie Hebdo* », Armelle Enders, *Le Monde*, 27 mars 2018.

13. « Tentative d'assassinat contre Can Dündar », Linda Sankari, *L'Humanité*, 9 mai 2016.

14. « Meurtre d'une dirigeante indigène septuagénaire », AFP/L'Essentiel, avril 2018.

15. « Tamaulipas: encore un journaliste sauvagement assassiné au Mexique », RFI, 30 mai 2018.

2018 – **Carlos Domínguez Rodríguez**[16] au Mexique, journaliste, tué de 21 coups de couteau en janvier dans l'État de Tamaulipas.

2016 – **Pavel Cheremet**[17], journaliste assassiné à Kiev dans l'explosion d'une voiture.

2018 – **Hadjah Idrissa Bah**[18], 18 ans, lutte contre les mariages d'enfants, la polygamie ou encore les mutilations génitales féminines en Guinée.

2018 – **José Amaro Lopes de Sousa**, prêtre à Anapu au Brésil[19], arrêté le 27 mars 2018 et incarcéré. Défenseur des droits des sans-terre, il est poursuivi, entre autres charges, pour appropriations illégales de terres et d'extorsions de fonds.

2018 – **Benoît Ducos**, pisteur-secouriste dans le Briançonnais (Hautes-Alpes), qui, pour avoir sauvé une femme migrante qui allait accoucher dans la neige au col de Montgenèvre risque 5 ans de prison et 30 000 euros d'amende.

2018 – **Martine Landry**, 73 ans. Risquait la prison parce qu'elle a aidé deux jeunes mineurs étrangers. Relaxée le 13 juillet 2018.

Grèce – **Kóstas Váxevanis**, propriétaire et rédacteur en chef du magazine *Hot Doc*. Emprisonné car il avait osé publier en octobre 2012 la liste Lagarde-HSBC-Falciani que les autorités grecques avaient bizarrement égarée depuis trois ans[20].

2017 – **Gui Minhai**, éditeur et écrivain suédois d'origine chinoise, arrêté le 20 janvier 2017 dans un train entre Ningbo et Pékin par les autorités chinoises[21].

---

16. «Premier assassinat de journaliste au Mexique en 2018 », rsf.org.,15-17 janvier 2018.

17. « Le journaliste biélorusse Pavel Cheremet assassiné à Kiev», Benoît Vitkine, *Le Monde*, 20 juillet 2016.

18. « Halte aux violences faites aux femmes », Sarah-Jane Fouda, *Le Monde*, 5 avril 2018.

19. « Au Brésil, le père José Amaro défenseur des sans-terre est jeté en prison », Jean-Claude Gerez, CCFD-Terre Solidaire, 3 avril 2018.

20. « Pourquoi j'ai publié la liste Lagarde 31 octobre 2012 », *The Guardian* (trad. fr. Caroline Lee), voxeurop.eu

21. « Rassemblement de soutien pour l'éditeur suédois Gui Minhai, prisonnier en Chine », Culturebox (avec AFP), France Info, 13 juillet 2018.

2017 – **Wa Lone et Kyaw Soe Oo**, reporters de Reuters, emprisonnées pour avoir relaté des violations, des exactions des forces de sécurité birmanes à l'encontre de la minorité musulmane Rohingya dans l'État de Rakhine[22].

2014-2018 – **Oleg Sentsov**, cinéaste ukrainien[23] emprisonné depuis 2014 en raison de sa vigoureuse opposition à l'annexion de la Crimée par la Russie. Vingt-deux Ukrainiens ont déjà été condamnés à des peines allant de 3 à 22 ans et demi de prison pour les mêmes raisons.

2017 – **Ravela**, simple paysan de Madagascar qui a été condamné à 2 ans de prison avec sursis pour avoir osé demander à voir les autorisations de forage d'une compagnie minière.

Spéciale dédicace qui n'engage que moi

Jean-Baptiste Reede, grand échassier qui promène ses grandes pancartes sur toutes les manifestations humaines.

Damien Kalune, musicos génial en fauteuil, humaniste, artiste-artisan, punk à chats et remplisseur de puits sans fond.

Roland Sanviti, avocat qui défend sans relâche la démocratie et l'éthique.

Daniel Ibanez, libraire de l'ombre, grand défenseur des causes justes[24] et des lanceurs d'alerte.

---

22. « La Birmanie droite dans ses bottes face aux journalistes de Reuters », Arnaud Vaulerin, *Libération*, 11 avril 2018.

23.« Monsieur Macron, demandez à Vladimir Poutine de libérer le cinéaste Oleg Sentsov», Maria Alekhina Olga Borisova et Nadejda Tolokonnikova (membres de Pussy Riot), *Le Monde*, 24 mai 2018.

24. « Portrait : Qui est Daniel Ibanez, opposant n° 1 au Lyon-Turin ? », David Pauget, medium.com, 8 février 2017.

Younous Omarjee, député européen qui se bat, souvent tout seul[25], contre les lobbys (entre autres) du tabac. Ses camarades approuvent… et regardent ailleurs.

Alain Tate, retraité auto-entrepreneur[26] qui a eu le courage de s'attaquer avec succès à l'État et à sa caisse de retraite (CIPAV).

Bertrand Soubelet, général et numéro trois de la gendarmerie française. Puni[27] parce qu'on lui avait demandé de dire la vérité…, ce qu'il a fait.

Paul François, paysan teigneux et courageux qui s'est attaqué avec succès à Monsanto qui l'a empoissonné au lasso[28], un herbicide dont l'un de ses composants, le monochlorobenzène, est un solvant plus que toxique.

Hassen Chalghoumi, iman qui se bat pour le vivre ensemble, et a donc sur le dos les extrémistes des deux camps contre lui.

Natacha Polony[29], qui se bat au quotidien contre les injustices et les « bienzé beauxpensants », une journaliste du réel. On a d'ailleurs toujours un déjeuner en attente.

François Ruffin, député et homme avant tout. Qui fait ce qu'il dit et dit ce qu'il fait. N'en déplaise quelquefois à ses propres amis à qui il fait de l'ombre, celle de la propreté.

Nicolas Stoquer, producteur sur une radio nationale. Dans son rôle et sa ligne mais refuse d'être un intégriste.

Martine et Claude Donette, en lutte contre les hypermarchés qui nous roulent dans la farine.

Kevin Naïk, grand organisateur du vivre ensemble dans les sous-sols de Villepinte.

---

25. « Younous Omarjee veut mettre les cigarettiers hors d'état de nuire », Ponin-Ballom, clicanoo.re, 9 juillet 2018.

26. « CIPAV : la caisse de retraite qui martyrise les indépendants », Sylvain Deshayes, capital.fr, 11 avril 2016.

27. « Émoi à la gendarmerie après la mutation d'un général », *Le Parisien*, 1er août 2014.

28. « Paul François : ce paysan qui défie Monsanto », Fabien Paillot, *Le Parisien*, 22 octobre 2017.

29. Polony.TV.

Jean-Claude Bourret, infatigable journaliste de la vérité et des OVNI.

Karine Djemil, médecin du travail française condamnée par ses pairs a 6 mois d'interdiction d'exercer pour avoir dénoncé un harcèlement sexuel sur une employée au sein de l'entreprise ou elle travaillait.

Omar Brousky, journaliste marocain[30] qui dénonce la face cachée des courtisans autour de Mohammed VI.

Geneviève de Fontenay, celle qui ne se taira jamais, parce que ce n'est pas dans sa nature et qu'il y a encore tant d'injustices à dénoncer.

Sans eux, on n'est rien

Tous ceux qui continuent à me soutenir sans défaillir alors que le temps s'écoule en donnant l'impression que rien ne bouge. Pardon à nouveau à ceux que j'oublie, ne m'en veuillez pas.

Anne Amiel, l'amoureuse aux hérissons ; **Marjorie Agnel** : la meilleure des grandes musiciennes ; **Jany Martin Barbet**, humaine jusqu'à la fin ; **Raphaël-Godrefroy Biziki** : le batailleur ; **Sylvain Baron** : le courage de ses convictions ; **Sandrine Bokoni** : a trouvé son Charlie ; **Adrien et Sabine Clarisse Bosvet** : la sincérité et l'amour total ; **Bachir Boubekeur** : la rage de gagner ; **Josette Brosse** : le courage de dire et de faire ; **Marie-Marie Citeau** : un très bon coup de pinceau ; **Jacques Condat**, vous trouvez ça normal ? **Philippe Claret** : les convictions sincères ; **Françoise Cauwel** : pas si naïve qu'elle le dit ; **Guillaume Cliquot** : les scénarios dans la tête ; **Pascal Combes** : l'éternel rebelle ; **Patricia Couvillers-Tachet** : la star du petit écran ; **Martine Dargirolle** : avec le sourire de l'amitié ; **Michèle Dassas** : celle qui n'ose pas ; **Philippe David** : le journaliste aussi gentil que pro ; **Saliou Diallo** : celui qui y a cru ; **Fred Daudon** : yakusa ; **Séverine Denis** : les

30. « Le marigot marocain à l'épreuve de la plume d'Omar Brousky », Vladimir de Gmeline, marianne.net, 23 décembre 2017.

souvenirs et Simon en plus ; **Hugues Duchêne** : un amour d'acteur, Yves Montant en mieux ; **Binta Sagna Lilla Flicka** : la meilleure des Belges ; **Mounia Fanjaoui** : la justice avant tout ; **Babette Fontaine** : complice aussi d'écriture ; **Paul Guignard**, le courage dans la tête ; **Laurence Gillot**, juste pour rigoler et la faire rigoler ; **Olivier alias Grosminet** : toujours fidèle au poste ; **Omar Gousmi** : celui qui sait où chercher ; **Christine Gozlan** : un déjeuner en retard ; **Philippe Guegan** : vieux compagnon de rotatives ; **Philippe Glorioso** : l'homme qui gère Pat Llaberia ; **Ghislaine Haussel** : l'amour en plus ; **Olivier Haussaire** : fidèle ; **David Herman** : l'arpète du garage qui a grandi ; **Pascal Hocante** : la fidélité avant tout ; **Dominique Jauffres** : de tous les combats ; **Klodia**, jury qui ne lâche rien ; **Guillaume Juzot**, de Nice ; **Didin Kati alias Khiredin Kati**, homme de bien et musicien berbère génial ; **Danièle Labanère** : dommage ! ; **Nathalie Lamy** : après les T.U.C.S. ; **Alexandre Lecouillard** : l'efficacité au summum ; **Marc Lewitt** : l'espionnage au restaurant ; **Tanya Lopert** : diva à jamais et pour toujours ; **Louis Le Bris**, le Breton toujours bien informé ; **Judith Lucy**, celle qui a trouvé le bonheur anglais dans le paysagiste ; **Marie Lavastre**, qui ne fera jamais son âge ; **Flora Lottier** : la timidité qui s'échappe enfin ; **Mauricette Voisinet** : toujours à défendre les petits ; **Thierry Maillard** : toujours là ; **Élisabeth Millet**, qui était une superdirectrice ; **Nicza Baez Mondaca** : la justice même vingt ans après ; **Élisabeth Morizot** : savoir la vie ; **Philippe Naszalyi** : le mot au bon moment ; **Lydia Ketty Naval** : on va y arriver un jour ; **Marie-José Notebaert** : les mots justes ; **Mireille Olah** : le cœur sur la main ; **Delphine Paquereau** : celle qui devrait oser bouger ; **Jean-Noël Paquier** : la gentillesse chevillée au corps ; **Jacqueline Petitcolas** : les records du monde ; **Michel Pouteau** : le cinéma au corps ; **Alain Robert** : toujours au taquet contre l'injustice ; **Anne Rohou**, un livre en attente ; **Laurence Rome** : amoureuse du vrai ; **Lucie Reinaudo**, l'artichaut en plus ; **Isalou Regen** : la magie du regard et l'œil du cœur ; **Daniel Sabatier** : meilleur ouvrier, l'homme qui soulève les troncs ; **Isabelle Sapora** : qui croit encore aux étoiles ; **David Serra** : on finira par travailler ensemble ;

Robert Surch : homme sage ; **Christian Sumerly**, fidèle et efficace ; **Yannick Talhouet et Xavier Jandot Dit Danjou** : encore et toujours là ; **Marie-Line Weber** : les rêves en plus ; **Laurence Weber**, celle qui ne sait pas ; **Michelle Valadon** : la politique honnête ; **Boris Vorgeack** : l'œil pour voir.

« Seuls, nous pouvons faire si peu ;
Ensemble, nous pouvons faire beaucoup. »
Helen Keller

J'avais dit que j'arrêtais

J'avais dit que j'arrêtais ; que mon quatrième livre sur les politiques, *Allez (presque tous) vous faire...*, serait le dernier. Je l'avais même écrit pour être sûr de ne pas me dédire et aujourd'hui je me retrouve à en écrire un cinquième. Je suis devant mon écran et j'ai envie de vous dire, vous écrire ce que j'ai à nouveau découvert. J'ai découvert que rien n'a changé, mais pire, nous entrons dans un monde où l'on nous fait prendre des vessies pour des lanternes, où le mensonge d'État devient un argument de gestion politique.

Pourtant, j'étais de bonne foi, certain d'avoir fait le tour de la question, mais est arrivé le pépère Macron (je sais, il ne va pas aimer, mais cela m'amuse). J'ai cru, l'ombre d'un court instant, que l'ère des magouilles et des tripatouillages allait régresser. J'ai espéré, quelques secondes, qu'un vent de salubrité allait balayer les impuretés qui jonchent depuis trop longtemps le rivage du sable de la vie politique française.

J'ai lu, y compris dans *Le Figaro*[31] qu'en 2017, 82 % de la richesse mondiale créée s'est retrouvée dans les poches de 1 % de la population et que 3,7 milliards de personnes n'ont rien reçu en 2017.

Entre 2007 et 2016, la part des bénéfices du CAC 40 qui a été distribuée aux actionnaires est passée de 40 à 50 %, qu'un fonds d'investissement américain, qui gère plus de 500 milliards d'euros d'actifs, a lui-même

31. « Plus de 80 % de la richesse mondiale va au 1 % les plus riches », lefigaro.fr, 23 janvier 2018.

déclaré par écrit : « En 2017, 80 % des bénéfices des sociétés européennes ont été distribués sous forme de dividendes, un record historique. »

Et puis j'ai vu !

J'ai vu la loi de moralisation bidon qui ne change rien mais habille autrement les hommes et femmes politiques. J'ai assisté à la destruction du Code du travail qui facilite les licenciements et les abus de quelques patrons. J'ai hurlé à la remise en cause ouverte des acquis sociaux, aux atteintes intolérables de la retraite de nos anciens. J'ai vu la liberté d'expression se restreindre insidieusement, les facilités octroyées aux plus riches, les lois permissives à sens unique fleurir à marche forcée. J'ai pleuré de voir la privatisation des services publics se mettre en place, le largage vers le privé des « bijoux de famille » comme la Française des Jeux, le loto, qui est un des seuls impôts que les gens sont contents de payer et qui rapporte vraiment toutes les semaines.

Et j'ai eu du mal à me taire, de plus en plus de mal. J'ai donc décidé d'en remettre une louche, une petite louche, juste pour que ceux qui sont la masse, le peuple, les gens, se rendent un peu plus compte qu'aujourd'hui (mais c'était déjà commencé hier) que nous nous dirigeons à grands pas (voir à marche forcée) vers une dictature insidieuse et silencieuse que nous aurons, en plus, nous-mêmes mise en place. Ce qu'on nous vend comme espaces de liberté, de progrès et d'indépendance individuelle ne sont de plus en plus souvent que des prisons dont nous avons nous-mêmes acheté le cadenas alors que les vendeurs en gardent la clé.

Encore une fois, n'en déplaise à mes détracteurs, je ne suis dans aucun camp destructeur de tout et/ou complotiste à tout-va. Je ne suis pas anti-Untel ou pro-Machin, je me contente de regarder, trouver et étayer des faits, preuves à l'appui. Je veux bien reconnaître un brin d'impertinence de ma part parfois, un soupçon de défense exacerbée à outrance du petit face au gros.

J'essaie de rester impartial (difficile parfois) mais je ne peux m'empêcher de prendre parti quand l'injustice et la malhonnêteté sont trop flagrantes dans ce que je découvre.

Malheureusement, en me penchant un peu plus sur nos chers élus, je me suis aperçu qu'ils se tenaient souvent la main avec des industriels, des trusts, des faiseurs d'affaires. Que petit à petit, des secteurs entiers de notre vie passaient sous la coupe de ces gens qui agissent en véritables pilleurs de vie, la nôtre.

Je ne peux pas faire grand-chose et je peux faire beaucoup à la fois. Dire, écrire, relater, prouver, permettre que chacun puisse se faire une idée avec la transparence des faits que, la plupart du temps, on essaie de nous cacher. Essayer d'être un petit éveilleur de conscience.

Je ne suis pas un lanceur d'alerte

Je refuse avec force l'appellation de lanceur d'alerte. D'abord, ce titre commence allègrement à être galvaudé par sa médiatisation journalistique à outrance. Il faut savoir qu'aujourd'hui celui qui a le moindre problème avec son chef de service, qui détourne les trombones du bureau, devient dans l'article du petit blog local un lanceur d'alerte quand il balance à la cantonade son pétard mouillé. Puis, il se pare du manteau du justicier et part à l'assaut de tous les médias environnants. Certains hurlent au loup car ils ne comprennent pas que le vol de trombones à Pétaouchnock ne soit pas à la une de tous les journaux nationaux. Je commence malheureusement à trop voir de personnes en mal de reconnaissance qui s'autoproclament lanceur d'alerte. J'en ai même rencontré un qui avait eu la bonne idée de l'inscrire sur ses cartes de visite, qu'il distribuait allègrement au gré de ses rencontres journalistiques. Il était fier, on aurait dit que c'était son métier.

J'ai trop de respect et d'admiration pour les Denis Robert, Raymond Avrillier, Antoine Deltour, Stéphanie Gibaud, Céline Boussié, James Dunne, Jean-Luc Touly, Yasmine Motarjemi, Françoise Nicolas, Georges Domergue, Hervé Lebreton, Michèle Chamard, Irène Frachon, Julien Assange, Edward Snowden, Karim Ben Ali, Jeffrey Wigand et bien d'autres (car je ne peux tous les citer) pour oser penser une seule seconde que je pourrais leur arriver à la cheville et être ce qu'on appelle un lanceur d'alerte.

Je ne mérite pas ce titre, tout au plus celui de petit scribouillard débrouillard. Pour trouver une image plus ludique, je veux bien la comparaison avec un chien de berger. Le bon gros toutou qui défend le troupeau contre les loups. Un bon gros toutou de montagne qui devient une terreur incontrôlable si un prédateur s'approche de trop près du troupeau dont il est responsable de la protection.

Je n'y crois pas

Parfois, je relis plusieurs fois mes notes et pendant plusieurs semaines je cherche d'autres preuves tant je n'arrive pas à croire que les trusts (pas tous), les politiciens (pas tous), nos dirigeants (pas tous), ont si peu de conscience qu'ils nous vendent, nous pillent, nous spolient sans vergogne aucune.

Ce qui me perturbe encore plus, c'est la bonne conscience qu'affichent tous ces pilleurs de vies. Longtemps, je me suis dit qu'ils ne devaient pas pouvoir dormir le soir en sachant ce qu'ils venaient de faire dans la journée. Eh bien non, ces gens dorment souvent mieux que nous tous, du sommeil du juste dit-on, ou de celui qui a bien rempli sa journée !

• L'escroc de base pense souvent que la victime n'a qu'à être moins bête, ce n'est donc pas de sa faute : il a donc bonne conscience.

• Le politicien décide pour nous mais, lui, sait ce qui est bon pour nous et la société qu'il dit représenter, et, après tout, on a voté pour lui : il a donc bonne conscience.

• Le trust, l'entrepreneur vend des produits frelatés, des armes destructrices, pollue définitivement l'atmosphère que nous respirons, mais il crée des emplois et participe à la richesse de la nation (surtout la sienne) : il a donc bonne conscience.

Souvent celui qui ordonne votre mort sociale, professionnelle, voire physique dans certains pays, dîne tranquillement en famille le soir, participe le dimanche à des œuvres de charité ou se retrouve… en groupe pour s'autoféliciter des décisions prises avec courage pour redresser le pays (et remplir les poches de quelques-uns).

Pendant ce même laps de temps :

- Vous êtes au bord du suicide car vous ne savez plus comment payer vos crédits, nourrir vos enfants depuis votre licenciement et/ou la fermeture de votre usine pourtant bénéficiaire. En plus, vous avez 50 ans et vous savez qu'aucun emploi ne vous sera proposé. Vous regardez votre maison, que vous ne pouvez plus payer, et vous n'avez pas bonne conscience.

- Vous attendez au fond d'une geôle le pas de celui qui vous emmènera au gibet ou vous mettra une balle dans la nuque. Vous êtes encore jeune, vous savez que vous auriez pu faire plein de choses de votre vie, qui va s'arrêter, et que la femme que vous aimez va vous pleurer, vous comprenez que votre famille va pâtir de longues années de votre engagement et vous n'avez pas bonne conscience.
- Vous ouvrez votre frigo et il ne vous reste qu'un yaourt, trois bricoles immangeables et périmées, vous devez nourrir vos enfants et votre RSA a servi à payer le loyer et la réparation imprévue de votre voiture poubelle. Ce jour-là, en regardant les yeux de vos enfants, qui ne peuvent pas, qui ne doivent surtout pas comprendre votre détresse, vous n'avez pas bonne conscience.

La conscience du bien est élastique

Tous ces « humains » vivent en vase clos, entre eux, entourés souvent, et de plus en plus à mesure de la montée et ou de la réussite, d'une cour de courtisans ou d'assistants qui ne sont là que pour les conforter dans leur magnificence. Politiques, hommes d'affaires, mangent, dorment, habitent les mêmes quartiers, se fréquentent et se marient ensemble. Ils ont reproduit les castes d'antan et vivent enfermés dans leurs châteaux dorés. Ils s'autocongratulent réciproquement. Ils ont, en général, une très haute estime d'eux-mêmes, en même temps que beaucoup de commisération pour ceux d'en bas. Ils ne doutent presque jamais et sont tous persuadés de travailler pour le bien du monde entier. Leur conscience, celle qui vous permet de savoir si ce que vous faites est bien ou mal, obéit à la loi du nombre et son élasticité de la notion du bien s'agrandit, s'élargit, se délite quand ce qui vous entoure obéit aux mêmes règles de vie et ou de décisions que vous. La conscience du mal se réduit, se justifie, s'oublie inconsciemment quand tout ce qui vous entoure obéit aux mêmes règles de vie ou décisions que les vôtres.

Je ne compte plus les nombreux « humains » que j'ai vus en peu de temps se transformer en individus exécrables à mesure de leur ascension dans le monde syndical, politique, du showbiz ou du monde des affaires.

La lumière pourtant artificielle que produisent ces « premiers de cordée » attire une multitude d'insectes qui n'ont qu'une seule idée, s'approcher au plus près. Ceux qui les entourent sont, soit sous le charme, la béatitude, et ont le sentiment d'être physiquement près de « Dieu » ou alors sont dans la crainte d'être bannis, rejetés, éjectés du cercle dans lequel il faut être pour toucher une parcelle du pouvoir. Ils participent au sentiment de toute-puissance par la non-remise en cause de tout ce que dit et fait leur mentor ou employeur. Petit à petit, ou rapidement pour certains, on goûte aux dorures, à la puissance que vous donne le regard des autres. Tout le monde perd pied, oublie son passé, a peur de perdre son présent et son pouvoir illusoire. La morale s'éloigne doucement, l'élastique de la conscience s'étire, s'étire, s'étire…

Moi-même j'ai baissé les yeux

Je comprends d'autant mieux ce système d'absolution réciproque ou de soumission que moi-même une ou deux fois (ou trois…) j'ai laissé faire, préférant regarder ailleurs le forfait qui se déroulait devant mes yeux. J'en ai encore honte, mais je l'ai fait. Je me suis écrasé en mairie d'Évry alors que Manuel Valls (salut Manu, si tu me lis…) nous demandait d'acquiescer sa seule décision en votant la mise à mort politique et injustifiée de son premier adjoint. Quelquefois aussi, je me suis retrouvé à avoir un besoin pressant et urgent d'uriner, juste avant un vote dont l'objet me mettait mal à l'aise. « Ce n'est pas moi », « Je n'étais pas là », « Je ne suis pas coupable, je ne l'ai pas voté », sont quelques-unes des excuses « déculpabilisantes » que l'on emploie pour marquer sa désapprobation au sein d'un groupe, de votre « famille » comme on dit, à l'égard de laquelle vous avez obligation d'être solidaire. C'est une règle : la meute fait ce que dit le loup de tête.

D'ailleurs, cela m'amuse beaucoup aujourd'hui quand je constate que de plus en plus de députés de la majorité présidentielle squattent eux aussi les toilettes de l'Assemblée nationale lors de votes sur des sujets pour le moins tendancieux. Quand je vois le nombre d'absents pour des votes importants (et catastrophiques souvent pour le devenir des populations), je pense qu'il va bientôt falloir ajouter quelques toilettes supplémentaires au sein du Parlement, au moins pour les trois quatre ans à venir…

C'est dur d'être courageux tout le temps, d'affronter le conflit, le regard réprobateur du reste des moutons serviles. C'est dur de relever la tête alors que tous ceux qui vous entourent la baissent. C'est dur d'être l'empêcheur de tourner en rond, celui qui veut gripper la machine ronronnante du système, celui qui l'ouvre alors que tout le monde acquiesce. C'est dur aussi de retourner la table et de partir en furie quand on désapprouve ce qui se passe.

À chaque fois

À chaque fois, vous savez que les « emmerdes » arrivent. À la seconde où vous criez à l'injustice, vous êtes déjà sûr que même au sein de votre clan, de votre famille, de vos amis, les réflexions vont arriver.

Celles qui reviennent le plus sont amusées, comme « tu pouvais pas t'en empêcher ? », ou interrogatives, telles que « mais qu'est-ce que tu avais encore besoin de l'ouvrir ? » ou, avec une pointe de lassitude parfois, « tu crois pas qu'on a déjà eu assez de problèmes ? »

À chaque fois, on se pose la question du « pourquoi je fais ça ? » ; du « pourquoi je l'ai ouvert ? » Je n'ai jamais pu répondre à cette question. Je ne sais pas pourquoi, j'ai toujours l'envie de défendre la veuve et l'orphelin, le petit contre le gros.

Mon égoïsme personnel sans doute.

À chaque fois, je repense à ce que m'a dit l'abbé Pierre, que j'ai eu l'honneur de fréquenter un tout petit peu : « Le meilleur des égoïsmes est celui que l'on place dans les yeux des autres. »

C'est vrai, fondamentalement et viscéralement, nous sommes tous des égoïstes en puissance. Mais il y a deux sortes d'égoïstes sur terre, ceux qui se regardent le nombril et ceux qui se regardent dans les yeux des autres. Je pense en toute humilité faire partie de la deuxième catégorie.

À chaque fois que l'on se rencontre, deux copains psychanalystes veulent me psychanalyser (depuis au moins trente ans). Ils veulent comprendre pourquoi je suis comme je suis ; un cas d'école, disent-ils. Ma réponse, invariable depuis trente ans, les fait hurler de rire et de désespoir tout à la fois : dès lors qu'ils me paieraient chaque séance, et en liquide s'il vous plaît, j'accepterais d'aller me coucher sur leur canapé à soupirs pour qu'ils comprennent le pourquoi de mon comment.

À chaque fois que je repense aux combats passés et que je réalise la kyrielle de soucis vécus, comme ma carrière professionnelle ralentie ou politique stoppée net, les menaces voilées ou directes qui ont étayé certains dossiers sensibles, les peurs solitaires que je gardais au fond de moi, les pleurs de rage et de colère rentrée, que personne n'a jamais vues, quand parfois le « danger » s'approchait trop près de ma famille, de mes enfants.

À chaque fois, je me dis quelques courts instants que j'ai eu tort, que c'est la dernière fois que je bouge, que je l'ouvre, car de toute manière cela n'a pas changé grand-chose, que c'est une goutte d'eau claire dans un océan opaque. Une petite voix me souffle que je perds mon temps et ma vie à essayer de faire bouger des lignes que le système ou les gens eux-mêmes remettent aussitôt à la même place.

À chaque fois que je me remémore les combats perdus ou gagnés, je constate souvent l'ingratitude de ceux pour qui on se bat. Je revois ceux qui arrivent en vous félicitant, mais toujours une fois la bataille terminée. Ils précisent toujours et à voix haute, avec fierté et trémolos dans la voix qu'ils vous soutenaient depuis le début alors qu'ils étaient bien calfeutrés derrière leurs portes cadenassées à triple tour au cas où vous auriez eu besoin d'entrer. Ce sont d'ailleurs les mêmes qui vous enfoncent en précisant aussi fort qu'ils vous avaient prévenu si par malheur vous perdiez une bataille.

Il y a aussi, et c'est pour moi les plus marrants (tout en étant les plus désespérants), ceux qui s'attribuent tout le mérite du travail accompli alors que vous savez qu'ils n'ont rien foutu du tout.

Je suis tellement soufflé que j'en suis à la limite de l'admiration de voir avec quel aplomb ces gens se mentent à eux-mêmes, jusqu'à être persuadés qu'ils disent la vérité. Je l'ai rencontré souvent chez les politiques, les industriels mafieux qui s'autopersuadent qu'ils ne mentent pas, qu'ils ne trichent pas, qu'ils ne pillent pas.

À chaque fois, je repense au placard dans lequel je me suis retrouvé à la parution de mon premier livre, *Délits d'élus* (coécrit avec Graziella Riou Harchaoui, Max Milo, 2014), aux « amis » chefs de service qui, d'un seul coup, faisaient un détour de couloir pour ne pas passer devant mon petit bureau. Je repense aussi au moment de mon passage d' « endroit placard » à « coin sarcophage » (où je suis encore), juste après la parution de *Pilleurs d'État* (Max Milo, 2015). C'était un lundi matin de retour de mes congés, le chef des coursiers m'annonce un peu embêté que je dois déménager dans la journée. Comme on se connaissait, j'ai réussi a négocier un jour de rab, le temps de faire mes cartons et de dire au revoir (adieu ?) en catastrophe à quelques collègues avec qui je bossais depuis vingt ans au moins. Je revois ce bureau sarcophage sans fenêtre, une grille « Fleury-Mérogis », puis un sas pour venir me voir. Pas de téléphone portable (encore aujourd'hui) qui puisse fonctionner dans le sarcophage, un ordinateur capricieux qui fonctionne comme une ronéo type 1960 et mon téléphone de bureau, qui a sonné pendant trois mois au bar d'à côté (je me disais bien que personne ne m'appelait...). Je repense à mon secrétariat supprimé par la suite et jamais remplacé. Et je me dis que j'ai bien fait de ne pas faire tout sauter (les quinze premiers jours, j'ai hésité...).

À chaque fois, pourtant, je recommence comme aujourd'hui. Sans parti pris (un peu quand même, beaucoup cette fois-ci), ni mauvais esprit (un gros zeste d'impertinence, je ne vais pas me refaire), j'ai envie de lutter en regroupant des faits épars, en réunissant des preuves et en accumulant des exemples, qui, mis bout à bout comme je sais le faire, vont vous donner une vision globale du pillage qui s'organise autour de nos vies, de notre santé, de notre environnement, de tout ce qui fait notre vie. J'aurais honte, alors que j'en ai pris conscience, de laisser seuls, sur le terrain de l'injustice, ceux et celles qui se battent au quotidien.

Je ne peux tout mettre dans ce livre, et je m'en excuse d'avance auprès de ceux qui, à chaque fois, me tombent dessus en trouvant inconcevable de ne pas avoir référencé tel élu truand notoire. Cette fois-ci, j'ajoute des trusts, des industriels et des États qui, le plus souvent en connivence avec les élus, organisent le pillage parfois d'une nation entière. Je n'ai pas tout mis, une fois de plus, je suis seul à rédiger, il me faudrait cent ans pour tout référencer, trouver, prouver. J'ai choisi de façon totalement arbitraire des exemples en fonction de mes états d'âme, de ce qui me tient à cœur et surtout des preuves que je trouvais pour étayer mes propos. Donc pardon d'avance à ceux qui trouveront une fois de plus que je n'en fais pas assez.

Si on ne le fait pas, ce n'est pas eux qui vont le faire

C'est aussi un constat imparable que personne ne peut remettre en cause : 99,9 % des scandales politiques, 99,9 % des scandales alimentaires, 99,9 % des scandales environnementaux, 99,9 % des scandales pharmaceutiques sont révélés par des individus courageux et non par les institutions elles-mêmes.

C'est parce que nous pouvons encore faire surgir la transparence que les abus reculent. C'est parce que nous relevons la tête qu'une partie du ciel continue à être bleue. Et c'est parce qu'il existe encore des contre-pouvoirs que la dictature ne s'installe pas.

J'aurais du mal à remplir ma vie sans ces motivations. Cette vie, en fin de compte éphémère, où certains passent leur temps à la perdre en essayant de piller celles des autres. Je me rends compte aussi que j'agis d'abord pour moi et ma simple conscience. L'analyse du reste ou du pourquoi, ou du pour qui, a de moins en moins d'importance.

Quand je vous disais que je n'étais qu'un égoïste…

« Dans ces temps de tromperie universelle,
le seul fait de dire la vérité
est un acte révolutionnaire. »
George Orwell

Avant-propos de dés pipés

Le pire dans l'exemple ci-après est que les grands pontes de l'économie et du savoir ont beau me dire que c'est normal, j'ai du mal à comprendre que la prise en compte d'un gamin qui se shoote à 12 ans dans les toilettes du collège ou qui se prostitue à 13 ans pour payer sa dose fasse partie du bien-être et de la croissance d'un pays.

Je dois être idiot mais quand on me dit que ce qui est mal pour l'individu est en fin de compte bien pour le pays, j'ai comme tendance à regarder ces « beaux parleurs » et à penser fortement que les dés sont vraiment pipés.

La croissance de la France repart grâce au trafic de drogue

Vous l'avez sans doute vu à la télé, lu dans les journaux. Depuis mai 2018 la croissance est repartie à la hausse. Youpi ! En 2017, le produit intérieur brut (PIB) a progressé de 2,2 % en euros constants, soit selon l'INSEE, un rythme nettement supérieur à celui des trois années précédentes (+ 0,9 % en 2014, + 1,1 % en 2015 et + 1,2 % en 2016).

Important, le PIB

Le produit intérieur brut (PIB) sert principalement à suivre l'état de santé de l'économie et à mesurer l'évolution de l'activité économique. C'est l'indicateur essentiel, produit dans le cadre des comptes nationaux, pour adapter la politique économique de la France en fonction de l'activité du pays[32].

Félicitations, congratulations, explosion de joie dans les hautes sphères de la politique qui peuvent se gausser avec commisération de tous ces pleurnichards professionnels qui hurlent à chaque décision mise en route, ces empêcheurs de tourner en rond qui passent leur temps à dénigrer les mesures prises et les grandes avancées pour le pays. La croissance repart, arrêtons de nous plaindre que ça va mal.

La France va mieux, ce n'est pas nous qui le disons, c'est un organisme reconnu et fiable qui s'appelle l'INSEE (Institut national de la statistique et des études économiques). Cet institut est chargé de collecter, produire, analyser et diffuser des informations sur l'économie et la société françaises.

Les chiffres de l'INSEE ont une grande importance un peu partout dans la société. Les chiffres de la croissance, par exemple, sont une référence quand un gouvernement élabore le budget de l'État. Bercy, pour ses évaluations de recettes et de dépenses futures, va regarder ce que prévoit l'INSEE[33]. Et l'INSEE vient d'incorporer le produit de recettes estimées du trafic de drogue français dans ses chiffres !

Le produit supposé du trafic de drogue injecté dans le PIB

C'est d'après une demande de l'Institut européen des statistiques (Eurostat) que Bercy a donné l'ordre à l'INSEE d'incorporer les recettes du trafic de drogue dans les chiffres du PIB. Pour l'habiller proprement Eurostat avait demandé l'intégration de la dope sous l'appellation « transaction commerciale ». Ça fait plus classe ! Comme d'habitude, on nous a servi le plateau redondant de « ce n'est pas nous… et puis d'autres pays européens le font bien ».

Pratique, à chaque fois l'excuse.

On compte à la louche ou à la seringue ?

Les chiffres injectés font état de 2,7 milliards d'euros selon les organisateurs et plus de 3 milliards d'euros selon la police. Sérieusement, on

32. « Comment le trafic de drogue vient gonfler la croissance en France », *Le Parisien*, 30 mai 2018.
33. « Expliquez-nous... l'INSEE », Gilbert Chevalier, Francetvinfo, 23 mars 2016.

se demande bien sur quels chiffres officiels ils se sont basés pour trouver ce total ?! Est-ce que quelques trafiquants de renom ont servi de consultants ?

Et la prostitution ?

Bercy via l'INSEE n'a pas souhaité (pour l'instant) incorporer la prostitution dans les chiffres de croissance. D'autres pays européens l'ont fait. Gardons une poire pour la soif, on pourrait en avoir besoin les années suivantes pour maintenir notre taux de croissance dans le vert.

Le top serait d'y rajouter l'estimation de la fraude fiscale (on n'est plus à un maquillage près). Là, nous serions vraiment bien en taux de croissance.

Dilemme

Une fois l'habitude prise d'incorporer ces chiffres que l'on pourra certainement « ajuster » chaque année au gré des besoins de croissance, il va quand même falloir mettre la pédale douce dans la lutte contre les trafiquants. Les arrêter et éradiquer le trafic de drogue en France voudra dire diminuer la croissance et le PIB.

Un petit dealer de quartier qui empoisonne nos gamins pourra soutenir qu'il travaille pour la France et demander les circonstances atténuantes, voire l'acquittement, pour service rendu au pays lors de son procès.

Prédiction (en forme de boutade, quoique…)

Je prends le pari que la croissance selon le PIB sera encore meilleure l'année prochaine. En sus du trafic de drogue, qui ne devrait pas baisser (une petite augmentation nous ferait du bien), on pourra sans doute y rajouter les bienfaits de la consommation pendant la Coupe du monde de football[34], on va pouvoir incorporer les 100 % de ventes supplémentaires de drapeaux tricolores : plus 100 % des ventes ; un bond de 42 % au rayon foot réalisé par la gamme de la Fédération française de foot, cinq pizzas vendues par seconde dans une grande enseigne, plus 60 % de

34. « Coupe du monde 2018 : on connaît déjà les gagnants, et ce ne sont ni les Bleus ni les Croates », Cécile Prudhomme, Yassine El Azzaz, Laurence Girard, Juliette Garnier et Elise Barthet *Le Monde*, 11 juillet 2018.

ventes d'écrans plats en juin et une explosion historique de la vente de bières durant la Coupe du monde.

Moralité

Drogues et bières sont et seront les deux mamelles de la croissance française en 2018.

Grâce à la mondialisation, plus la France sera riche, plus il y aura des pauvres

On nous explique qu'aujourd'hui, nous devons penser global. Le quotidien ne peut se concevoir sans une vision mondialiste des choses de la vie. C'est devenu, depuis une vingtaine d'années, un des éléments clés de la parole politique et du développement économique. On vit mondialisation, on travaille mondialisation, on mange mondialisation. Un salarié aujourd'hui doit être capable d'envisager de déménager plusieurs fois dans sa vie, d'apprendre un nouveau métier et les nouvelles technologies, pour coller à la mondialisation. Tous les économistes de renom soulignent et nous expliquent que la mondialisation est une source d'opportunités et de gains agrégés pour toutes les économies qui y participent. Avec la mondialisation et la globalisation, le monde avance plus vite, le progrès et le bien-être se répandent comme une traînée de poudre.

La mondialisation se définit comme l'augmentation massive et rapide des échanges de biens et des mouvements de capitaux et des personnes.

Un peu plus de riches et beaucoup plus de pauvres

Cela paraît paradoxal et pourtant c'est malheureusement une réalité qui se dessine chaque jour un peu plus dans nos sociétés dites « modernes et de progrès », ces sociétés qui vivent à l'heure de la mondialisation.

Si on réfléchit bien, dans tous les pays développés on constate que ceux qui sont les dindons de la farce de la mondialisation sont souvent ceux d'en bas, les sans-dents diront certains, les derniers de cordée diront les autres.

Une détérioration flagrante mais souvent masquée par les annonces tonitruantes de la bonne santé globale d'un pays qui n'est souvent que le reflet apparent de la vitalité de quelques-uns.

Dès que l'on creuse un peu derrière les chiffres, dès qu'on gratte un peu le vernis d'un PIB bienveillant ou d'un chômage en décrue, on trouve des franges entières de populations qui subissent plutôt qu'elles ne profitent.

Plus une société se mondialise, plus les inégalités sont importantes entre les différentes strates d'individus. L'étau des contraintes se resserre seulement sur les petits, les plus faibles. Ceux qui ne peuvent pas se défendre, ceux qui ne sont plus productifs, ceux qui sont peu qualifiés prennent de plein fouet les effets d'un système qui doit toujours aller de l'avant et de plus en plus vite s'il ne veut pas exploser et/ou imploser sur le marché concurrentiel mondial qu'il a lui même engendré.

Sept milliardaires français dans le top 15

Selon le journal *Bilan* (la référence suisse de l'économie) du 3 juillet 2018, la richesse cumulée des cent plus grandes fortunes du continent atteint les 1 735 milliards d'euros, soit une hausse de presque 14 % en un an. Sept milliardaires sur les 15 premiers de ce classement sont français. Le bond est spectaculaire surtout chez les géants du luxe. En 2018, Hermès, LVMH, Gucci ont vu leur marge dépasser allégrement les 30 % sur l'année. Une économie en bonne santé !

Et c'est avec cette bonne santé-là que l'on vous annonce la bonne santé de tous les Français.

Tout le monde sait bien qu'en France, ce sont les bas salaires, les retraités et les chômeurs qui achètent tous les jours chez Hermès ou Vuitton.

Obligés de bosser à 85 ans

Aux États-Unis, pays riche par excellence, on sait aujourd'hui que le nombre de personnes de plus de 85 ans qui occupent un emploi est en augmentation constante depuis dix ans[35]. La raison en est simple, ils ne peuvent pas faire autrement pour survivre.

---

35. « A record number of folks age 85 and older are working. Here's what they're doing », Andrew Van Dam, washingtonpost.com, 5 juillet 2018.

Quatre millions d'enfants pauvres

En Angleterre, pays en apparence riche, il y a, selon un rapport de l'UNICEF plus de 4 millions d'enfants sous le seuil de pauvreté[36]. Certaines régions britanniques ont une espérance de vie en régression, 67 ans dans la banlieue de Glasgow contre 80 ans dans les régions britanniques riches. Dans ce pays riche, dit « évolué et moderne », on meurt au même âge que les habitants du Népal ou de la Corée du Nord.

Pas de chômeurs, rien que des pauvres

En Allemagne, la croissance se porte bien : plus de 2 % en 2018, 2,2 % en 2017. Un taux de chômage aux alentours de 5,7 %. Mais depuis plus de dix ans, 6,5 millions des salariés les moins bien payés connaissent une baisse de salaire réel de 7 %[37]. En 2016, un Allemand sur cinq occupait ce qu'on appelle un emploi « atypique », nom poétique donné au CDD, aux petits jobs, aux contrats à temps partiel[38].

Dans tous les pays dits « mondialisés » on assiste donc à une disparité de fait entre les premiers de cordée et ceux qui sont au bout de la corde. Le ruissellement n'existe donc apparemment que dans la poche des sacs Hermès (voir plus haut).

Et la France dans tout ça ?

On se dirige malheureusement vers le même phénomène, à la vitesse grand V. Ordonnances, décrets, retraites, Code du travail en morceaux, aides sociales revues et corrigées, etc. Tous les paramètres semblent indiquer que la France va aller mieux… pour quelques-uns.

Les indicateurs français passent bientôt dans le vert

Le chômage va baisser, les luttes sociales vont s'éteindre, l'économie va se relancer, le niveau de croissance va à nouveau faire sourire d'aise tous

---

36. « Grande-Bretagne : pays riche, enfants pauvres », France 2, journal de 20 heures, 2 mars 2018.

37. « Allemagne : moins de chômeurs, plus de pauvres », Bruno Amable, professeur à l'université de Genève, *Libération*, 26 mars 2018.

38. « Ce qui se cache derrière le taux de chômage au plus bas », Charles Daisay, lefigaro.fr, 29 juin 2018.

les économistes TV rémunérés en tant que chroniqueurs consultants et spécialistes en science économique (il faut au moins ça !). Ils vont venir sur tous les plateaux expliquer au bon peuple, à coups de camemberts et d'histogrammes, en deux minutes chrono, que la France recommence à briller et entre dans une nouvelle ère de prospérité.

C'est VRAI !

La France va aller mieux, presque tout monde aura trois petits boulots, mal payés et pas protégés.

Trois petits boulots, donc pas de chômage ; mal payés car dérégulation et libération totale à venir du marché du travail ; le tout, sans protection des syndicats, devenus inexistants et/ou complètement inadaptés aux luttes d'aujourd'hui.

Le gouvernement français travaille sur la mondialisation en acceptant le licenciement plus rapide et moins coûteux

La mondialisation, c'est bon pour les profits mais apparemment pas pour les salariés.

Le 23 septembre 2017, une ordonnance macronienne vient expliquer aux Français que dans le cadre d'une globalisation de la vision économique, des entreprises internationales peuvent maintenant licencier massivement en France même si leurs bénéfices sont au beau fixe.

Un vrai bonheur pour les multinationales

En France, les grands groupes mondialisés, ne pouvaient pas licencier leur filiale française si le groupe affichait mondialement des bénéfices insolents. Le juge les renvoyait dans les cordes en cas de contestations des salariés. Désormais, seul le territoire national sera envisagé. La modification du périmètre géographique dans l'ordonnance du 23 septembre 2017[39] a des conséquences graves :

39. « Code du travail : pourquoi les grands groupes pourront licencier plus facilement », Tiphaine Thuillier, *L'Express*, 23 septembre 2017.

si une entreprise veut licencier dans sa filiale française alors même qu'elle se trouve dans une situation prospère dans le reste du monde, elle le pourra. Les salariés qui, la plupart du temps, auront déjà beaucoup donné et à qui on aura beaucoup demandé pour garder leur emploi quelque temps auparavant, comme c'est souvent le cas, n'auront que leurs yeux pour pleurer. Ils n'auront plus qu'un an à la place de deux pour contester un licenciement mais, nouveauté encore, avec un plafonnement des indemnités de chômage, même en cas de licenciement abusif. Le salarié pourra repartir en pleurant avec, en prime, les poches vides.

Un simulateur sur le site « service public.fr » pour mieux licencier

Ce qui est fou, et j'en suis tombé de ma chaise ! Les méninges de nos énarques responsables de notre bien-être et pondeurs d'idées en tout genre ont fait très fort cette fois-ci. On aurait pu croire, en même temps que la réforme du Code du travail, qu'ils eussent pu phosphorer sur un logiciel permettant de trouver du travail plus facilement, de rédiger un CV en quelques clics ou une petite application permettant de calculer les coûts induits par un travail à 30 kilomètres de son domicile. Que nenni !

Un mépris affiché

Ces gens, sans doute intelligents mais déconnectés de la réalité du terrain, ont témoigné ainsi de leur mépris flagrant du monde salarial. Ils ont mis en place dans la foulée, voire quasiment en même temps que la refonte du Code du travail, un site facilitateur du licenciement abusif.

Comble de l'arrogance ou du mépris on ne sait plus très bien, ils l'ont, en plus, installé sur le site « service public.fr » Le raccourci entre service public et licenciement sans cause réelle et justifiée est du plus mauvais effet dans la population.

Deux clics et je te licencie

En quelques clics, un patron peut savoir combien va lui coûter un licenciement même abusif[40]. Un truc encore plus désespérant quand c'est le salarié qui clique. Il sait à l'avance le peu qu'il va toucher grâce à cette facilité qu'offre le droit né de la réforme du Code du travail de licencier sans cause réelle et justifiée.

La porte à tous les abus

Au-delà du mauvais goût de l'application « service public.fr » et l'impression désagréable que le salarié devient une marchandise que l'on peut jeter comme on veut, il y a quand même un gros risque de dérapage avec ces méthodes de management à la hussarde.

Demain, une salariée qui refusera de répondre aux avances de son chef de service ou de son patron risque de se retrouver à la porte au premier motif fallacieux venu.

Demain, un salarié qui voudra un peu trop l'ouvrir et défendre ses conditions de travail, voire défendre un autre salarié en difficulté, se verra diriger peu après sans ambages vers la porte. Mais je suis mauvaise langue, il est évident qu'il n'y aura aucun abus de licenciement.

Si je peux me permettre, je ne comprends pas pourquoi, si on est sûr que personne n'abuse, on éprouve le besoin pressant d'écrire que si on abuse on ne paiera pas plus.

Bientôt, je l'écrivais plus haut, avec toutes ces mesures, la France va repasser dans le vert. Jusqu'au jour où les salariés, eux, vont voir vraiment rouge.

Je ne suis pas sûr d'ailleurs que l'on puisse encore parler de « salariés », nous serons tous des « collaborateurs » ou mieux des « équipiers », ça sonne mieux aux oreilles et cela fait moins esclaves. Comme les classes moyennes qui vont être les premières à faire les frais de tous ces ajustements « équitables » (mais surtout vers le bas), il n'y aura plus de classes moyennes[41]. Sous l'argumentation

40. « Un simulateur pour savoir combien coûte un licenciement abusif », Anaïs Bouissou et Sarah Belien, RTL, 3 novembre 2017.

41. « Les classes moyennes, premières victimes de Macron », Sébastien Laye, contrepoints.org, 17 novembre 2017.

fallacieuse de plus d'équité, on supprimera la tranche intermédiaire entre les pauvres et les riches. Un monde plus juste mais uniquement selon Crésus.

Mais avant ça, on peut compter sur la justice de notre pays, paraît-il.

« La corruption arrive ainsi à son terme
lorsque les acteurs ne savent même
plus qu'ils sont corrompus ! »
Alain Deneault

« À force de tout voir l'on finit par tout supporter…
À force de tout supporter l'on finit par tout tolérer…
À force de tout tolérer l'on finit par tout accepter…
À force de tout accepter l'on finit par tout approuver ! »
Saint Augustin

Détournement et pillages des lois pour plus d'injustice

À vrai dire c'est un livre entier que je pourrais écrire sur ce sujet : la justice.

En France, la justice est logiquement basée (comme, du moins, dans tous les États dits « démocratiques ») sur le principe d'égalité et d'accessibilité pour tous les citoyens.

En France, chaque citoyen (en théorie) a la possibilité de faire appel à la justice pour obtenir le respect de ce qu'il pense être ses droits.

En France, depuis 1958 (sur le papier), la Constitution assure la séparation des pouvoirs exécutif, législatif et judiciaire.

En France (paraît-il), la justice s'applique de la même façon pour tous, quels que soient l'âge, le sexe et la nationalité.

En France, il y a deux degrés de juridiction, être jugé deux fois par des magistrats différents (appel), ce qui garantit sur le papier une justice équitablement rendue.

Ça, c'est ce que je voudrais croire, ce que j'ai cru, ce que l'on veut nous faire croire.

Casier judiciaire vierge pour les élus

Gros mensonge honteux du président de la République !

Si un sujet m'exaspère follement, c'est bien celui-là: un président de la République française qui ment ouvertement devant des millions de personnes en direct à la télévision et à une heure de grande écoute ! J'ai eu l'occasion de l'écrire[42] : soit cet homme est incompétent, ou menteur, ou bien encore une potiche manipulateur.

Le problème pour moi, avec toute la sincérité que je peux avoir, c'est qu'à ce jour j'hésite encore sur le choix d'un des trois qualificatifs... peut-être les trois à bien y réfléchir.

Rappel des faits

En 2015, après la parution de *Pilleurs d'État*, je lance une pétition pour que soit exigé un casier vierge B2, document indispensable pour pouvoir se présenter à une élection. Je me base sur le fait que pour 396 métiers que j'ai référencés moi-même *himself*, on exige bien un casier vierge pour travailler. Par exemple, pour travailler dans une mairie ou une collectivité territoriale il faut un casier vierge B2... mais pas pour la diriger en tant qu'élu. Une aberration imparable qui fait son chemin en à peine deux ans et en février 2017 une loi est votée à l'Assemblée nationale sous la houlette de la députée Fanny Dombre-Coste.

Le 15 septembre 2017, en direct d'un bureau de l'Élysée[43] et devant un parterre de journalistes dûment convoqués, le président de la République, assis derrière son bureau, un joli stylo à la main, déclare face caméra, (« les yeux dans les yeux », comme dirait Cahuzac) : « L'impossibilité d'être élu quand on a un casier judiciaire B2 est promulguée, contrairement à ce que beaucoup de gens ont dit ou peuvent encore croire. Ce que nous avons promis, nous l'avons fait. »

Le pire c'est qu'il a l'air sincère le bougre, convaincu de ses propos, le débat est clos !

---

42. « Le (gros) mensonge de Macron sur le casier judiciaire vierge », Wuko, libreactu.fr, 16 septembre 2017.

43. Voir la vidéo « Les lois de moralisation signées en direct à la télévision : le coup de com' à l'américaine de Macron », LCI, 15 septembre 2017.

Ben non !

Je ne vais pas m'appesantir sur le combat que je mène depuis 2013 sur le casier vierge, la pétition nationale lancée sur le site mesopinions.com (que vous pouvez toujours signer, si ce n'est pas encore fait) avec mes deux compères de combat **Yannick Talhouet et Xavier Jandot Dit Danjou**, le forcing pour qu'une loi soit votée le 1er février 2017 et le nombre de déjeuners que j'ai faits et payés de ma poche pour convaincre les élus un par un.

Les quelques exemples ci-dessous, postérieurs à l'intervention du président, nous démontrent amplement la réalité du mensonge d'État télévisuel.

Alain Vogel-Singer (Hérault-34) – **toujours élu**
Maire de Pézenas.

Décembre 2017 : il a été condamné à 6 000 euros d'amende pour prise illégale d'intérêts. Son ancien conseiller municipal, **Ansiau Revalor**, a été condamné à 3 mois de prison avec sursis et 8 000 euros d'amende pour prise illégale d'intérêts. Pas d'inéligibilité.

Petite question qui m'agace

Outre le fait qu'une fois de plus deux élus, dont l'un est maire de surcroît (et officier de police judiciaire de par la fonction) sont condamnés pour prise illégale d'intérêts alors qu'ils sont censés être des exemples de probité pour leurs administrés, les deux élus semblent bénéficier de « circonstances atténuantes » pour des faits qui devraient plutôt être considérés – ce qui me semblerait plus approprié, voire juste – comme des « circonstances aggravantes », non ?

Pas d'inéligibilité – ce qui en soi déjà, au vu des délits commis en tant qu'élus, commence à me gratouiller l'échine sérieusement –, mais, en sus, une petite question subsidiaire me brûle les lèvres au même titre que la professeure Françoise Moisie dans un sketch de l'humoriste Éric Massot, à savoir : dans cette sombre affaire de gros sous, le bénéfice financier de la revente à un promoteur du terrain soudainement constructible avoisine les 650 000 euros d'après un article de France Bleu Hérault. Même les amendes sont très en dessous de ce qu'avait réclamé le procureur lors du procès !

En fin de compte être condamné quand on est élu, ça paye !

Merci qui ? Merci Macron !

Source

« Le maire de Pézenas et un ancien adjoint jugé pour prise illégale d'intérêts », France Bleu Hérault, 29 septembre 2017.

Une inéligibilité virtuelle au moins jusqu'en 2020 (voire 2021)

Stéphane Sieczkowski-Samier (Pas-de-Calais – 62)
– toujours élu, même inéligible
Maire d'Hesdin.

Candidat député il fait la fête avec l'argent de la mairie.
Il envoie une fausse délibération qui favorise sa maman.

Mai 2018 : Il a été déclaré inéligible pour trois ans par le Conseil constitutionnel, mais il reste maire ;
Février 2017 : Il est mis en examen pour « complicité de faux et d'usage de faux en écriture publique » et « prise illégale d'intérêts par une personne dépositaire de l'autorité publique ».

Résumé

C'est pendant les dernières élections législatives que le maire d'Hesdin décide d'organiser une petite fête dans la commune pour, dit-il, rendre compte à mi-mandat. Il estime à tort que c'est à la mairie de régler la note.

Il y a aussi ses comptes de campagne qui n'ont jamais été visés par un expert-comptable, comme le prévoit la loi.

L'opposition au sein du conseil municipal n'a pas manqué de tirer la sonnette d'alarme et la commission des comptes de campagne n'a donc pas validé ses comptes. Le Conseil constitutionnel le déclare inéligible pour trois ans, il ne pourra pas être candidat à sa propre réélection aux municipales de 2020. Ni à aucun autre scrutin jusqu'en 2021.

Inéligible, mais élu quand même

Stéphane Sieczkowski-Samier pourra toutefois continuer à administrer sa ville jusqu'à la fin de son mandat. Cela tombe bien, il pourra donc continuer à se présenter à la justice pour une autre affaire, celle d'une fausse délibération municipale envoyée en préfecture comme étant réelle. Un paragraphe du compte rendu confiait la gestion des logements de la commune à l'agence immobilière dirigée par sa propre mère, elle-même membre du conseil municipal. Le chef de la police d'Hesdin était aussi de la partie. Il encourt 15 ans de réclusion criminelle et 225 000 euros d'amende, peut-être même une inéligibilité, sait-on jamais.

Remarquez, il s'en fout, il en a déjà une sur le dos, et pas appliquée en plus ! Une de plus, une de moins !

Du quad sans casque

Dans la série la loi n'est pas pour moi : Miss France 2018 et le maire d'Hesdin Stéphane Sieczkowski-Samier ont été verbalisés en juin 2018 après avoir roulé, sans casque, sur un quad dans les rues de la commune. Miss France prend 135 euros d'amende et perd trois points sur son permis ; le maire, juste à une amende.

Décidément, bel exemple pour les jeunes de la ville.

Sources

– « Pas-de-Calais : le maire d'Hesdin mis en examen pour "prise illégale d'intérêts" » lemonde.fr avec l'AFP, 6 février 2017.
– Philippe Pascot, *Allez (presque tous) vous faire…*, *op. cit.*, p. 285.
– « Pas-de-Calais : un maire inéligible pour 3 ans », lefigaro.fr, 25 mai 2018.
– « Stéphane Sieczkowki-Samier : Le plus jeune maire de France a été mis en examen », minutenew.fr, 6 février 2017.
– « Sans casque sur un quad, Miss France 2018 verbalisée par les gendarmes », *Le Parisien*, 13 juin 2018.

Mieux encore, monsieur le président, le must du must : un casier chargé, inéligible, en prison et élu maire quand même !

Aberahama Fakiri (Polynésie française – 987)
– inéligible, mais élu quand même
Ex-maire de Tematangi
(on l'espère mais ce n'est pas sûr à l'heure où j'écris ces lignes).

Inéligible, en prison, mais candidat quand même aux municipales…, il est élu.

Résumé

À Tematangi, un atoll des Tuamotu, un soir de beuverie, le maire tabasse son demi-frère. Comme il est le seul à avoir le téléphone, il attend une petite quinzaine de jours avant de faire venir les secours. La victime en restera handicapée à vie.

Il est condamné en première instance à 30 mois de prison ferme et à 5 ans d'inéligibilité en février 2014, mais il avait invoqué sa participation aux élections municipales pour ne pas se présenter au tribunal le jour de l'audience. Les forces de l'ordre l'interpellent le 13 mars 2014, une semaine avant le premier tour et le font incarcérer dans la foulée. L'homme termine sa campagne électorale du fond de sa prison. Il a renoncé à faire appel de sa condamnation.

A-t-il été élu ?

Eh bien oui ! Au deuxième tour des municipales notre prisonnier a été élu maire de sa commune. Espérons que le préfet a rapidement signifié l'inéligibilité car ce n'est vraiment pas pratique de diriger une mairie depuis sa prison.

Sources

– « Le maire de Tematangi devrait finir la campagne des municipales en prison », polynesie1ere.fr, 12 mars 2014.
– « Le maire de Tematangi renonce à faire appel et reste à Nuutania », Radio1 Tahiti, 24 juillet 2014.

D'autres exemples d'obligation de casier B2 vierge :

1) Un casier vierge B2 exigé pour les figurants d'un film de Clint Eastwood : Pour toucher 84 euros de cachet d'intermittent du spectacle, il faut aussi un casier vierge. Clint Eastwood, lors du tournage de son film *The 15:17 to Paris* (« Le 15 h 17 pour Paris ») qui relate l'attentat dans le Thalys et l'exploit de trois Américains, a exigé de tous les figurants un casier vierge B2 lors du tournage en France. Un simple figurant devait produire son casier B2 qui devait être vierge s'il voulait travailler.

2) Un casier vierge même pour acheter une maison : C'est ce qui arrivé dernièrement. Mon épouse et moi avons fait l'acquisition d'une petite maison dans le fin fond de l'Yonne. Nous nous rendons donc chez le notaire pour assister à la lecture de l'acte qui fera de nous d'heureux propriétaires. À un moment donné, j'entends le notaire tout à sa lecture qui énonce qu'il a demandé la production d'un casier B2 me concernant.

Je lui demande donc une explication qu'il me donne avec la condescendance de celui qui sait. Et je comprends que sous certaines inscriptions à mon casier, il ne m'aurait pas été possible d'acquérir la maison de nos rêves.

Donc on se rend compte qu'aujourd'hui un peu partout dans la société on exige un casier vierge pour accéder au travail ou acquérir des biens. Partout, sauf pour les élus de la république qui sont pourtant censés être des exemples pour nous autres citoyens. En 2020, voire 2025, des élus condamnés pourront toujours se présenter à une élection en France.

Et pourtant le président aurait pu tenir sa promesse EN VRAI

Il avait un moyen simple de réellement tenir sa promesse de campagne : inscrire l'obligation de présenter un casier vierge dans la loi ou bien hâter la promulgation de la loi du 1er février 2017 qui attend sur une étagère du Sénat. Le Conseil constitutionnel l'aurait retoquée… ou pas, mais au moins on aurait su. Et si le Conseil constitutionnel retoquait la loi, il y avait toujours moyen de l'inscrire dans la modification de la Constitution (puisqu'il y a un projet de modification, c'était le moment d'en profiter pour y glisser un peu de moralité politique. C'était simple, définitif et tellement plus honnête que de nous mentir en nous leurrant une fois de plus.

Et s'il n'y avait que ça...

Le cumul des mandats repoussé à la Saint-Glinglin[44]

C'était promis juré, on allait réduire le cumul des mandats, renouveler les politicards professionnels. C'est du moins les grandes déclarations d'avant élection, reprise en chœur par tous les médias et seconds couteaux en mal de notoriété.

Qu'en reste-t-il ? Trois mandats successifs pour les maires et on commencera à compter à partir de 2020 ou 2021, mais seulement pour les maires des villes de plus de 9 000 habitants.

Si l'on se réfère aux dernières données de l'INSEE, 1 162 maires sont concernés, ce qui veut dire que 96,7 % des maires ne seront donc pas atteints par le non-cumul des mandats. En gros, la limitation des mandats ne sera vraiment effective qu'aux alentours de 2038. D'ici là, combien vous pariez que des astuces seront trouvées pour biaiser encore et toujours ?

La galéjade des trois mandats identiques et successifs

Les promesses n'engagent que ceux qui les écoutent. Une rengaine que l'on connaît bien depuis Jacques Chirac. La formule devient un peu plus élaborée puisque, aujourd'hui, on tient ses promesses, on utilise les mêmes mots, mais pour faire totalement autrement que ce que l'on avait promis.

Oui, j'ai promis le non-cumul des mandats, oui, on vote le non-cumul des mandats mais non ce n'est pas pour tout de suite. C'est vrai que

44. « La limitation des mandats dans le temps pour les maires ne sera vraiment effective qu'en 2038 », Sylvain Chazot, europe1.fr, 24 novembre 2017.

personne ne nous avait dit pour quelle année. L'intitulé est donc bien pratique pour avoir des élus à vie, tout en faisant croire l'inverse.

Il suffit pour un député de postuler à un poste de maire d'une grande ville, président d'une agglomération après ses trois mandats et son compteur redémarre pour trois mandats.

Il suffit d'une petite interruption dans son poste de député, une mission de six mois par décret gouvernemental ou un poste éphémère de secrétaire d'État et les compteurs repartent à zéro pour trois ans.

En gros, un élu peut encore être élu à vie. Il suffit qu'il ne fasse pas trois mandats identiques et successifs.

Exemple : un élu poussé et désigné par les petits camarades de son parti se fait un petit mandat de maire d'une grande ville, puis il enchaîne et attaque au bout de quatre ou cinq ans un petit mandat de député (multiplié par trois, donc quinze ans de plus) et termine sa carrière au Sénat (dix-huit ans de plus) ce qui nous donne au bas mot trente-sept ou trente-huit ans de mandats pour le même homme, la même caste.

Ce n'est plus, il faut l'écrire, un cumul de mandat, c'est juste un cumul d'années de mandat.

Le président Macron et ses inféodés ne nous ont donc pas menti. Ils nous ont juste trompés.

Un renouvellement pas avant 2032, voire 2038

Ceux qui ont déjà un mandat pourront en faire encore deux identiques. Bien pratique pour ceux qui ont déjà fait au moins trois mandats consécutifs soit 71 députés et 46 sénateurs. Pour les maires des grandes villes, c'est encore mieux, ils sont plus de 250 selon France Info à prendre un rab de deux mandats alors que certains en ont déjà beaucoup plus au compteur. Le maire de Créteil par exemple en est à son septième mandat. Avec la nouvelle loi de non-cumul, il pourra atteindre les neuf mandats consécutifs. Pour peu qu'il se décide pour un autre petit mandat « alternatif » à l'échéance des neuf derniers, il pourra revenir pour un deuxième tour à trois mandats.

Le vrai courage politique aurait été de limiter le nombre de mandats qu'ils soient identique et ou successifs.

Loi sur la moralisation « élastique » pour les députés

Vous vous souvenez sans doute des combats que nous avons menés à quelques-uns pour que l'IRFM (l'indemnité de représentation et de frais de mandat) ne soit plus de l'argent de poche non déclaré (5 840 euros brut, soit 5 372,80 euros net par mois), dont nombre de parlementaires se servaient pour s'acheter un bien immobilier.

On nous a annoncé à grand renfort de médiatisation que les choses avaient changé. Même si on peut constater quelques progrès, globalement on s'est fait rouler dans la farine.

On change le nom, on garde la somme

Depuis le 1er janvier 2018, les élus disposent d'une « avance mensuelle », et non plus d'une IRFM, de 5 373 euros net pour les députés et 5 900 euros net pour les sénateurs. En 2017, l'IRFM s'élevait à 5 372 euros net pour les députés et 6 109 euros net pour les sénateurs.

Des petites faveurs ajoutées en douce

Mais fin décembre 2017, on y a ajouté quelques menus avantages subrepticement, via les questeurs de l'Assemblée. Par exemple :

Avant le grand chambardement, les députés avaient trois forfaits, un pour le courrier pour 12 000 euros/ an, un pour le téléphone pour 4 000 euros/ an, et un pour les taxis pour 2 750 euros/ an. Chaque forfait correspondait à un seul type de dépenses. Les trois sont maintenant dans le même paquet pour un montant de 18 950 euros par an (200 euros de plus que précédemment !). Nos députés se retrouvent donc avec 1 579 euros par mois, somme globale beaucoup moins traçable et qui vient s'ajouter aux 5 373 euros d'« avance mensuelle ». Ils ne paieront plus leur forfait hôtel comme précédemment, ce qui représente une économie moyenne de 3 000 à 4 000 euros par an payés directement par l'Assemblée.

Il est précisé que, dans la nouvelle procédure, les députés pourront choisir, en sus de leur « avance », de se faire rembourser certains frais raisonnables, sans qu'un plafond ait été fixé, comme des notes de restaurant ou de costumes…, du moment que cela reste raisonnable !!!

Une voiture à leur nom

Les député(e)s peuvent maintenant inviter leur maîtresse ou amant en toute légalité puisqu'il n'y a aucune obligation de justifier le nom des invité(e)s lors du remboursement d'une note de frais de restauration maintenant autorisée.

C'est officiel, dorénavant, un(e) député(e) a le droit de s'acheter la voiture de son choix et à son nom personnel avec son « avance », c'est-à-dire avec de l'argent public, celui de la république.

Ni contrôle ni sanction

Mais le plus désespérant, c'est que dans cette démarche de transparence avec deux pas en avant et trois pas en arrière, à aucun moment, il n'est mis en place de vrais contrôles, pas plus que des sanctions en cas de dépassement de la ligne rouge.

Pour l'assemblée, il y aura un contrôle aléatoire une fois tous les cinq ans. Ainsi, si vous y passez la première année, vous êtes tranquille pour les suivantes.

La déontologue de l'Assemblée

La déontologue, chargée de vérifier les comptes, avoue elle-même par écrit que cette mesure est illusoire et qu'elle n'aura pas le temps de vérifier en profondeur les comptes des députés. En onze pages, elle souligne son incompréhension sur un tas de zones d'ombre dans lesquelles les parlementaires pourront s'engouffrer sans souci, exactement comme lors des mandatures précédentes.

De plus et pour finir :

Aucune vraie sanction

Si par un hasard malheureux on arrivait à prouver qu'un parlementaire avait abusé avec l'argent que lui allouait la république, il n'aura à craindre qu'une petite tape sur les doigts par ses pairs et devra, peut–être, rembourser les sommes indûment utilisées.

Pourtant, il y avait un truc simple qui s'applique partout ailleurs, simple et imparable, le remboursement sur justificatifs. Ça devait être trop compliqué pour nos élus.

Sénateurs

Il faudrait plus d'un chapitre pour vous restituer la façon dont les sénateurs passent à travers les gouttes de la transparence. Je laisse ce soin à un spécialiste du Sénat : le talentueux écrivain Yvan Stefanovitch, qui connaît sur le bout des doigts tous les trous de souris qui se nichent au Sénat.

Le sujet suivant concerne une curieuse loi qui semble avoir été faite sur mesure pour arranger les copains.

La loi valide des constructions illégales[45] et en interdit la destruction

Dans la série on marche sur la tête mais cela en arrange quelques-uns (voir *infra*, paragraphe « La même histoire mais avec des copains à monsieur Macron »), voici une décision qui ne peut que laisser perplexe quant à la justification de l'existence des soi-disant « sages » de la république.

Avant, on ne pouvait pas construire n'importe quoi, n'importe où, c'était illégal.

Certes, parfois cela devenait ardu de construire son abri de cheval (obligatoire) sur un terrain agricole (où l'abri est interdit), Mais globalement les règles de l'urbanisme en matière de construction protégeaient tout un chacun des bétonneurs à outrance.

C'était inscrit dans l'article L. 480-13 du Code de l'urbanisme qui prévoyait qu'une construction édifiée en application d'un permis de construire pouvait être démolie lorsque le permis avait été annulé par le juge administratif et lorsque le constructeur méconnaissait les règles d'occupation des sols.

Tripatouillage de type macronien

Mais la loi dite « Macron » n° 2015-990 du 6 août 2015 pour la

45. « Les constructions illégales ne pourront plus être démolies », reporterre.net, 15 novembre 2017.

croissance, l'activité, l'égalité des chances économiques a donné lieu à une petite modification discrète de l'article L. 480-13. Modification aux conséquences dévastatrices, quelques mots qui changent le sens de la loi et restreignent complètement son champ d'application : la démolition des constructions réalisées en application d'un permis de construire par la suite annulé ne peut être décidée que si ces constructions *étaient localisées dans des zones particulières*. Une question prioritaire de constitutionnalité (QPC) avait donc été déposée par une association de protection de l'environnement dénommée Entre Seine et Brotonne conjointement avec l'association Estuaire Sud en date du 12 septembre 2017 à la suite du tripatouillage de l'article L. 480-13.

Eh bien, voilà-t-il pas que le 10 novembre 2017, à la question n° 2017-672 QPC, le Conseil constitutionnel déclare que l'article L. 480-13 du Code de l'urbanisme, relatif à la démolition des constructions dont le permis de construire a été annulé, est conforme, dans sa nouvelle configuration, à la Constitution.

La construction illégale devient donc légale

Il est quand même effarant de constater qu'on légitime à nouveau l'illégal en le légalisant[46]. En gros, c'est la porte ouverte au bétonnage sans autorisation et à peu près où on veut. Pourquoi se gêner ? Les bétonneurs et autres magouilleurs applaudissent aujourd'hui des deux mains.

Exemple :

Un promoteur peu scrupuleux construit en dépit du bon sens sur un terrain derrière chez vous. Preuves à l'appui, vous portez plainte contre ce promoteur. Au bout d'un ou deux ans (trois ?), la justice vous donne entièrement raison et ordonne l'annulation du permis de construire délictueux, donc la destruction du bâtiment. Pendant ce temps écoulé, le promoteur peu scrupuleux (mais connaissant bien la loi) aura largement eu le temps de terminer sa toiture et le bâtiment aura été revendu deux fois avant l'audience du procès qui, en plus, sera renvoyé car les avocats

46. « Urbanisme: la nouvelle procédure de l'action en démolition est conforme à la Constitution », arnaudgossent.com, 10 novembre 2017.

du promoteur annonceront comme prétexte qu'ils n'ont pas eu le temps de préparer leur dossier. Encore quelques mois de gagnés.

Vous avez payé votre avocat (jamais gratuit !), attendu de long mois, pris des congés pour vous rendre à l'audience, passé des soirées à revoir tous les points du dossier sur cette construction mal fagotée.

Et le jour du jugement, on vous annonce que vous avez raison, que le permis de construire n'est pas valable, etc., mais qu'avec la loi Macron et la décision du Conseil constitutionnel, il n'est pas question d'ôter cette verrue maintenant installée dans le paysage local. Avouez qu'il y a de quoi péter un câble, mais ça, vous n'en avez pas le droit, ce n'est pas légal.

La même histoire, mais avec des copains à monsieur Macron

C'est en plein cœur de la baie de Rondinara[47], site chéri du sud de la Corse, que peuvent se voir aujourd'hui, comme le nez au milieu de la figure, deux immenses bâtisses édifiées… *dans une zone naturelle inconstructible*[48]. Ce sont donc deux superbes villas de 670 m² chacune (excusez du peu !) qu'à fait construire Pierre Ferracci, ancien militant communiste reconverti dans les affaires (quand je vous dis que la politique mène à tout) sur un terrain de 20 hectares acheté discrètement (communiste oblige) dans les années 1990. Jusque-là rien à dire, sauf que tout ceci est construit en prenant ses aises avec la légalité, et en plus est « *situé dans un site sauvage, vierge de construction, un espace protégé et proche du rivage donc totalement inconstructible. La forêt méditerranéenne est désormais saignée de pistes pour accéder au chantier. Un parking, un réseau électrique, une adduction d'eau, une piscine…* » *U Levante, association corse de protection de l'environnement porte plainte. L'affaire dure quand même depuis une petite dizaine d'années.*

47. « Procès Ferracci : "Selon que vous serez puissant ou misérable…" », Patrick Vinciguerra, France Bleu RCFM, 6 juillet 2017.
48. « Corse : les villas Ferracci, un forcing payant », Kael Serreri, liberation.fr, 10 août 2017.

Un million d'euros d'amende, mais pas de démolition : la loi seulement pour les plus riches !

C'est la somme à laquelle a été condamné en première instance et en appel[49] Pierre Ferracci. C'est le montant maximum que peut réclamer la justice pour ce genre de délits. Par deux fois la justice a estimé que la SCI Sponsaglia gérée par Pierre Ferracci est bien déclarée coupable d'avoir exécuté des travaux non autorisés et enfreint le plan local d'urbanisme.

Mais de démolition, pas question ! Le paysage corse restera défiguré. Le propriétaire indélicat n'aura qu'à payer son amende pour légaliser les délits.

On ne comprend pas cette justice qui vous dit que vous avez tort d'avoir raison…

À moins que ce qui suit explique peut-être ce qui précède.

Témoin de mariage du président Macron et réciproquement, ça doit aider[50]

Eh oui, c'est en ce beau dimanche du 20 octobre 2007, au Touquet, à l'hôtel Westminster, un 4 étoiles du groupe Barrière, que se sont dit oui Brigitte Trogneux et Emmanuel Macron. Il se trouve que l'un des deux témoins du marié s'appelait Marc Ferracci !

Mon Dieu que le monde est petit, c'est le fils de Pierre Ferracci.

Et réciproquement

Cerise sur le gâteau, ce même Marc Ferraci s'est marié en 2004 et un de ses témoins s'appelait Emmanuel Macron.

Le moins que l'on puisse dire, c'est que ces deux familles sont très proches.

D'ailleurs, Pierre Ferracci, le père (l'homme aux deux petites villas de 670 m^2 chacune) déclarait dans un article des *Échos* : « Emmanuel fait

49. « Villas dans le maquis corse : Pierre Ferracci se défend de tout favoritisme », *Le Parisien*/AFP, 14 juillet 2017.

50. « Qui étaient les témoins de mariage d'Emmanuel Macron ? », Candice Nedelec, gala.fr, 20 octobre 2017.

un peu partie de notre famille[51]. » Une « vraie complicité intellectuelle » ajoutera aussi le fils Marc dans un article du *Monde* en date d'avril 2017.

Tout le monde sait bien, en plus, que dans une famille, on se serre les coudes.

Et ce n'est pas tout.

Dans la famille « J'entoure-et-je-cajole-le-président » je demande l'épouse du fils Ferracci !

Outre la proximité du fils Ferracci (Marc), très copain avec son collègue d'HEC, l'ami Macron, l'entregent du père (Pierre), on a aussi dans ce jeu de cartes la belle-fille de Pierre et l'épouse de Marc : Sophie Ferracci. Elle a été chef de cabinet du ministre Macron à Bercy[52], puis chef de cabinet du candidat Macron durant la campagne électorale.

Elle se trouve maintenant (parce qu'elle n'avait pas envie d'être à l'Élysée, paraît-il) chef de cabinet de la ministre de la Santé dans le gouvernement Macron.

Petits détails bizarres

En 2013, après plusieurs procès-verbaux d'infractions constatées dans la construction des deux supervillas, le préfet de département, relayé par la presse nationale, demande avec fermeté une « *condamnation exemplaire et rapide avec mesure de restitution ainsi qu'une* remise en état d'origine des lieux sous astreinte ». Il souligne également le caractère *majeur* du dossier : « [...] en *raison de l'importance des travaux et de leur situation dans un espace remarquable et proche du rivage. [...] On ne comprend pas non plus que lors du premier procès au civil le ministère public n'a pas fait appel, un oubli sans doute. De même qu'il est difficilement compréhensible que le maire de Bonifacio ne se soit pas porté partie civile pour défendre les intérêts de la commune [...]* »

Aux dernières nouvelles, on n'est pas sûr que ce préfet fasse de vieux os dans la préfectorale.

51. *Les Échos*, 27 janvier 2017.

52. « Les époux Ferracci, stratèges de la campagne », *Le Monde*, 27 avril 2017.

Mais bien entendu, je suis ironique et d'une parfaite mauvaise foi, je suis impertinent en qualifiant les dispositions nouvelles issues de la loi Macron du 6 août 2015 d'incongrues[53] (pour le moins) mais qui tombent à pic quand il s'agit d'absoudre toute mise à mal des règles d'urbanisme et de la construction à condition, bien sûr, que vous ayez un maximum d'argent et un beau réseau de connaissances haut placées.

Moralité

Qui connaît Macron, garde sa maison !

Dernier détail à propos d'un Conseil constitutionnel sous influence

Une étude de l'association Les Amis de la Terre, en date de juin 2018[54], démontre comment le Conseil constitutionnel se laisse embobiner par des lobbyings organisés. Les lobbyings envoient aux membres ciblés du Conseil ce que l'on appelle des « contributions extérieures » (c'est une sorte de notes, ou mémentos, ou mémoires, sur un sujet précis) qui traitent de l'examen du contenu d'un texte de loi avant qu'une décision soit rendue.

Il se trouve que ce sont souvent ces contributions qui servent de base et d'appui pour que nos conseillers réfléchissent à leur décision. Comme ces « contributions » ne sont pas consultables sauf pour les conseillers, on ne peut même pas contre-argumenter. Les lobbyings influent ainsi directement sur le Conseil constitutionnel.

Une transparence mais après les faits

Depuis peu, dans un souci de transparence, le Conseil publie une liste des contributions extérieures reçues[55]. Deux petits bémols à cette pseudo-transparence : d'abord,la liste est publiée après la décision du Conseil

53. « Le volet "urbanisme" de la loi n° 2015-990 du 6 août 2015, dite "loi Macron", réduit les possibilités de démolition des constructions illégales », dans « Corse : les villas Ferracci, un forcing payant », art. cit., liberation.fr, 10 août 2017.
54.« Le Conseil constitutionnel sous l'emprise des lobbies, selon une étude des Amis de la Terre », reporterre.net, 25 juin 2018.
55. « Comment Conseil constitutionnel et Conseil d'État imposent discrètement une protection maximale pour les investisseurs et les multinationales », Observatoire des multinationales, Olivier Petitjean, multinationales.org, 25 juin 2018.

constitutionnel, donc de toute manière on ne peut plus rien faire ; ensuite, de plus en plus, ce sont des cabinets d'avocats qui rédigent et envoient ces contributions. On ne sait donc pas (et la loi les protège) qui se cache derrière ces avocats mandatés. C'est pratique pour un lobbying puissant et discret !

Je n'ai rien dit, ne le répétez pas, mais je pense aussi qu'il n'y a pas QUE les lobbyings pour influencer ces « sages »... Quelques politiques ont, apparemment, sûrement aussi leur entrée, par une petite porte, au Conseil constitutionnel. Cela se passe simplement, au cours d'une visite le soir ou d'un déjeuner dans un des restaurants renommés de Paris.

Mais chut ! Officiellement le Conseil constitutionnel est indépendant et au-dessous de tout soupçon !

Bientôt six mois de prison et 10 000 euros d'amende si on publie le nom d'un mis en examen ?

Si cette proposition de loi enregistrée à la présidence du Sénat le 11 juin 2018 sous le numéro 562 et par presque 80 sénateurs le 1er juin 2018 venait à se concrétiser dans les mois qui suivent, cela voudrait dire que je ne pourrais plus vous informer des écarts de nos élus.

Ils ne manquent pas d'air

Sans doute, pour quelques-uns, avons-nous trop montré du doigt ces élus qui mettent les doigts dans la confiture. Peut-être les médias ont-ils trop relaté les différentes et successives mises en examen des Sarkozy, Balkany, Cahuzac and Cie. Il semble que nos élus sont donc mécontents de la publication de leur nom sur la place publique lors d'une garde à vue ou d'une mise en examen. C'est vrai, reconnaissons que la carrière politique de certains en aurait été facilitée. Par exemple, si personne n'avait su que M. François Fillon était mis en examen, il serait peut être aujourd'hui notre président de la République.

L'anonymat du mis en examen jusqu'à quand ?

L'anonymat du mis en examen jusqu'au procès ? Après l'appel ? Après la cassation ?

Car si nous poussons le raisonnement jusqu'au bout, on ne pourra rien dire, écrire, relater jusqu'à la condamnation définitive du mis en cause, celui-ci étant innocent, donc anonyme jusqu'à ce qu'il soit condamné. Dans les motifs d'explications de la proposition de loi, les sénateurs expliquent qu'il ne s'agit pas de remettre en cause un système judiciaire, mais de renforcer davantage la protection des personnes placées en garde à vue ou mises en examen.

On aimerait tant qu'ils renforcent aussi la protection des victimes qui sont souvent laissés pour compte dans beaucoup de procédures.

Les pages des journaux vont rester désespérément vides si cette proposition de loi était acceptée.

Vingt ans pour connaître un nom ?

Pour certains « anonymes » mis en examen cela prendra une bonne dizaine d'années, voire une bonne vingtaine pour ceux qui seront très procéduriers ou ayant la chance de pouvoir se payer de très bons avocats.

Quand nous saurons enfin leur nom et ce qu'ils ont fait ou dérobé ou harcelé, ils seront à la retraite (dorée) pour la plupart, ayant pu continuer à se faire réélire sans souci puisque personne ne savait…

La médiatisation d'un nom a les deux faces d'une pièce de monnaie

Oui ce n'est pas agréable d'être mis en examen ;

Oui, ce n'est pas agréable de lire son nom dans les pages d'un journal national, de l'entendre livré en pâture dans des émissions de télé ou de le voir figurer sur la page d'un réseau social.

Mais la médiatisation ne peut se faire à sens unique. Un élu est un personnage public. Si on accepte comme ils l'acceptent tous, de courir les plateaux de télévision pour y montrer leur minois, il faut aussi accepter que les journalistes parlent et écrivent sur les démêlés judiciaires de ces mêmes individus. On ne peut démocratiquement accepter le côté pile d'une pièce de monnaie qui vous met en valeur et refuser l'exposition du côté face qui serait à votre égard un peu plus sombre. Il y aura toujours deux faces sur une pièce de monnaie. N'en déplaise à certains élus qui ne voudraient n'en montrer qu'une. De plus :

- Aucun des derniers scandales financiers et politiques ne serait sorti sans la médiatisation des forfaits par des lanceurs d'alerte courageux.
- Aucun dossier n'aurait vu une accélération de l'enquête ou des procédures de la justice sans la médiatisation de ce que certains appellent des fuites d'informations pendant que d'autres pensent plutôt transparence salutaire.
- Un juge, à quelques exceptions près, ne met pas en examen un individu sans s'appuyer sur des faisceaux de faits et d'informations concordants, voire de textes de lois votés par ces mêmes élus...

À l'heure ou j'écris ces lignes, je ne sais encore le devenir de cette proposition de loi. J'espère sincèrement qu'elle sera mise au panier. Pour ma part, je trouve déjà indécent que des sénateurs aient osé la proposer.

Une solution

Il y a pourtant un truc très simple pour éviter la médiatisation du nom des élus fraudeurs voleurs ou corrompus. Il faudrait qu'il y en ait moins qui trichent avec la loi qu'ils sont censés représenter.

Petit détail mesquin

Connaissant la ténacité des lanceurs d'alerte ou d'un journaliste « normal » qui ne voudrait pas plier dans cette dictature du bâillon, nos braves sénateurs ont prévu de doubler l'amende et la prison en cas de récidive. Un an de prison et 20 000 euros d'amende, ça fait cher le nom cité.

On lutte contre la fraude fiscale en réduisant les agents qui la contrôlent

Pour rappel, la fraude fiscale annuelle en France est estimée aujourd'hui entre 60 et 100 milliards d'euros par an. Les gouvernements successifs déclarent tous sans exception vouloir la juguler, lutter contre, l'anéantir.

Et tous inventent, en sous-main, des dispositifs pour que cela ne puisse pas se faire.

Une des astuces parmi les plus usitées, c'est la réduction de personnel, surtout chez ces fonctionnaires qu'il faut dégraisser ! On dégrossit chez les juges, on réduit le nombre de tribunaux. On diminue d'année en année, subrepticement, le nombre d'agents chargés de la fraude fiscale, etc.

En 2012, un sénateur, Dominique Bailly, posait déjà une question écrite N° 21714 concernant la réduction de personnel au sein de la Direction générale des Finances publiques (DGFIP), incompatible avec les objectifs de contrôle et de renforcement de la lutte contre la fraude fiscale affichée par nos dirigeants.

Le ministre répondait par écrit (JO Sénat du 23 février 2012, p. 501) qu'il y avait bien eu la suppression de 2 441 équivalents temps plein au titre de la loi de finances pour 2012. Pour le reste tout allait pour le mieux dans le meilleur des mondes.

En 2015, un article de *L'Humanité* en date du 24 mars 2016 reprend les récriminations d'un fonctionnaire des impôts qui explique que ses collègues et lui ne peuvent plus procéder à tous les contrôles fiscaux qu'ils voudraient, faute de personnel. En 2015, dit-il, 2 100 postes d'agents ont été supprimés, sans compter les dossiers bloqués par la hiérarchie car trop sensibles.

En 2018, rebelote ! le gouvernement annonce à nouveau une réduction des effectifs, y compris du côté de Bercy. On parle de fermer près d'un centre des impôts sur trois et de supprimer environ 40 000 postes dans l'administration des impôts, d'ici à 2022.

L'habillage de la réduction d'agents de Bercy est toujours le même : une mutualisation des effectifs, les progrès technologiques, Internet, l'envoi de mails, l'échange de fichiers informatisés. Une petite variante en 2018, qui a permis d'appuyer un peu plus sur le nombre de réduction d'emplois, c'est l'imposition du revenu à la source. Moins de travail et plus de résultats semblent être le motif ultime de nos dirigeants pour déshabiller tous ceux qui s'occupent sur le terrain de la fraude fiscale.

On se demande bien pourquoi, malgré tout cela, le montant de la fraude augmente un peu plus chaque année.

Par contre, la fraude sociale, c'est carton plein

Ce n'est pas moi qui le dis c'est le rapport « La politique de contrôle et de prévention des CAF : résultat 2017 », présenté dans un joli dossier de presse en avril 2018.

On y apprend que :

– Plus de 35 millions de points de contrôle ont été vérifiés par les CAF en 2017.

– Une augmentation des résultats de la lutte contre la fraude de 5 % grâce à une meilleure détection.

– Toutes les fraudes détectées par les CAF sont sanctionnées.

Les 600 contrôleurs de la CAF ont pu effectuer 171 500 visites sur place (déplacements chez les allocataires). Voilà des « fonctionnaires » qui bossent comme des dieux !

Ah ! au fait, pendant que j'y pense, les fraudes sociales, toujours selon le rapport officiel de la CAF, ne représentent que 0,36 % de l'ensemble de la population des allocataires, soit 45 100 fraudes avérées pour un montant total de seulement 291 millions d'euros.

Tout ça pour ça ?

Pour mémoire, la fraude fiscale, elle, c'est entre 80 et 100 milliards par an.

La liste bidon des paradis fiscaux

C'est officiel, on va lutter contre les paradis fiscaux. C'est du moins ce qu'annonce à grand renfort d'interventions dans les médias le commissaire européen à la fiscalité, Pierre Moscovici.

Cette jolie annonce un peu contrainte, faite après la publication grâce au consortium international des journalistes d'investigation du scandale des « Panama Papers ». Il faut que l'on montre que l'on réagit à cette fraude massive des capitaux.

Mais la montagne de vertu accouche d'une souris minimaliste

Aucun pays de l'Union européenne ne figure sur la liste noire, l'Irlande, le Luxembourg, les Pays-Bas ou Malte y échappent bizarrement.

Pierre Moscovici l'explique lors d'une conférence à Bruxelles : « Certains pays européens sont des trous noirs fiscaux. […] À l'évidence, beaucoup de pays de l'Union européenne sont des lieux où l'optimisation fiscale agressive trouve sa place. Je cherche comment répondre à cela. »

Dans la tête de M. Moscovici, qui semble découvrir la Lune[56], un trou noir fiscal dans un pays de l'Union européenne, c'est une « optimisation fiscale agressive », ce n'est donc un pays qui favorise la fraude et l'évasion fiscales.

Fallait la sortir celle-là, avec une belle langue de bois. Un spécialiste, le commissaire européen Moscovici !

Du coup, 17 pays hors UE sont désignés et blacklistés. Tout le landerneau politique applaudit des deux mains et s'autocongratule. Puis, moins de deux mois après, l'Union européenne en retire huit, dont le Panama[57].

Une simple lettre pour le retrait

Quand quelques élus européens demandent des précisions sur le retrait, par exemple du Panama, on leur répond que les pays concernés ont envoyé une lettre pour expliquer qu'ils allaient être sages maintenant avec la fraude fiscale.

Quand quelques élus européens demandent à voir ces lettres et leur contenu, on leur fait répondre que ce n'est pas possible.

La fraude fiscale a encore de beaux jours devant elle.

Pour le plus grand bonheur des voleurs, la prescription pour vol par ruse est raccourcie par l'Assemblée nationale

Plus la ficelle est grosse, plus ça passe. Cette loi a été faite sur mesure pour les délinquants en col blanc et, par ricochet, pour nos parlementaires.

56. « Trous noirs fiscaux » découverts au sein de l'UE : la bravoure d'un commissaire européen ? », rupture-presse.fr, 7 mars 2018.

57. « L'Union européenne réduit de moitié sa liste noire de paradis fiscaux », europe1.fr, 23 janvier 2018.

J'écris volontairement *nos parlementaires* car lors du vote de cet amendement glissé dans la loi votée en février 2017[58] par l'ensemble de nos députés, peu d'entre eux, pour ne pas dire aucun, n'ont sauté au plafond quand un petit amendement vicieux au possible est venu s'intercaler dans la loi. C'est dans une indifférence quasi générale que les voleurs par ruse ont reçu une jolie approbation avec la difficulté organisée par la loi pour sanctionner leurs forfaits.

Une révision des prescriptions en justice

Selon le Larousse en ligne, la prescription c'est « l'écoulement d'un délai à l'expiration duquel une action judiciaire ne peut plus être exercée. En 1808, la prescription héritée du Code d'instruction criminelle, dans ses articles 635 et suivants posent le premier cadre de la prescription. Il y en aura beaucoup d'autres, et c'est vrai que la prescription des crimes et délits était devenue un véritable marigot dans lequel la justice puisait ici et là au gré des jurisprudences ou des pourvois en cassation. Il fallait y mettre un peu d'ordre.

C'était l'objet principal du vote de cette loi, et cela partait d'une bonne intention : revoir et harmoniser les délais de prescription des crimes et délits. Nos députés votent donc la rallonge des délais de prescription de la plupart des infractions : de trois à six ans pour les délits ; de dix à vingt ans pour les crimes. Le peuple est content, la presse parle d'avancée dans la justice, le texte souligne « l'amélioration des procédures qui facilitent la répression des délits, le renforcement de la réponse pénale », et, pour faire couleur d'actualité, « mieux définir la lutte contre le terrorisme ». Le délai de la prescription augmente dans quasiment tous les domaines sauf un : celui qui concerne les délits financiers.

Un amendement aux petits oignons pour l'entre-soi des délits politiques et financiers

Der Teufel steckt im Detail, comme aurait dit Friedrich Nietzsche. « Le diable est dans les détails », dirais-je pour faire moins je me la pète[59].

58. Proposition de loi portant réforme de la prescription en matière pénale, 16 février 2017 – texte adopté (N° 921).

59. « Réforme de la prescription : les députés ont-ils fait un cadeau aux délinquants en col blanc ? », Maxime Vaudano, *Le Monde*, 23 février 2017.

Le détail arrive donc par le ministre socialiste de la Justice de l'époque, Jean-Jacques Urvoas (celui qui vient d'être mis en examen pour avoir donné des infos sur une procédure judiciaire en cours contre un collègue, Thierry Solère, député ex-UMP maintenant En marche !, mis en examen). Urvoas se pointe lors des discussions avec une petite modification sous le coude, à rajouter au texte initial. Un petit amendement de rien du tout, ajoute-t-il.

Il propose tout simplement de réduire le délai de prescription pour tous les délits financiers dits « occultes » ou « par ruse » y compris les abus de biens sociaux, trafics d'influence, détournements de fonds, et autres apparentés, par un artifice juridique qui consiste à prendre en compte, pour le démarrage du délai de prescription la date de commission du délit et non celle où on le découvre.

Une véritable prime d'impunité aux financiers truands

Auparavant, la prescription pour un délit financier par ruse (dissimulé et ou occulte) courait à partir de la date de la découverte du délit. La règle ne résultait pas de la loi mais de la jurisprudence constante de la Cour de cassation depuis 1935 où, à l'époque, ces délits « par ruse » étaient appelés infractions « astucieuses » (marrant l'appellation pour une escroquerie).

La chambre criminelle de la Cour de cassation, le 4 mars 1935, estime que « la dissimulation des agissements marquant le moment de la violation du contrat servant de base à la poursuite retarde le point de départ de la prescription jusqu'au jour où le détournement est apparu et a pu être constaté ». Le 7 décembre 1967, elle étend aux abus de biens sociaux le point de départ de cette prescription au jour de la découverte des faits.

Une aubaine d'argumentation

C'est sur cet argument que s'engouffrent les deux rapporteurs de la loi, les députés Georges Fenech et Alain Tourret, membres de deux partis fortement opposés l'un à l'autre, mais s'entendant sur cet amendement comme larrons en foire. Pour eux, l'imprescriptibilité est inadmissible. On les comprend ; c'est vrai que de savoir que le méfait financier, la corruption, l'abus de confiance, l'escroquerie, le détournement de fonds, le tout par ruse, pouvait encore être jugé trente ou quarante ans après les faits empêchait fortement les délinquants en col blanc de bien dormir.

On comprend aussi que beaucoup d'élus qui avaient encore des comptes en banque familiaux à l'étranger étaient un peu barbouillés en pensant qu'un jour ils pourraient en répondre devant la justice.

Le nombre d'affaires qui remontaient à la surface depuis quelques années n'a pas non plus été sans influence sur cet amendement. On risquait un embouteillage dans les couloirs du Palais de Justice.

L'amendement est voté à main levée le 16 février 2017. Comme c'est un vote à main levée, on ne connaîtra jamais le nom des votants. De toute manière, aucun député de quelque parti politique que ce soit n'a émis une seule remarque contre cette protection accrue des délinquants en col blanc.

Rien n'obligeait la France à légiférer

La Cour européenne des droits de l'homme (CEDH) avait recommandé qu'une personne devait pouvoir être jugée dans un « délai raisonnable » (cf. l'affaire Tiberi… vingt et un ans d'attente du jugement – mais, il faut le dire, les Tiberi, mari et femme, y étaient pour quelque chose !), étant précisé que la CEDH calcule le « délai raisonnable » de jugement à partir du début des poursuites et non à partir de la date des faits.

À l'étranger

Au Royaume-Uni et dans les pays scandinaves, c'est l'imprescriptibilité qui prévaut. Des poursuites peuvent être engagées trente, quarante ans après le forfait ou le crime. La réalité, c'est que le juge peut abandonner les poursuites si le délit est trop ancien.

L'avantage que j'y vois, c'est que même en cas d'abandon des poursuites pour preuves trop anciennes, témoins décédés, etc., l'affaire est révélée au grand jour et la population sait.

Savoir, c'est bien quand pendant trente ans ou plus on a cru qu'un homme (ou une femme) était une personne « au-dessus de tout soupçon », comme on dit.

Aux États-Unis, l'imprescriptibilité est la règle dans plusieurs États, ainsi qu'aux Pays-Bas où les crimes passibles de la réclusion criminelle à perpétuité sont imprescriptibles.

En Italie et en Espagne, le délai de prescription est de vingt ans maximum. Pour l'Allemagne et en Suisse, c'est de trente ans maximum pour les crimes passibles de la prison à vie.

Karachi, les bébés congelés, Béthencourt, les emplois fictifs, etc., vous disent merci

Pour faire bonne mesure et noyer un peu plus le poisson, nos législateurs ont choisi des définitions larges aux mots « occulte » et « dissimulé » pour une infraction selon leurs vœux. L'infraction occulte ne peut être connue ni de la victime ni de l'autorité judiciaire (ben voyons). L'infraction dissimulée est celle pour laquelle l'auteur accomplit délibérément toute manœuvre caractérisée tendant à en empêcher la découverte (on ne s'en serait pas douté !).

Grâce à ces « définitions », même pour des bébés tués et congelés, découverts en ouvrant le congélateur quinze ans après les faits, la prescription sera acquise. Un supposé emploi fictif, celui de Pénélope auprès de son mari Fillon, par exemple, ne devrait plus être à la une des journaux puisque prescrit à la date de sa découverte.

Griefs par anticipation

À qui profite l'allongement du délai de prescription pour les crimes et délits si la justice n'a pas plus de moyens pour travailler ? Ne risque-t-on pas au contraire de voir surgir un monde de frustration, de colère vis-à-vis de la justice, quand la plupart des victimes verront leur procès se déliter faute de preuves qui se seront effacées au fil du temps ? Dans le même ordre d'idées, quand le peuple va se rendre compte que les gros délits financiers, les politicards ayant mordu par ruse la ligne rouge sur l'attribution d'un marché public contre rétribution, par exemple, seront absous pour cause de prescription, il va falloir trouver un coupable. Et on accusera la justice de ne pas faire son travail, alors que ce sont les politiques qui l'en auront empêché.

Un député menteur ou alzheimer ?

Un des arguments larmoyants pour faire passer la pilule de cet amendement a été pour Alain Tourret cosignataire avec Georges Fenech de se répandre dès qu'il le pouvait ici et là sur le fait que le temps pressait, que tout risquait d'être bloqué et renvoyé aux calendes grecques si on ne votait pas tout de suite. L'urgence était aux portes de l'Assemblée, on n'avait pas le temps d'y changer quoi que ce soit.

Petit souci qu'a très bien démontré un article du *Monde* en date du 23 février 2017 écrit par le jeune et excellent Maxime Vaudano : la prescription de douze ans à partir des faits a été introduite par Jean-Jacques Urvoas en octobre 2016 au Sénat et a fait cinq allers-retours de lecture, trois à l'Assemblée et deux au Sénat.

À aucun moment, aucun sénateur et aucun député n'a émis le souhait de modifier en quoi que ce soit le contenu de cet amendement.

Pourtant ils avaient le temps.

Le temps de nous berner, de nous piller, de nous spolier par une justice à sens unique qui favorise la tricherie et sa dissimulation en s'autoamnistiant.

Les élus s'augmentent de 40 % leur (grosse) indemnité

Il fallait bien que cela arrive et je l'avais écrit dans un de mes précédents livres. Dans le cadre de la moralisation de la vie politique et de l'abandon de certains mandats pour cause de non-cumul, tous ne pouvaient pas faire comme Xavier Bertrand qui s'était fait voter une petite augmentation de 4 000 euros environ par la région des Hauts-de-France[60], qu'il préside, pour compenser la perte financière résultant de l'abandon de son mandat de député.

C'est le Sénat qui ouvre le bal en préconisant et en votant un amendement d'augmentation des indemnités pour les maires des villes de plus de 500 000 habitants ainsi que pour les présidents de région ou de département. Le gouvernement est défavorable à cet amendement.

---

60. « Xavier Bertrand s'augmente de 4 000 euros pour compenser la fin du cumul de ses mandats », Alexandre Lemarié, *Le Monde*, 1er avril 2016.

Vote en pleine nuit

Quelques semaines plus tard, à la surprise générale, l'amendement revient dans le cadre de la loi des finances 2018. Sans avoir été présentée en commission, en catimini, après le vote de tous les autres articles, et en pleine nuit, le ministre de l'Action et des Comptes publics Gérald Darmanin représente le même amendement en son nom (article 45 TER A) qui reprend quasiment tous les termes de celui des sénateurs.

Il descend même à 100 000 le seuil du nombre d'habitants au-delà duquel les maires pourront s'augmenter de 40 % (les sénateurs avaient retenu le seuil de 500 000 habitants) et y rajoute aussi les présidents de métropole[61].

De 5 512 euros à 7 716 euros brut

La rémunération d'un président de région, de département ou celle d'un maire d'une très grande ville s'élève à 5 512 euros brut par mois. Elle pourrait donc, désormais, atteindre 7 716 euros brut par mois.

Le cumul des mandats est maintenant compensé par le cumul des indemnités, du moins pour les gros élus. Pour les petits élus, on attendra encore un peu.

---

61. « Le gouvernement fait adopter par les députés l'augmentation de 40 % des maires des grandes villes », François Vignal, publicsenat.fr, 20 décembre 2017.

« Les types qui déboisent la forêt amazonienne
acceptent enfin de faire un geste pour l'environnement.
Désormais, ils mettront de l'essence sans plomb
dans leurs tronçonneuses. »
Philippe Geluck

Dans l'environnement, un pillage très organisé

La France, qui est le troisième consommateur au monde d'insecticides, de fongicides et d'herbicides, a complètement contaminé ses ressources en eau. Selon l'IFEN, 96 % des eaux de surface et 61 % des eaux souterraines sont contaminées par des pesticides. L'Homme contamine ses sols; les sols contaminent les eaux; les eaux contaminent l'Homme. Un pillage de la Nature, un crime contre la Civilisation.

Pesticides quand tu nous tiens

D'un côté, on nous annonce que l'on se bat pour que la France se débarrasse de tous ces pesticides qui nous empoissonnent à petit feu. –Tout le monde est d'accord sur le sujet, de grandes déclarations de nos élus sont dans tous les médias, le président de la République y va aussi de sa diatribe et de ses promesses de lutte contre le glyphosate, dans un tweet en date du 27 novembre 2017. Mais comme d'habitude (malheureusement), la réalité des intérêts particuliers, des manipulateurs qui s'en donnent à cœur joie transforment, retardent même les promesses et décisions du président qui sont remises en cause insidieusement.

Trois mois après que reste-t-il du tweet du président ?

Le président lui-même commence en janvier 2018 à revenir sur ses propos lors de ses vœux au monde de l'agriculture en annonçant que l'interdiction du glyphosate sous trois ans ne serait sans doute pas totale et qu'il y aurait sans doute des dérogations[62], environ 10 %.

Combien on parie que de 10 % de dérogations ce ne sera pas tenu, et qu'on en sera à beaucoup plus. Peut-être sans doute un début d'explication à la non-inscription dans la loi de l'interdiction du glyphosate en 2021.

Tous les amendements allant dans ce sens ont été impitoyablement rejetés sur consigne du gouvernement[63].

Un rapport sur l'utilisation des pesticides plus que controversé

C'est en avril 2018 qu'est remis ce rapport[64] établi par la Mission d'information commune sur l'utilisation des produits phytopharmaceutiques (et des pesticides), créée au moment des états généraux de l'alimentation.

Tout de suite, c'est un tollé quasi général de toutes les associations environnementales crédibles à tel point que l'une des rapporteuses du rapport, la députée Delphine Batho, démissionne avec fracas. Elle ne veut pas cautionner cette fabrique du doute.

Pour résumer, le rapport stipule qu'il est urgent de faire… de nouvelles études sur les dangers des pesticides. Le rapport s'appuie entre autres sur les conclusions de l'EFSA (l'Agence européenne de sécurité sanitaire), qui considère les preuves des dangers comme insuffisantes.

On rigole quand on sait comment a été fait ce rapport – bidonné, plagié, manipulé.

62. « Agriculture : ce qu'il faut retenir du discours de Macron », *Ouest-France*, 26 janvier 2018.

63. « Glyphosate : "Il ne s'agit pas d'une reculade", défend la députée LREM », Samuel Nohra, *Ouest-France*, 29 mai 2018.

64. « Pesticides : les parlementaires bradent l'engagement de Macron », Marie Astier, reporterre.fr, 9 avril 2018.

Pour RAPPEL de manipulation grave et européenne d'un rapport de L'EFSA

L'Agence de sécurité européenne de sécurité alimentaire, est celle qui a pondu ce rapport sur le glyphosate avec plus de 100 pages en copié-collé des arguments de Monsanto sur l'utilisation du glyphosate[65].

L'EFSA, donc, avait conclu que le glyphosate n'était pas cancérigène grâce aux infos fournies par Monsanto *himself*. Et la mission d'information française dans sa grande rigueur de vérification des informations, s'appuie sur ce rapport.

C'était juste avant le renouvellement de l'autorisation de l'usage du glyphosate dans l'Union européenne qui semblait pourtant bien parti pour être interdit. L'avantage pour les vendeurs de mort à petit feu, c'est que pendant qu'on se focalise sur le Roundup et le glyphosate, on ne regarde pas autour.

L'Europe vote un texte contre les perturbateurs endocriniens qui protège les perturbateurs endocriniens

Quand on lit le titre de ce paragraphe, on se dit qu'il doit y avoir une erreur, une incohérence. Eh bien non ! La Commission européenne, chargée de lutter contre les perturbateurs endocriniens que l'on retrouve

65. « Glyphosate: les experts de l'UE accusés d'avoir copié un rapport de Monsanto », arcinfo.ch, 15 septembre 2017. Ajoutons que la société Monsanto vient d'être condamnée par la justice californienne, le 10 août 2018, à verser 289,2 millions de dollars (248 millions d'euros) à un jardinier américain, Dwayne « Lee » Johnson. Âgé de 46 ans, il est, selon ses médecins, en phase terminale d'un cancer du système lymphatique, qu'il attribue à son exposition à des herbicides – Pro et Roundup Pro – contenant du glyphosate et commercialisés par Monsanto. La firme a annoncé faire appel du jugement. Mais le répit de l'appel pourrait n'être que de courte durée : Monsanto est confronté, aux États-Unis, à plus de 4 000 procédures semblables devant des juridictions d'État ou des cours fédérales, et le jugement des jurés californiens, le premier du genre, ouvre une boîte de Pandore. Voir « Glyphosate : Hulot appelle à mener une "guerre" contre les pesticides, lemonde.fr, 11 août 2018.

dans la plupart des pesticides (et des produits de la vie courante), a voté pour et contre dans le même texte.

Rappel des faits

En 2009, les lobbyings réussissent à imposer un préalable à l'application du « règlement pesticides ». Définir des critères pour déterminer quels sont les produits phytosanitaires qui contiennent des perturbateurs endocriniens afin de les exclure du marché. Pendant quatre ans le dossier dort dans un placard de l'Union européenne. En 2013, une manipulation, à nouveau, des lobbyistes de l'industrie chimique permet de repousser la décision.

Le 21 décembre 2016, la Commission soumet enfin sa proposition de réglementation des substances chimiques. Le « règlement pesticides » adopté exige de retirer les perturbateurs endocriniens du marché. Mais un petit article est ajouté en dernière minute. Ce petit texte rajouté subrepticement crée une dérogation pour tout un groupe de pesticides qui ont justement la particularité… d'être des perturbateurs endocriniens.

Un non-sens absolu qui interdit et autorise en même temps dans un même texte les perturbateurs endocriniens. Bayer/Monsanto and Co qui risquaient d'être les plus touchés par cette réglementation viennent encore de faire reculer la santé pour les populations grâce au gouvernement allemand à l'origine de l'ajout « dérogatoire ». Selon les calculs effectués par l'ONG Générations futures, la dérogation concernerait plus de 8 700 tonnes de produits commerciaux par an, rien que pour la France[66]. Ils peuvent encore continuer à piller notre capital santé sans vergogne. Non seulement ces « entreprises » se bordent juridiquement sur l'utilisation de leurs produits mais elles combattent en même temps ceux qui pourraient proposer des alternatives naturelles à l'usage massif des produits chimiques. Toutefois, la fin est peut-être plus proche qu'on ne pouvait l'espérer pour Bayer/Monsanto à cause

66. « Perturbateurs endocriniens : le cadeau discret mais majeur au lobby des pesticides », Stéphane Horel, *Le Monde*, 20 décembre 2016.

d'un juge californien et d'un jardinier combatif (voir la note 65, p. 77).

Une Coupe du monde qui sert à masquer, en catimini, le pillage de notre sol et le stockage de déchets nucléaires

(Attention paragraphe qui peut attirer des ennuis – surtout à moi.)

Personne n'en a parlé, personne ne l'a lu, aucun grand média n'en a fait état.

Tout le monde a les yeux braqués sur la Coupe du monde de football en ce jour du 6 juillet 2018. C'est le match de ¼ de finale de la France contre l'Uruguay.

Emploi du temps presque vrai

À l'Élysée il est 9 heures, le ministre des Affaires étrangères, Jean-Yves Le Drian qui rentre d'un voyage en Mauritanie et au Nigeria n'a pas encore tout à fait récupéré du dîner « local » en plein air et sous la tente à Ribat al-Bahr, à l'ouest de Nouakchott, offert par le général président Mohamed Ould Abdel Aziz.

Le président Macron sort tout juste d'un entretien avec le Premier ministre. Il fait signe au ministre de le rejoindre. Ils ont un parapheur à signer. Jean-Yves Le Drian sait déjà de quoi il s'agit, ils ont abordé le sujet ces derniers jours pour conclure que la meilleure et la plus discrète date pour signer ce « décret » est le 6 ou le 7 juillet.

Personne ne le verra

On est vendredi, il y a le match de foot qui va occuper tous les écrans. On aura aussi droit aux reportages sur les premiers départs en vacances et, coup de chance médiatique, vendredi 6 juillet c'est le jour des résultats du bac. De quoi amplement occuper tous les journalistes de France et de Navarre. Superbe jour pour être tranquilles et signer discrètement le document.

Puis ils se dirigent vers la salle du Conseil des ministres écouter Nicolas Hulot qui va leur parler du dispositif permettant d'aider les ménages modestes qui veulent se débarrasser d'une chaudière au fioul (jusqu'à 3 000 euros d'écoprime).

Nous venons discrètement de récupérer sur le sol français un peu plus de 4 tonnes de déchets radioactifs de plutonium et d'uranium australiens

Décret n° 2018-586 du 6 juillet 2018 « portant publication de l'accord entre le Gouvernement de la République française et le Gouvernement de l'Australie relatif au retraitement en France d'éléments combustibles nucléaires irradiés australiens, signé à Canberra le 23 novembre 2017 ».

Il est prévu dans ce « contrat » la possibilité de nous livrer des déchets radioactifs *made in Australia* jusqu'au 31 décembre 2030, de quoi organiser quelques voyages sympas à base de plutonium en container. Quant au retraitement pour transformation en « déchet ultime », nous avons jusqu'en 2034 pour l'effectuer proprement. Les deux parties se réservent le droit de modifier et proroger les dates. Dans ce cas, la date ultime de retour se situerait en 2040.

Ça laisse le temps de voir venir.

À qui cela rapporte?

Après tout on pourrait se dire, en étant pragmatique, que ce genre de contrat (un peu *borderline* quand même) profite à l'ensemble de la population française pour son bien-être et son évolution. J'eusse aimé le croire, du moins y croire mais je crois bien que ceux qui vont empocher le pactole s'appellent ORANO, anciennement, il y a peu, AREVA. C'est une entreprise qui dans son slogan « donne toute sa valeur au nucléaire ». J'ai bien peur que cela nous coûte plus que ce que l'on voudra bien nous dire sans compter les risques probables, sanitaires et environnementaux. Car, bien entendu, comme à Fukushima, on ne risque rien.

Macron n'est pas le seul à planquer du radioactif

Au cours de mes recherches comme je sais les faire, j'ai retrouvé, bien planqué derrière les fagots de la république un autre accord/contrat de retraitement de combustibles irradiés japonais signé en 1972 et conforté par tous les gouvernements successifs.

Seize tonnes dans les dents

C'est à peu près ce qui a atterri sur le sol français en provenance du Japon. Bien entendu, nous devions, par contrat, restituer ces déchets à leur propriétaire après traitement via le CEA. De mémoire, mais à quelques kilos près, je n'ai retrouvé que deux retours à l'envoyeur en 1984 pour un total de 250 kilos et en 1992 pour un total de 1 500 kilos. Avons-nous perdu le reste de ce plutonium devenu maintenant déchet sur un petit bout de terrain français ? (Je vais sans doute avoir des soucis de santé en écrivant ces lignes que vous lisez.)

Interdit de territoire

La loi N° 2006-739 du 28 juin 2006 relative à la gestion durable des matières et déchets radioactifs nous interdit formellement de garder sur notre sol ce plutonium devenu déchet. Il doit retourner à son pays d'origine. C'est inscrit dans le marbre de la loi. Si, si, je vous jure.

Pour rappel, les déchets de plutonium peuvent servir à fabriquer un bon gros paquet de bombes modèle Nagasaki du sinistre 9 août 1945. Voire, et nous ne sommes pas à l'abri, à l'empoisonnement par accident ou malveillance de millions de personnes sur notre territoire.

On fait quoi ?

(Note du rédacteur – c'est moi !)

Vous comprendrez aisément que sur ce chapitre, je me sois abstenu de transcrire mes différentes sources d'information. Vous trouverez ci-après la version officielle des faits énoncés.

Décret du 6 juillet 2018 : https://www.legifrance.gouv.fr/affichTexte.do?cidTexte=JORFTEXT000037161737&dateTexte=&categorieLien=id

Parution au journal officiel (JORF N° 0156 du 8 juillet 2018 texte N° 10) :

https://www.legifrance.gouv.fr/affichTexte.do;jsessionid=379322CA-3C6A5EF7A5A310C3E3D07C9A.tplgfr29s_1?cidTexte=JORFTEXT000037161737&dateTexte=&oldAction=rechJO&categorieLien=id&idJO=JORFCONT000037161693

Le pillage organisé du savoir ancestral

La bataille du purin d'ortie, symbole de la liberté pour le droit d'utiliser le naturel plutôt que subir le chimique

Cette bataille avait fait sourire à l'époque. Toujours la même rengaine, les écolos babas cool contre le progrès. L'archaïsme contre la modernité. C'est souvent de cette façon que l'industriel présentait les faits pour décrédibiliser des options plus respectueuses de la nature. On avait surnommé affectueusement cette bataille « la guerre de l'ortie ».

Un enjeu mondial de liberté

Derrière cette bataille qui a pu paraître d'arrière-garde, se cache la volonté féroce des industriels d'empêcher tout ce qui pourrait être une alternative à la vente de leurs produits et de garder le contrôle total du pillage de notre environnement.

Une confiscation organisée du savoir et une stratégie délibérée des entreprises/ trusts agroalimentaires pour s'approprier à leur seul profit et contrôler l'usage et l'exploitation des recettes ancestrales de protection de la nature.

Depuis 2002 déjà, il était interdit de fabriquer du purin d'ortie en tant qu'engrais et ou insecticide pour les plantes. Cette interdiction avait été insufflée par la fixette d'un directeur de la répression des fraudes en Maine-et-Loire, sans doute en mal de reconnaissance professionnelle qui avait décidé de s'attaquer en priorité aux méchants paysans du coin, lesquels fabriquaient leur propre purin d'ortie sans passer par la case pesticides/insecticides classiques et chimiques[67]. Un

67. « Interdiction du purin d'ortie : ce n'est pas une blague ? », ecolopop.info, 6 septembre 2006.

brave type (sans doute), mais qui appliquait les consignes sans réfléchir, les sempiternelles et imbéciles réflexions du genre « ce sont les ordres... cela vient d'au-dessus... »

Même plus le droit de partager les recettes de cuisine d'ortie

Entre 2002 et 2006, la courbe des ventes des insecticides/pesticides ne devant pas être assez forte, l'État passe à la vitesse supérieure et interdit carrément par un décret du 1er juillet 2006 la divulgation même de la recette du purin d'ortie et de tout produit naturel non homologué. Même plus le droit de transmettre la recette du compost si on prend le texte au pied de la lettre.

Deux ans de prison si t'en parles, on croit rêver

C'est la peine instituée par ce décret. Le simple fait d'en parler était assorti d'une peine de 2 ans de prison et de 75 000 euros d'amende.

Plus le droit de dire à son voisin comment on traite avec de l'eau chaude quelques mauvaises herbes de son allée, ou alors subrepticement, de nuit et à voix basse. Personne n'y croyait tellement c'était énorme et disproportionné.

Jusqu'à ce que, dans la foulée immédiate du décret paru, des inspecteurs zélés du service de l'Inspection nationale des enquêtes de concurrence, de consommation et de répression des fraudes accompagnés, pour faire bonne mesure, du Service régional de la protection des végétaux de l'Ain (pourtant à plus de 500 kilomètres de celui de Maine-et-Loire (voir *supra*), se décident un beau matin à investir *manu militari* la maison d'un simple enseignant des méthodes alternatives de culture. On lui saisit tous ses cours et on lui interdit même de ramasser des plantes dans la nature environnante ou d'organiser des stages. Vient aussi l'interdiction du livre d'Éric Petiot, *Purin d'ortie et compagnie*, et la perquisition du domicile de l'auteur au motif qu'il diffuse des connaissances sur un produit non homologué : le purin d'ortie. En cherchant bien, on se rend compte que tous les remèdes 100 % biologiques sont interdits de fabrication et de divulgation. Une réglementation scélérate qui organise avec la complicité des pouvoirs publics, la confiscation du savoir. Tout cela correspond à une stratégie des firmes agroalimentaires pour piller, breveter, contrôler à leur profit les recettes ancestrales et générer ainsi des bénéfices dont elles seront seules à profiter (avec leurs actionnaires).

Tout est fait pour mettre des bâtons dans les roues

Le but est de s'approprier et de freiner les ardeurs de tous ceux qui se voudraient indépendants, mais les jardiniers ne se laissent pas faire. Il s'agit de défendre la liberté de s'échanger des informations, la liberté de ramasser des plantes, la liberté d'utiliser nos recettes de grand-mère, etc. La résistance s'organise et « la guerre de l'ortie » est déclarée.

Cette réglementation qu'on dirait imposée par un régime de dictature, en tout cas inconcevable dans une démocratie digne de ce nom, est quasiment impossible à contrôler, sauf à mettre un flic (ou un agent de la répression des fraudes) derrière chaque jardinier du dimanche. Les jardiniers eux n'en démordent pas et la pression continue à travers la libération du purin d'ortie.

Une fausse autorisation

La grogne monte, il faut lâcher du lest. Quelques années après le fameux décret, une recette de purin est autorisée par l'État selon une recette spécifique. L'arrêté autorise les *« préparations dites "purin d'ortie" obtenues à partir de feuilles fraîches ou séchées d'ortie »*, qui devront être déclarées à l'administration avant mise sur le marché.

Une piquette d'ortie selon la majorité des spécialistes.

Quasiment impossible à réaliser – on exige une macération pendant trois jours dans de l'eau de pluie à une température exclusive de 18 °C[68] –, l'ensemble des associations et des connaisseurs sont fous de rage et ont la très nette impression qu'on a essayé de les balader pour calmer le jeu ; conséquence : la colère ne retombe pas et la guerre continue.

68. « Le purin d'ortie peut être commercialisé, mais selon une recette spécifique », lemonde.fr avec AFP, 5 mai 2011.

Enfin !

Après dix ans de luttes associatives, locales, d'interventions multiples auprès des élus, le 30 avril 2016 est promulguée au *Journal officiel* l'autorisation légale du purin d'ortie. Une centaine de plantes passent aussi la porte de l'autorisation (l'ail, la menthe, le thym...). Mais la fougère, le prêle et le consoude sont toujours interdits de préparation.

Les associations, comme ASPRO-PNPP, dénoncent toujours et encore un lobbying forcené de l'industrie agrochimique qui défend son pré carré et son monopole en empêchant toute concurrence des préparations naturelles[69].

Bien entendu, on a mis quelques verrous à cette liberté retrouvée dans l'autorisation. Ainsi, aucune préparation « artisanale » ne pourra se prévaloir d'un effet insecticide, seulement « bio-stimulant ». Faut quand même pas pousser Mémère Bayer/Monsanto and Co dans les orties !

Malgré une partie qui semble gagnée, les agrochimistes ne lâchent rien. Même quand vous avez toutes les autorisations en main, ils cherchent encore a vous abattre. La preuve ci- dessous.

Le bicarbonate de sodium, c'est MA propriété, dit l'entreprise

Non seulement c'est un véritable parcours du combattant que de faire homologuer des préparations naturelles alternatives, mais c'est aussi coûteux. Il faut compter environ 40 000 euros (en moyenne) pour le dépôt d'un seul dossier. C'est long car pour une mise sur le marché on vous impose plusieurs années d'attente et, en sus, si d'aventure vous réussissez tout le parcours et que vous passez la ligne d'arrivée malgré tous les crocs-en-jambe, on vous colle un procès.

C'est ce qui vient d'arriver pour le bicarbonate de sodium, qui venait de recevoir le sésame de la Commission européenne, quand l'entreprise allemande Biofa AG s'y est opposée en référé[70]. Pour résumer son

---

69. « Le purin d'ortie enfin légal ! », urticamania.over-blog.com, 12 mai 2016.
70. Recours introduit le 22 décembre 2015, Biofa c. Commission européenne (affaire T-746/15 2016/C059/53 – JO de l'Union européenne).

mémoire, l'entreprise estimait que la formule du bicarbonate de sodium lui appartenait en nom propre et qu'il y avait violation du droit de propriété.

Heureusement le tribunal a rejeté cette demande incongrue de « propriété » d'un produit simple à fabriquer, sain et utile à tous[71].

Demain, un autre tribunal n'aura peut-être pas la même sagesse.

Le combat n'est pas fini : le savon noir est interdit !

On se demande vraiment si les agents chargés des contrôles santé en France sont tous identiques au directeur départemental de la répression des fraudes en Maine-et-Loire qui avait fait une fixette sur les orties ? Depuis la parution et l'autorisation du purin d'ortie en 2016, les agents des directions départementales de la protection des populations se sont précipités dans plusieurs magasins et ont exigé le retrait des rayons du purin de consoude (un engrais) et du savon noir[72].

Comme quoi, quand on veut emmerder les braves gens tout est possible, même avec du savon.

« Fumiers ! » auriez-vous dit pour rester dans le champêtre ? Ça tombe bien, c'est l'objet du paragraphe suivant.

Le fumier, c'est cent mètres, les pesticides, c'est sur la tête

Logiquement, on aurait pu croire le contraire, après tout le fumier est un fertilisant organique qui sert à régénérer la terre et à couvrir les besoins des plantes en azote, phosphore et potasse.

71. Ordonnance du président du tribunal des référés du 18 janvier 2016, Biofa c. Commission européenne (affaire T746/15 R Référé — Produit phytopharmaceutique – JO de l'Union européenne).

72. « Quand le ministère de l'Agriculture refuse toujours d'autoriser des alternatives aux pesticides », Sophie Chapelle, bastamag.net, 22 novembre 2017.

On a le droit de l'épandre sous certaines conditions très strictes. Un excellent ouvrage d'une bonne trentaine de pages[73] financé par la chambre de commerce de Bretagne vous explique en long et en large comment répandre les déjections de nos amis les bêtes. Eh bien figurez-vous que vous ne pouvez pas le faire à moins de 100 mètres des habitations, voire 200 mètres si c'est à proximité d'une piscine municipale.

Entre ça pue et ça tue, je choisis ça tue

C'est vrai que le fumier, ça renifle un peu. Ça ne fait pas de mal mais nos narines délicates ne sont plus habituées à cette odeur qui nous renvoie sans doute inconsciemment à nos propres défécations ou pour ceux, comme mon épouse, qui ne supportent pas les termes scatologiques trop abrupts, nous dirons donc qui nous renvoie à l'inconscient d'une invagination du sigmoïde contenant nos matières dans le rectum.

On ne supporte pas les odeurs, et cette odeur en particulier. Donc le législateur s'est penché sur la question et loin de nous il a renvoyé l'épandage du fumier.

Par contre, les pesticides, ce n'est pas pareil, cela sent moins, voire pas du tout ; même si parfois cela vous prend à la gorge (cette petite odeur âcre qui râpe et vous donne quelques nausées bien connues des écoliers dont l'école est à côté des vignes).

Et puis c'est utile à la société, pour vendre encore plus et plus longtemps.

Qui sème le pesticide récolte les cancers

Les agriculteurs qui sont d'ailleurs les principales victimes des pesticides sont ceux qui, souvent, malheureusement, militent âprement pour continuer à s'empoisonner en premier. Les agriculteurs payent le

73. « Les bonnes pratiques d'épandage du fumier », chambre de commerce de Bretagne, novembre 2007.

plus lourd tribut à l'empoisonnement par les produits qu'ils répandent eux-mêmes. Cela commence à se savoir, à se voir, quelques agriculteurs trop peu nombreux encore relèvent et accusent. Mais beaucoup d'entre eux, obnubilés par le rendement, l'agriculture intensive, ou bien parce qu'ils sont pris à la gorge par les banques, les crédits à rembourser, trompés par les discours rassurants des firmes à poison, sont les premiers à lutter pour garder « leur Roundup ».

Il n'y a encore aucun chiffre officiel du nombre d'agriculteurs atteints par des maladies liées au glyphosate et pesticide and Co (et pour cause ça freine des quatre fers) mais de plus en plus d'agriculteurs commencent à faire reconnaître leur cancer ou lymphome (pour les plus simples) en maladie professionnelle pour cause d'absorption de pesticide[74].

Une thèse écrite sur le sujet soutenu en 2017 par Sofiane Kab[75] fait état de 2500 nouveaux cas de maladie de parkinson qui se déclarent par an chez les exploitants agricoles de plus de 55 ans, ce qui correspond a une incidence de 13% plus élevée chez les adhérents de la MSA (mutuelle agricole) que pour les autres régimes d'assurance. Néanmoins et comme par hasard le glyphosate seul n'est mentionné ni pour parkinson ni pour le lymphome

Partout dans les urines

Une association, Générations futures, a fait analyser à ses frais les urines[76] et le taux de glyphosate de 30 personnes connues et inconnues. Résultats, 100 % des tests étaient positifs et les taux de glyphosate au-dessus de ceux autorisés. La concentration était supérieure à la

74. On l'a vu, cela a commencé a bouger aux États-Unis où 4 000 plaintes sont en attente contre Monsanto après la condamnation de la firme par un juge californien (voir note 65, p. XXX).

75. Sofiane Kab, *Relation entre les caractéristiques agricoles et deux maladies neurodégénératives, la maladie de Parkinson et la sclérose latérale amyotrophique.* Thèse présentée et soutenue à Villejuif, le 27 avril 2017 – voir [sofiane kab] tel.archives-ouvertes.fr

76.« Pesticides: des quantités hors normes de glyphosate dans les urines de 30 "cobayes" », Elodie Sillaro, bioalaune.com, 10 avril 2017.

concentration maximale admissible pour un pesticide dans l'eau de 0,1 ng/ml.

Même en cas de bonnes volontés avérées ou de preuves tangibles, les lobbyings et des agriculteurs eux-mêmes sortent l'artillerie pour contrer le simple bon sens.

En voici quelques exemples tellement parlant qu'il me laisse bouche bée (bon, je sors !).

Une institutrice et des enfants pris de malaises à cause des pesticides[77]

C'est en Gironde, en mars 2014, que 23 élèves d'une école primaire de Villeneuve ont été pris de malaise et d'irritation après l'épandage, pendant les cours, de pesticides sur les vignes qui longent et entourent l'école.

Septembre 2016 rien n'a changé

Si, pardon ! Un arrêté préfectoral recommande (notez le bien timoré « recommande ») l'usage de matériel anti-dérive et restreint les horaires de traitement.

Petit détail de propriété

Les vignes appartiennent au maire de Villeneuve. Elle déclare respecter la directive européenne de 2006 qui impose de ne pas répandre de pesticides si le vent dépasse les 19 km/h. À 18 km/h, il n'y a pas de problème.

Des haies vont être plantées

C'est le patron du syndicat viticole local qui l'affirme[78] : environ 2 kilomètres de haies vont être plantées ici et là. « Elles permettent de faire tomber plus vite les gouttelettes de produit au sol » a-t-il rajouté.

---

77. « Gironde : des écoliers tombent malades après un traitement de la vigne », Jérôme Jamet, sudouest.fr, 14 mai 2014.
78. « Pesticides : Deux ans après le malaise d'écoliers en Gironde, qu'est-ce qui a changé ? », Elsa Provenzano, 20minutes.fr, 12 septembre 2016.

Merci monsieur le président du syndicat viticole des Côtes-de-Bourg. Donc grâce à vos haies, on respirera moins de pesticides mais on en mangera donc un peu plus à cause des retombées plus rapides sur le sol.

Un maire essaye de limiter l'épandage des pesticides sur sa commune :

Michel Tricoche (Charente – 16)
Maire de Ruelle-sur-Touvre.
Le maire fait voter un arrêté pour protéger ses administrés des pesticides.

mars 2018 : sous la pression, le préfet annule la délibération municipale.

Résumé

Michel Tricoche, soucieux du bien-être de ses administrés, qui se plaignaient régulièrement de maux de tête, malaises, éruptions cutanées après chaque épandage de pesticides par les agriculteurs locaux, prend la sage décision en mars 2018 de faire voter une délibération municipale qui interdit l'épandage à moins de 50 mètres des habitations.

Crime de « lèse-profit »

Aussitôt le syndicat des agriculteurs (FNSEA) met sa machine en route, la chambre d'agriculture embraye et suit en hurlant aux loups. Quelques jours après, le préfet sonne l'hallali. Il annule la délibération au prétexte que ce n'est pas au maire d'interdire l'épandage sur les terres de sa commune mais au ministre de l'Agriculture.

C'est vrai que si tout le monde commence à défendre la santé publique, où allons-nous ?

Les habitants de Ruelle-sur-Touvre ont apprécié.

Source

« Un maire ne peut pas interdire les épandages près des maisons de sa commune », bioaddict.fr, 23 avril 2018.

Michel Tricoche ne veut pas en rester là et écrit donc au ministre de l'Agriculture en s'appuyant sur la loi d'avenir pour l'agriculture de 2014[79] qui préconise de prendre des mesures pour protéger les personnes vulnérables à proximité des zones traitées.

Cela tombe bien, les enfants des écoles sont des personnes vulnérables au même titre que les personnes âgées qui habitent dans nos campagnes. L'escarmouche entre le maire de Ruelle-sur-Touvre et le ministre a-t-elle trouvé une heureuse conclusion ? Le ministre a peut-être été touché par la grâce ?

Le gouvernement essaie de limiter l'épandage des pesticides... et se dégonfle

Pour une fois que le gouvernement essayait de bien faire, ce sont encore une fois les députés et les lobbyings qui le font reculer.

Quoi qu'il en soit, dans le cadre du projet de loi sur l'agriculture, le gouvernement dépose un timide amendement[80] qui limite passablement l'épandage de produits chimiques dangereux. Mais les fusils sont aussitôt de sortie et font feu de tout bois sur le ministre : une ribambelle de députés lui tombent sur le râble et font savoir qu'ils ne voteront pas l'amendement gouvernemental.

Le ministre recule et retire l'amendement.

Pourtant il n'y avait pas de quoi casser trois pattes à un canard

Cet amendement aurait permis, sans qu'on y trouve rien de contraignant qui plus est, « [...] d'interdire ou d'encadrer l'utilisation de pesticides dans des zones attenantes aux bâtiments habités et aux parties non bâties à usage d'agrément, contiguës à ces bâtiments » – autrement dit, les jardins des habitations et les cours de récréation des écoles !

---

79. « Le projet de loi d'avenir pour l'agriculture, l'alimentation et la forêt », senat.fr, 28 juin 2017.

80. « Pesticides : il n'y aura pas de périmètres de protection près des habitations », Zoé Fauré, bioaddict.fr, 2 juin 2018.

En France, il y a donc maintenant les ordonnances qu'on impose, les textes de loi qu'on impose, le cap que l'on tient malgré les grèves, etc.

Et en France, il y a les lobbys d'agriculteurs et les Bayer/Monsanto qui font ce qu'ils veulent.

Seize coquins, copains et députés qui se tiennent par la main, c'est malsain

On croyait qu'avec les « nouveaux politiques, » ceux de 2017, les choses allaient changer. Nous ne sommes pas là pour faire la même chose que ceux d'avant ! Honnêtement, ils ont vite pris les mêmes mauvaises habitudes. Mais eux, bien entendu, ce n'est pas pareil ; comme disaient les autres quoi !

Seize députés déposent le même amendement à la virgule près, quasiment le même jour

Un amendement (CE 1176) pour l'épandage de pesticides par drones de produits sanitaires, à titre expérimental, sur les vignes en pente est déposé sur le bureau de l'Assemblée[81]. En commission, quelques députés s'insurgent et posent la question qui fâche : qui est derrière cet amendement identique seize fois de suite ? Aucune réponse des députés mis en cause.

Même le ministre botte en touche

Un député plus téméraire que les autres, François Ruffin pour ne pas le citer, interpelle le ministre de l'Agriculture sur le sujet allant jusqu'à lui demander avec impertinence (j'aime ça !) si l'amendement n'avait pas été rédigé par la CGT. Pas de réponse non plus du ministre.

Fainéants et complices même combat

En plus, vous ne le savez pas, mais l'amendement a été adopté par la majorité présidentielle. Non seulement, il y a les fainéants qui font

81. « Loi agriculture : les députés font-ils du "copié-collé" de textes rédigés par des lobbys ? », RT France, 31 mai 2018.

faire leur travail par les lobbyings mais en plus il y a les complices qui légalisent l'immoralité.

France, championne du taux de pesticides dans le corps et championne d'Europe des dérogations pesticides

C'est ce que révèle une étude de l'institut de veille sanitaire en date d'avril 2018[82].

Organochlorés (toxiques neurotropes qui altèrent le fonctionnement des canaux sodium indispensables à la transmission de l'influx nerveux), organophosphorés (représentant une des causes les plus fréquentes d'empoisonnement dans le monde entier) et les pyréthrinoïdes (parmi les insecticides les plus utilisés).

Et un, et deux, et trois...

Ces trois pesticides « sympathiques » sont, selon l'étude faite entre 2006 et 2007 sur plus de 3 000 personnes[83], les plus présents dans le corps des Français, davantage que dans celui des Américains, des Canadiens, des Britanniques ou des Allemands.

Depuis cela n'a pas dû beaucoup évoluer car malgré les plans Ecophyto et les différents engagements des gouvernements à diminuer l'utilisation de pesticides en France depuis plusieurs années, le taux d'évolution du nombre de doses d'unités de produits phytosanitaires pour l'usage agricole a encore augmenté de 18 % entre 2009-2011 et 2013-2015.

À savoir :

« L'exposition chronique aux organophosphorés et aux pyréthronoïdes peut attaquer le système nerveux, provoquant des troubles de la sensibilité, des fourmillements, des vertiges, jusqu'à des convulsions dans les cas les plus graves. »

---

82. « Les Français ont un taux de pesticides dans le corps plus élevé que la moyenne », Eric Guilloret, France Info/AFP, 1er mai 2018.
83. « Pesticides : la France mauvaise élève », Pauline Fréour, sante.lefigaro.fr, 30 avril 2013.

Ça promet !

Et championne aussi en Europe

Pour 2016, le ministère de l'Agriculture a autorisé 58 demandes de dérogations d'épandage de pesticides valables pour 120 jours. L'Espagne, pourtant premier consommateur de pesticides d'Europe, n'en a accordé que 30 et l'Allemagne, pourtant très copine avec Bayer/Monsanto, seulement 25.

En juillet 2018, la France en était déjà à 45 dérogations[84]. Ces dérogations sont valables pour la clémentine, les noix, les pomelos, les oranges, les citrons, les champignons de couche, les palmiers, la betterave industrielle, les tomates, toutes les semences potagères, le tabac, le houblon, la patate douce, le muguet, les salsifis, le riz, les cerisiers, les framboisiers, les mûriers ainsi que les myrtilliers les groseilliers et apparentés, les haricots écossés mais frais, l'oignon, l'échalote, l'ail, l'iris, le noisetier, le blé, les laitues, les pois cultivés, les concombres, les lentilles, les arbres et arbustes, les pommiers, le kiwi, la mâche, les artichauts, les amandiers, le poireau, les fèves fraîches… Et il reste encore la moitié de l'année…

On se demande sur quoi il n'y a pas de pesticides !

Allez comprendre

Interrogé sur le sujet, le ministère de l'Agriculture a répondu que ces dérogations respectent le règlement européen, qu'il s'agit bien d'urgences phytosanitaires mais s'il y a autant de dérogations, ce serait donc dû… à la variété de notre agriculture.

Une seule, patate !, ce serait plus simple. On dirait bien que le ministre nous prend pour des courges.

Langue de bois garantie

C'est bien connu, c'est la faute à notre diversité agricole si ces pauvres empoisonneurs aux pesticides sont obligés avec tristesse de demander

84. « Produits phytopharmaceutiques : autorisations de mise sur le marché d'une durée maximale de 120 jours délivrées par le ministère dans des situations d'urgence phytosanitaire »,http://agriculture.gouv.fr,16 juillet 2018.

des dérogations et c'est à cause de cette diversité que le ministre se sent obligé tous les ans de renouveler systématiquement 17 dérogations qui, pourtant, selon l'article 53 du règlement européen (derrière lequel se cachent les politiques), précisé par l'article R. 253-6 du Code rural, ne devrait impérativement qu'être exceptionnelles[85].

« On est les champions, on est les champions, on est, on est, on est les champions !

Ah non ! ça, c'est pour la Coupe du monde de foot.

Un pillage des ressources organisé ?

Coca-Cola place ses intérêts bien au-dessus du bien-être des hommes et de l'environnement ?

On peut le dire sans guère se tromper : depuis plusieurs décennies Coca-Cola (de même que Pepsi, etc.) organise l'assèchement de plusieurs pays, pillant leurs ressources en eau avec la complicité de la plupart des gouvernements de ces pays, pour un seul objectif, vendre toujours plus de boissons gazeuses.

Coca-Cola, la marque qui veut « rafraîchir le monde » a besoin de beaucoup d'eau, d'énormément d'eau. Pour fabriquer 1 litre de boisson, l'entreprise utilise en moyenne 2,5 litres d'eau[86]. En France, Coca Cola, selon ses propres chiffres, utilise « seulement » 1,46 litre d'eau pour produire 1 litre de boisson (1,54 litre en 2013). L'entreprise a également réduit le poids des emballages : 1 PET d'1,5 litre pèse aujourd'hui 40 grammes, contre 43 il y a quelques années.

Ça, c'est le devant de la vitrine. Dans l'arrière-boutique, derrière les slogans publicitaires rassurants et déculpabilisants se cachent une vraie guerre pour le contrôle de l'eau et des individus dont la seule utilité sera d'acheter le produit. C'est ce pillage organisé et systématique de l'eau qui permet d'imposer Coca-Cola (et autres, comme

85. Vidéo « La France, championne d'Europe des dérogations sur les pesticides », *L'Œil du 20 heures*, France Télévision, 21 juin 2018.
86. « La consommation d'eau de Coca-Cola », planetoscope.com

Pepsi) aux populations qui deviennent rapidement dépendantes. Comme le Coca-Cola (et autres, comme Pepsi) est souvent moins cher que l'eau potable devenue rare, les populations n'ont d'autre choix que d'acheter le produit.

L'esclavage est en route, le pillage est déjà là, (le diabète et l'obésité arrivent).

Ce que Coca-Cola ne dit pas sur le E150d

C'est le nom du colorant chimique qu'utilise Coca-Cola pour donner cette couleur caramel caractéristique à son breuvage.

Cancérigène ?

Dans l'État de Californie, une association de consommateurs bien organisés, Le Centre pour la science dans l'intérêt du public, démontre sur la base d'une étude scientifique qu'une substance cancérigène se forme lorsque l'ammoniac et/ou les sulfites sont utilisés avec le 4-MEI (la couleur brune du Coca). Le rapport sous-entend aussi la possibilité que cela pourrait provoquer des leucémies[87].

Du coup, l'État de Californie a obligé Coca-Cola à abaisser son taux de E150d à 29 mg par canette, sauf (et çà, c'est pas bête) à indiquer sur l'emballage que ce colorant peut provoquer le cancer. Coca-Cola s'est exécuté aussitôt.

En France, ben non, voyons !

Donc logiquement, s'il y a danger pour les consommateurs californiens, le même danger devrait exister pour les consommateurs français ? Eh bien non ! Comme nos législateurs regardent ailleurs, en France chaque bouteille de Coca-Cola contient 79 mg d'E150d par cannette[88].

Coca-Cola s'adapte à la législation des pays. L'important, apparemment (mais je peux me tromper), c'est de vendre et non d'offrir un produit moins nocif pour la santé humaine.

---

87. « Les dangers du Coca et du E150 : Ce sera la couleur ou le goût qui nous tuera ? », carevox.fr, 5 juin 2014.

88. « Ces substances que nous cache… Coca-Cola », Jean-Marie, consoglobe.com, 18 janvier 2013.

Et c'est bien connu, le consommateur français est beaucoup plus résistant que le consommateur américain.

Ailleurs dans le monde Coca-Cola sévit aussi :

Mexique l'hécatombe du Coca-Cola

C'est en 1994 grâce à la signature du traité de libre-échange entre le Canada, les États-Unis et le Mexique (l'ALENA[89]), que le trust Coca-Cola s'implante de façon massive au Mexique.

Un peu plus de vingt ans après, ce pays, qui compte 119 millions d'habitants, dénombre 12 millions de personnes qui n'ont pas d'accès à l'eau potable. Par contre, le Mexique est le plus gros consommateur de Coca-Cola au monde : 105,9 litres par an[90] et par habitant (chiffre 2014). À titre comparatif la France en consomme 22,7 litres par an et par habitant (chiffre 2014).

Coca-Cola fait du social au Mexique (si, si)

Comme le Mexique est un pays pauvre, le salaire moyen y étant de 400 euros par mois, beaucoup de Mexicains ne survivent qu'avec quelques euros par mois. Coca-Cola est à l'écoute de ses consommateurs. Il a trouvé le moyen de continuer à toucher toutes les populations avec son produit. Il fabrique des minibouteilles ou des petites canettes qu'il peut ainsi vendre pour quelques pesos. Une bonne manière pour que les jeunes et les pauvres continuent à acheter et que, par la même occasion, ils deviennent addicts à la boisson sucrée.

Un président mexicain totalement made in Coca-Cola

Le rêve de toutes les firmes, Coca-Cola l'a fait ! Le président du Mexique, de décembre 2000 à novembre 2006, Vincente Fox, était un cadre de Coca-Cola depuis 1964, puis président de Coca-Cola pour l'Amérique latine.

---

89. Le traité ALENA est à peu près du même acabit que celui que nous venons de signer avec le Canada via notre gouvernement « macron-libéral-à-outrance ». Chez nous cela s'appelle le CETA. (Voir *infra* le chapitre instructif sur le poulet a l'arsenic.)
90. « Consommation mondiale de Coca-Cola », planetoscope.com

C'est vous dire que la firme n'a pas eu trop de mouron à se faire durant son mandat.

Et s'il n'y avait qu'au Mexique que coca sévit :

Inde[91], un quart du pays n'a plus d'eau, merci qui ?

En 2014 déjà, un ministre indien déclarait qu'un quart du pays était en voie de désertification par manque d'eau. En 2015, Coca-Cola possédait déjà 58 usines en Inde et avait déclaré investir dans le pays plus de 5 milliards de dollars d'ici à 2020. Mais ces usines sont très gourmandes en eau, au détriment souvent des agriculteurs locaux qui n'ont plus assez d'eau pour leurs champs ou simplement pour boire, l'eau étant polluée par les rejets des usines.

Plusieurs fois, des autorités locales, des associations de femmes courageuses, ont réussi momentanément à faire fermer des usines sur le territoire à Varanasi (Bénarès), dans l'État de l'Uttar Pradesh en 2014[92]. En 2016, deux usines produisant du Coca et du Pepsi ont dû fermer temporairement[93], elles consommaient quasiment toute l'eau de la région.

La justice indienne donne raison à Pepsi et à Coca-Cola

En 2017, le tribunal de l'État indien du Tamil Nadu donne raison aux deux fabricants Pepsi et Coca-Cola dont les usines avaient été fermées à la suite d'une plainte d'une association locale[94].

Le plus marrant, c'est que l'argument de défense employé par les avocats de Coca et Pepsi a été de soutenir que leurs clients faisaient l'objet d'un « traitement inéquitable » et qu'il n'était pas juste qu'on les empêche de se servir de la rivière librement tout comme les habitants de la région.

91. « Inde : Coca-Cola accusé de dilapider l'eau des agriculteurs », RFI, 20 juin 2014.
92. « Inde : fermeture d'une usine Coca-Cola », lefigaro.fr/ AFP, 19 juin 2014.
93. « En direct du monde. En Inde, Pepsi et Coca-Cola soupçonnés de surexploiter les rivières en pleine sécheresse », Sébastien Farcis, France Info, 6 décembre 2016.
94. « Inde: la justice donne la permission à Coca-Cola et Pepsi d'utiliser l'eau d'une rivière », RTBF avec Belga, 2 mars 2017.

Chine : du chlore dans le Coca

Une des usines de mise en bouteilles du nord de la Chine[95] a été fermée durant quelque temps. La présence de chlore avait été décelée dans ses bouteilles à la suite d'un signalement anonyme. Coca-Cola avait répondu que l'usine avait été fermée pour d'autres raisons que le chlore et que de toute manière le chlore contenu dans l'eau du Coca chinois était en quantité largement inférieure aux normes sanitaires mondiales. En 2012, Coca-Cola possédait déjà plus de 40 usines d'embouteillage en Chine[96]. Après explication sans doute secrète avec les gouvernants chinois, l'usine a rouvert sans souci.

N'empêche, du chlore dans le Coca, même chinois, ça doit avoir un petit goût !

En France, Nestlé Waters mène le même combat que Coca-Cola pour s'emparer et piller l'eau ?

C'est à Vittel, la célèbre ville des eaux thermales que le combat pour l'eau commence à sévir.

Il se trouve que Nestlé Waters et les habitants pompent la même eau. Mais la source n'est pas inépuisable et Nestlé pompe de plus en plus pour augmenter son chiffre d'affaires[97]. Hépar, Contrex, Vittel proviennent des eaux de Vittel et sont en progression constante, en France et à l'exportation. Cela représente des centaines de millions de litres d'eau qui sont extraits chaque année des profondeurs du sol vosgien. À cause de la surexploitation par Nestlé (ainsi que par une autre entreprise, la Fromagerie de l'Ermitage), l'eau de la source commence à manquer sérieusement.

95. « Coca-Cola : du chlore dans le soda, une usine ferme en Chine », melty.fr, 30 avril 2012.
96. « Du chlore dans du Coca-Cola en Chine », lexpress.fr avec AFP, 30 avril 2012.
97. « À Vittel, Nestlé privatise la nappe phréatique », Lorène Lavocat, reporterre.fr, 26 mai 2018.

Trente ans d'alertes

Pourtant cela fait déjà plus de trente ans que le signal est à l'orange[98]. Le premier relevé très préoccupant remonte à 1975, et tout le monde, dans le landerneau politique et industriel, sait que l'eau sort plus vite qu'elle ne se régénère. Mais comme d'habitude, les autorités se sont empressées de ne rien faire, remettant aux calendes grecques les décisions à prendre pour préserver la ressource. À partir de 2010, le déficit en eau s'accélère et quelques réunions sont organisées par les « décideurs » pour trouver une solution.

La solution : on privatise l'eau de la source

Début 2016, les autorités compétentes concernées se réunissent une nouvelle fois pour trouver une solution, dans l'urgence. On réunit la CLE (commission locale de l'eau) qui apporte sur la table une délibération toute ficelée : elle propose de faire venir l'eau des environs pour abreuver la population. Ainsi, la multinationale et la fromagerie, elles, pourraient continuer de puiser tranquillement dans le sous-sol et se garantir la continuité du pompage de l'eau de la source une fois celle-ci devenue privative.

On pille mais on vous fait aussi payer le pillage

Les associations ruent dans les brancards et suggèrent que les industriels participent aussi à la réduction du pompage de la source. Une autre réunion de la CLE met le feu aux poudres quand celle-ci précise que le transfert de l'eau en provenance des territoires voisins, serait fait via des dizaines de kilomètres de canalisations, pour un coût de 15 à 30 millions d'euros à payer sur vingt ans par les impôts locaux des habitants.

C'est ce qu'on appelle la goutte de Coca qui fait déborder le vase de l'eau potable.

---

98. « Nestlé accusé par une ONG d'assécher la nappe phréatique de Vittel, dans les Vosges », Simon Chodorge, *L'Usine nouvelle*, 22 mars 2018.

La CLE proposait donc de privatiser l'eau au profit de Nestlé (et la fromagerie) et d'en faire supporter le coût aux populations

Les associations flairaient depuis quelque temps déjà un mélange des genres en raison de la présence de Claudie Pruvost, élue locale et présidente de la CLE (de 2013 à fin 2016). Depuis son entrée en fonction, quelques décisions avaient déjà été votées pour éviter petit à petit aux industriels tout effort pour réduire leurs prélèvements de l'eau de source. Les associations avertissent donc les médias, le ministre et l'association ANTICOR. Celle-ci, après enquête, fait un signalement au procureur pour suspicion de prise illégale d'intérêts, ce qui déclenche une enquête préliminaire.

Détail familial troublant chez Nestlé

La présidente de la CLE, Claudie Pruvost, est visée par cette enquête préliminaire pour prise illégale d'intérêts (*Vosges Matin* du 6 novembre 2016) car il se trouve que cette brave dame est aussi une élue de la ville de Vittel et conseillère départementale.

Ça commence à gratouiller mais jusque-là, c'est supportable[99].

Ce qui l'est moins, c'est qu'elle est mariée à Bernard Pruvost, lui-même, excusez du peu, ex-directeur recherche et développement de Nestlé International. Petite circonstance encore plus aggravante (à mon humble avis), c'est que Bernard Pruvost est aussi le président de l'association La Vigie de l'eau. Cette association était chargée du schéma d'aménagement et de gestion des eaux (SAGE) par le CLE de 2010 à 2016 (tiens, c'est sa moitié qui en était présidente). Son rôle et sa mission étaient de tenter d'équilibrer les volumes prélevés et la recharge naturelle de la nappe.

En plus, petit ajout de pure coïncidence, on retrouve, quelques mois auparavant, Claudie Pruvost participant à un vote qui s'est déroulé dans le cadre du Coderst (comité départemental de l'environnement et des risques sanitaires et technologiques) qui devait examiner une demande d'autorisation de forages supplémentaires pour Nestlé Waters. Au lieu de

99. Claudie Pruvost, depuis l'ébruitement de l'affaire, a démissionné du CLE, mais est restée membre du bureau…

quitter la salle comme il est d'usage, l'élue émet un vote favorable à cette demande.

Cela fait un peu désordre tout ça ?

La ressource se réduisant de façon préoccupante, les autorités locales, comme d'habitude, regardent ailleurs et pensent seulement au commerce, à leur image et surtout au nombre d'emplois qui pourraient être détruits (ce qui est très mauvais pour une réélection municipale), donc on ne bouge pas un seul doigt.

Sauvegarder les emplois est un leurre grossier

Se cacher derrière la préservation des emplois est un des arguments employés (à chaque fois) par l'entreprise et les élus locaux. Ceci est un gros mensonge. En 1975, il y avait 4 500 employés, majoritairement locaux, dans l'entreprise. Depuis, le nombre n'a cessé de diminuer. L'automatisation, les nouvelles techniques ont fait qu'aujourd'hui il ne reste que 900 emplois directs dans l'usine. L'arrivée de technologies de pointe, l'intelligence artificielle et la pression des actionnaires vont dans les prochaines années provoquer des licenciements au sein de l'usine et du groupe dans son ensemble. Le groupe Nestlé a déjà annoncé la suppression prochaine de 400 postes d'ici à 2020[100], qui viennent s'ajouter au 400 déjà annoncés en septembre 2017.

Comment des élus locaux peuvent-ils croire naïvement que l'usine de Vittel conservera tous ses emplois ? Donc se servir de la préservation de l'emploi pour ne rien imposer à l'entreprise est une faute stratégique et politique majeure de la part de nos élus.

Dernières nouvelles du front d'eau vittelois

Au 1er juillet 2018, il semblerait bien qu'il y ait matière à poursuivre Claudie Pruvost. Dix-huit mois après le début de l'enquête préliminaire[101]

---

100. « Nestlé taille dans ses effectifs en France », Leïla de Comarmond et Marie-Josée Cougard, lesechos.fr, 28 janvier 2018.

101. « La conseillère départementale Claudie Pruvost toujours dans l'œil de la Justice », Sergio De Gouveia, *Vosges Matin*, 1er juillet 2018.

(je sais, la justice prend toujours son temps, quand il s'agit d'élu(e)s…), le procureur Étienne Manteaux dans un communiqué de presse affirme : « L'enquête pénale tend à démontrer que, lors du processus d'élaboration du schéma d'aménagement et de gestion de la nappe GTI par la commission locale de l'eau, des faits pouvant recevoir la qualification pénale de prise illégale d'intérêts sont susceptibles d'avoir été commis par Claudie Pruvost et l'association La Vigie de l'eau. »

Une affaire qui commence à sentir les égouts (pour une source, c'est pas terrible). À moins que tout ceci ne prenne l'eau, un nouveau procureur venant d'être nommé en remplacement d'Étienne Manteaux. Et parfois, dans ce cas de figure, avant que les affaires ne continuent, il passe beaucoup d'eau sous les ponts.

« Deux choses sont infinies :
l'Univers et la bêtise humaine.
Mais en ce qui concerne l'Univers,
je n'en ai pas encore acquis la certitude absolue. »
Albert Einstein

Le saviez-vous ?

Juste quelques exemples inadmissibles (à mes yeux) récupérés ici et là, qui prouvent malheureusement que ceux qui nous dirigent (pas tous), nos politiques (pas tous), pensent qu'ils peuvent décider à notre place de ce qui est bien ou mal et de ce que nous devons savoir ou non.

Plusieurs semaines de pollutions radioactives au tritium dans l'eau potable et cachées à la population

Cruas-Meysse en Ardèche

On pourrait croire que ce genre de dissimulation n'existe que dans des pays émergents, là ou la police et la dictature ne permettent pas à l'information de circuler librement. Des pays pauvres aux administrations corrompues.

Pas de chance, c'est en France. C'est une substance qui s'appelle le tritium qui peut provoquer des dommages irréversibles sur la chaîne d'ADN, c'est dans une rivière souterraine, c'est dans l'eau potable, et c'est plusieurs semaines sans prévenir les populations.

Mai 2018

Les 4 et 7 mai des prélèvements sont faits dans la zone de captage d'eau potable (réseau SEP) de la centrale nucléaire ainsi que dans deux piézomètres situés à proximité de cette zone de captage. Ces points de prélèvement des eaux souterraines sont situés à l'extérieur du périmètre de l'installation nucléaire de base. On y découvre déjà un taux anormal de tritium, taux près de vingt fois supérieur au taux habituel (190 becquerels (bq) par litre contre 10 habituellement).

L'alerte n'est donnée que le 22 mai. Ni la commission locale, ni les employés de la centrale n'ont été informés de la fuite de tritium. Seule l'interdiction de consommer l'eau du robinet sur le site de la centrale a été placardée.

Anomalies à répétition

Le 30 mai, l'ASN (Agence de sécurité nucléaire) vient faire une inspection suite à la déclaration de fuites radioactives dans l'eau potable. Le rapport conclut à une mauvaise gestion des anomalies de matériels, relève des infractions en cascade aux réglementations visant la protection de l'environnement, signale la non-déclaration aux autorités dans des délais satisfaisants, et le sous-classement de l'événement. Tout va bien au pays du tritium.

Le tritium : *Le tritium [3H] ou [T] est l'isotope radioactif de l'hydrogène [H]. À ce titre, il peut se substituer aux atomes d'hydrogène qui constituent l'un des quatre éléments fondamentaux (avec le carbone, l'azote et l'oxygène) de la matière organique, donc des corps vivants. Ainsi le tritium pénètre facilement dans l'organisme, à travers le cycle de l'eau et entraîne une exposition interne. Le tritium dont la période de nocivité est de 12,3 années s'élimine peu à peu de l'organisme en environ 10 jours (période biologique) après avoir produit ses dégâts qui se traduiront des années plus tard par des cancers.*

Ça fait peur quand même !

Bien sûr, je suis mauvaise langue, vous diront quelques autorités compétentes. Elles vous expliqueront que le risque zéro n'existe pas et que je dramatise volontairement pour faire du buzz. On nous dira aussi que les taux relevés ne sont pas dangereux pour l'homme, tout en minimisant l'incident exceptionnel. Ceci est la version à peu près officielle des autorités, version qu'elles servent à chaque fois aux populations pour justifier l'injustifiable (promis, juré, craché, les centrales nucléaires en France sont très fiables).

Le problème est que c'est souvent que le tritium se balade dans l'eau potable que nous buvons.

Trois fuites en six ans dans l'Ain

Le 20 décembre 2017, EDF avait détecté une concentration anormale de tritium (670 bq/l) dans un tube qui donnait sur la nappe phréatique[102]. Quelques jours après des pics allant jusqu'à 1 600 bq/l sont relevés. Le Rhône, lui-même, est touché par le tritium.

La Suisse porte plainte[103]

Quatre associations portent plainte en mars 2018. Genève les avait précédées un an avant en portant plainte contre X pour mise en danger de la vie d'autrui et pollution de l'eau. Pour EDF, interrogé par le journal *Médiacité*, la pollution n'a pas été suffisamment importante pour remettre en question la potabilité de l'eau à 30 kilomètres de Lyon, car le tritium aurait été dilué lors de son entrée dans le fleuve Rhône.

À noter : le « à 30 kilomètres de Lyon ». Entre zéro et 30 kilomètres, on fait quoi ?

Question bête

À quoi ça sert de mettre des normes et des seuils dans la radioactivité (et autres), si, quand on les dépasse, on nous explique à chaque fois que ce n'est pas grave ?

Une constante dans les anomalies

Là aussi l'ASN avait constaté, après inspection, une « inquiétante chaîne de dysfonctionnements », un « défaut de surveillance », des

---

102. « Fuite radioactive à la centrale du Bugey : des associations portent plainte », lefigaro.fr avec AFP, 7 mars 2018.

103. « Genève porte plainte contre la centrale nucléaire française du Bugey », Mélanie Faure, lefigaro.fr, 2 mars 2016.

« dispositifs ne permettant pas la détection automatique des fuites », une « absence de réaction rapide » ou encore du « matériel défectueux ».

Un petit dernier dans le Vaucluse

L'eau potable de Carpentras, Mornas et Avignon, contiendrait un taux anormal de tritium[104].

Incident exceptionnel vous avez dit ?

Mais il y a aussi des « incidents » malhonnêtes, un vrai pillage de la Manche :

Onze canalisations illégales dans le nord de la France

En avril 2016, à l'occasion d'une inspection, l'Autorité de sûreté nucléaire a découvert sur le site de Gravelines (à 21 kilomètres à l'est de Calais et à 15 kilomètres à l'ouest de Dunkerque)[105] l'existence illégale de onze canalisations de rejets, qui n'avaient pas été prévues par l'arrêté encadrant les rejets de la centrale. Les substances rejetées par ces tuyauteries, entre autres du tritium, se déversaient dans un canal puis dans la mer.

L'ASN est revenue en 2017. La centrale n'avait rien remis en ordre ou presque. Toujours onze canalisations sans contrôle de contenu qui déversaient allégrement vers les plages son (ses) poison(s) inconnu(s).

Pourquoi se gêner quand les autorités ferment les yeux ?

Pour info, le site de Gravelines avait déjà connu des fuites de tritium en 2013 et 2014.

Tout va bien, vous avez dit ?

Conclusion

On sait que le tritium n'est pas une substance naturelle mais produite par les centrales nucléaires. On sait que c'est une molécule dangereuse pour l'être humain, surtout ingérée à travers l'eau. On sait que la plupart

104. « Présence de Tritium dans l'eau potable, les antinucléaires inquiets », ledauphine.fr, 21 août 2010.

105. « Des tuyauteries d'évacuation illégales poussent comme des champignons », sortirdunucléaire.org, 2016.

des centrales françaises sont de plus en plus âgées et qu'elles ont de plus en plus de fuites (dues à leur grand âge). On se rend compte que la plupart du temps, de plus en plus, l'alerte est donnée en retard. On lit que l'Agence de sécurité nucléaire relève de plus en plus d'anomalies (ou tricheries), elle avertit d'ailleurs sur un risque de plus en plus important pour les populations.

Pourquoi de plus en plus nous dit-on que tout va bien ?

L'Agence nationale des fréquences (ANFR) a refusé de communiquer le nom de 95 marques de téléphones potentiellement cancérigènes et dangereuses pour le cerveau des enfants

Le 1er janvier 1997, l'État a confié la gestion sur tout le territoire de l'ensemble des fréquences radioélectriques, des communications sans fil qui appartiennent au domaine public à un établissement public à caractère administratif qui s'appelle l'ANFR – Agence nationale des fréquences. Cet organisme d'État autorise, entre autres, toutes les implantations de sites d'émission sur le territoire et s'assure du respect des limites d'exposition du public aux ondes.

Des contrôles sur le danger de nos téléphones portables

En 2015, L'ANFR fait analyser par des laboratoires accrédités le rayonnement électromagnétique et radio (mesure instituée du débit d'absorption spécifique – ou DAS –. Le seuil limite est fixé à 2 W/kg) de modèles de téléphones portables « réquisitionnés » dans des commerces spécialisés. Les résultats sont publiés par l'Agence nationale de sécurité sanitaire de l'alimentation, de l'environnement et du travail (ANSES).

Un test de conformité bidon

Pour faire simple, l'ANSES, comme c'est son rôle de protection des individus, fait faire par l'ANFR des tests de dangerosité sur des téléphones portables mais, et c'est là que c'est amusant, avec des mesures et des recommandations qui lui sont fournies par les constructeurs eux-mêmes. On teste ainsi les dangers « des ondes » entre 1,5 et 2,5 centimètres de l'oreille.

Du coup, vous pensez bien que les tests de dangerosité sont tous bons pour le service et que, bien entendu, le rayonnement « des ondes électromagnétiques » d'un portable à 2,5 centimètres de l'oreille n'a aucune incidence sur le cerveau.

Tout le monde sait que l'on tient toujours son téléphone à 2,5 centimètres de son oreille.

Bien entendu, ces « bons » résultats sont ceux mis en avant sur les fiches téléphones des constructeurs.

89 % des téléphones testés sont hors normes, voire dangereux

C'est là où le bât blesse. Quand le docteur Marc Arazi, ex-coordinateur national de l'association Priartem, découvre dans le même rapport les résultats des mêmes tests de dangerosité mais réalisés en condition réelle d'utilisation, il hallucine. Il y a 89 %, soit presque 9 téléphones sur 10 qui dépassent les normes autorisées et sont donc potentiellement dangereux pour l'être humain, particulièrement pour les cerveaux et encore plus pour les enfants qui n'ont pas fini leur croissance[106].

Marc Arazi demande à connaître les noms des téléphones mis en cause.

Les organismes d'État au-dessus des lois

L'ANSES et l'ANFR, malgré les demandes officielles et une injonction de la CADA, tout en se réfugiant derrière des excuses aussi saugrenues que fallacieuses, s'obstinent à ne pas fournir le nom des marques dangereuses pour la santé des utilisateurs[107].

Une omerta quasi complète sur le sujet

Un seul Web journal a titré sur cette malhonnêteté étatique, il s'agit du site Le Lanceur (lelanceur.fr). Plusieurs articles ont fait sa une pour

106. « Danger des portables : "Il faudrait interdire le téléphone jusqu'à 14 ans" », lelanceur.fr, 13 septembre 2017.

107. « Portables dangereux : l'ANFR voudrait publier la liste… mais ne le fera pas », lelanceur.fr, 6 janvier 2017.

dénoncer ce scandale et suivre les démarches des deux lanceurs d'alerte Marc Arazi et Fabienne Ausserre. Sur un problème de santé publique aussi grave, on se pose la question de savoir pourquoi quasiment aucun média de renom n'a traité ce sujet pourtant explosif qui concerne, qui plus est, nos enfants au premier chef.

J'ai eu beau chercher, je n'ai pas trouvé. Par contre en feuilletant tous les magazines et en regardant la télévision, c'est dingue le nombre de pages publicitaires payées par les mobiles téléphoniques que j'ai pu trouver.

Même en dormant ou en marchant certains téléphones sont dangereux

On met presque tous nos téléphones dans la poche de son jean ou de sa chemise. Pendant ce temps-là, l'antenne de votre téléphone ne reste pas inactive comme on pourrait le croire, elle tente, à chaque seconde, de rester connecté avec une tour de téléphonie mobile et émet une certaine quantité de radiofréquences même lorsque vous ne l'utilisez pas. Or, « les signaux envoyés, les ondes électromagnétiques qui vont de l'antenne du téléphone dans toutes les directions, passent le plus souvent à travers la tête et le corps » explique l'État de Californie via des études de son départements santé.

Quand en plus, les seuils affichés sont en dessous de la réalité, les dégâts peuvent être incommensurables.

Dernières nouvelles en 2018

Grâce au site lanceur.fr, au docteur Arazi et à Fabienne Ausserre, grâce à des campagnes médiatiques hors de France et plus de deux ans après les premières demandes, l'ANFR accepte de publier les noms de la marque des mobiles qui dépassent les seuils tolérables. Les chiffres sont parfois dix fois plus importants que ceux affichés (Samsung A5), le HTC One est dix-neuf fois supérieur à celui affiché sur la fiche produit. Et la liste est longue, très longue[108].

---

108. « Téléphones portables : "Il y a tromperie sur les informations affichées" », lelanceur.fr, 14 juin 2017.

En avril 2018 sont retirés du marché, dans un grand silence général, 90 000 téléphones produits par Orange[109]. Dans le même temps et le même silence médiatique, trois constructeurs sont mis en demeure d'effectuer les modifications nécessaires pour diminuer le danger des ondes émises.

Aucune moralité de l'État et des industriels

Plus de deux ans d'attente pour la simple transparence d'un danger potentiellement très dangereux et qui concernait plusieurs millions d'individus dont des enfants. Des organismes d'État qui s'assoient sur les lois et sur la santé des utilisateurs qu'ils sont censés protéger. Une tromperie flagrante sur des normes fictives dont les industriels savaient qu'elles ne correspondaient pas à l'utilisation réelle des mobiles.

Une honte et une mise en danger d'autrui qui ne trouvera bien entendu aucun coupable, juste des victimes qui multiplient par dix des risques de cancers divers et variés à cause d'une rétention d'informations coupable.

Heureusement qu'il existe encore quelques lanceurs d'alerte obstinés comme le docteur Arazi et Fabienne Ausserre et des sites Internet comme lanceur.fr pour que la transparence et la vérité des faits puissent émerger au grand jour.

Dernier conseil

Coller le moins souvent possible son téléphone mobile contre son oreille.

Réduction des délais pour l'installation des antennes-relais

L'article 62 de la loi « ELAN » permet depuis le 25 juillet 2018 aux opérateurs de téléphonie de réduire de deux à un mois le délai *imposé aux opérateurs pour les demandes d'autorisations d'urbanisme après dépôt*

109. « Rappels en série de téléphones portables dangereux », lelanceur.fr, 8 juin 2018.

du dossier d'information auprès du maire (DIM) et d'abaisser, pour les installations existantes, *de deux mois à un mois le délai minimum imposé aux opérateurs avant de commencer les travaux lors de modifications substantielles d'installations radioélectriques, après dépôt du dossier d'information auprès du maire.*

Une antenne-relais de téléphonie mobile (ou station de base) est un émetteur-récepteur de signaux radioélectriques pour les communications mobiles qui convertit des signaux électriques en ondes électromagnétiques (et réciproquement). Selon L'Agence nationale des fréquences (ANFR), au 1er juillet 2018, 41 509 sites sont autorisés, dont 36 996 en service, pour la téléphonie mobile très haut débit (4G), tous opérateurs confondus. Il peut y avoir au moins trois antennes par site.

Interdiction de se plaindre

Il paraît qu'il ne faut pas se plaindre car le gouvernement, par le biais du secrétaire d'État Julien Denormandie, au début de la discussion à l'Assemblée nationale[110], voulait purement et simplement supprimer le moindre délai entre la demande et l'installation.

Concertation, consultation tu t'assieds dessus

L'astuce (si on peut appeler ça une astuce) dans le texte présenté à l'Assemblée nationale réside dans le raccourcissement important des délais de telle sorte qu'il devient quasiment impossible de demander son avis aux populations environnantes. Elles n'auront même plus le temps de s'organiser pour émettre le moindre avis.

C'est ce que voulaient les opérateurs, c'est ce que le gouvernement a fait.

Bonjour le fleurissement des antennes relais sur les toits, dans les campagnes, à côté des lieux publics, à moins de 100 mètres des écoles ou en nombre comme sur deux immeubles à Saint-Laurent-du-Var : les opérateurs y ont installé treize antennes (si, si, vous avez bien lu).

110. Projet de loi « ELAN » : les sénateurs confirment la réduction des délais pour l'installation des antennes-relais, maire-info.com, 27 juillet 2018.

Bien pratique aussi pour juguler tous les collectifs qui voudraient combattre l'installation anarchique de ces antennes.

À quand l'indigestion d'ondes électromagnétiques ?

Un élu multicondamné à de la prison ferme, en cavale officielle, est reçu à l'Élysée par le président de la République

Dans une république qui se dit irréprochable, qui se targue de vouloir rompre avec l'ancien système, il est amusant de voir que le naturel revient vite au galop quand il s'agit de cajoler un vieux briscard de la politique à la barque plus que chargée comme dirait un magistrat à qui on ne la fait plus.

Il fut un temps pas si lointain, en politique où, si on continuait à fréquenter ce genre de personnages pour des raisons dites « d'État » mais qui m'échapperont toujours, on avait au moins la décence de le faire dans l'arrière-cour d'un bouge mal famé. Aujourd'hui apparemment, ce temps est révolu. On les reçoit en personne et à l'Élysée devant un buffet copieux et les journalistes.

Pour ce qui est de l'irréprochabilité de la république, on s'aperçoit, preuves à l'appui, que beaucoup de ses michetons portent une chemise blanche et propre mais que dessous, leurs slips sont sales.

7 mars 2017 : Léon Bertrand, condamné à trois ans de prison ferme avec mandat de dépôt, dépose un pourvoi qui suspend l'amende et l'inéligibilité mais pas la condamnation et le mandat de dépôt immédiat.

31 mai 2018 : Léon Bertrand est dans le palais de l'Élysée avec son épouse, invité par la présidence elle-même. Dans un des comptes rendus et sur plusieurs photos dans la salle des fêtes du palais, on voit le président, qui le connaît, lui serrer chaleureusement les mains.

Que s'est-il passé ?

La police des frontières reçoit l'ordre de fermer les yeux

C'est le parquet de Créteil qui a pris son téléphone pour intimer l'ordre aux policiers de fermer les yeux et de laisser passer le « fugitif ».

Des consignes directes et politiques, précisera un policier[111]. De toute manière connaissant un peu le loustic, il y a fort à parier qu'il avait des assurances de son impunité avant même de monter dans l'avion.

L'ordre n'a pu venir que de très haut, comme on dit.

Qui est Léon Bertrand ?

Son pedigree politique (sauf erreur et ou omission) :

Maire de Maroni ; conseiller départemental de la Guyane ; président du conseil d'administration de la Société immobilière de Guyane (SIGUY) ; député RPR puis UMP de la 2e circonscription de la Guyane ; président du conseil d'administration de la Société d'économie mixte du nord-ouest de la Guyane (SENOG) ; président du conseil d'administration du centre hospitalier de Saint-Laurent-du-Maroni ; président de la communauté de communes de l'ouest guyanais (CCOG) ; secrétaire d'État au Tourisme auprès du ministre de l'Équipement, des Transports, du Logement, du Tourisme et de la Mer (gouvernement Raffarin) ; ministre délégué au Tourisme auprès du ministre des Transports, de l'Équipement, du Tourisme et de la Mer (gouvernement Villepin), etc.

Quelques condamnations de l'ex-ministre recherché par la police

Liste non exhaustive :

Fin 2009 : Léon Bertrand et son ancien directeur des services sont placés en détention provisoire en Martinique. L'ex-ministre du Tourisme y restera trois mois et demi.

2013 : l'élu est condamné à 3 ans de prison ferme[112], à 150 000 euros d'amende, à 5 ans d'inéligibilité, notamment pour corruption et favoritisme[113] (il a fait deux ans de préventive…).

2014 : il est condamné en appel à 20 mois de prison[114] dont 16 ferme,

111. « Portes ouvertes à l'Élysée pour un élu condamné », Jean-Michel Décugis, Nicolas Jacquard et Vincent Mongaillard, avec T.B. et D.C., *Le Parisien*, 31 mai 2018.
112. « Trois ans ferme pour l'ex-ministre Léon Bertrand », liberation.fr, 5 juillet 2013.
113. « Léon Bertrand est condamné à trois ans de prison et 150 000 euros d'amende, mais fera appel... », Pierre-Yves Carlier, franceguyane.fr, 4 juillet 2013.
114. « L'ex-ministre Léon Bertrand condamné pour favoritisme et corruption », lepoint.fr, 3 octobre 2014.

2 ans de privation des droits civiques, civils et de famille, ainsi qu'à 80 000 euros d'amende[115].

7 mars 2017 la cour d'appel de Basse-Terre, en Guadeloupe, a condamné Léon Bertrand, le maire de Saint-Laurent-du-Maroni et président de la communauté de communes de l'ouest guyanais (CCOG), à trois ans de prison ferme avec mandat de dépôt, 80 000 euros d'amende et trois ans d'inéligibilité pour *« corruption passive » et « favoritisme »*. Il dépose un pourvoi en cassation qui suspend l'amende et l'inéligibilité, mais pas le mandat de dépôt immédiat[116].

En juillet 2018, M. Léon Bertrand n'a toujours pas effectué son séjour prévu et obligatoire en prison. Sans doute, la justice ne sait-elle pas où il habite ?

Rappel de quelques faits d'armes de Léon Bertrand (Extraits de *Délits d'élus*, *op. cit.*, p. 99.)

Une de ses mises en examen faisait suite à des accusations de versement de pots-de-vin par trois chefs d'entreprise dont deux avaient avoué les faits devant la justice. Pour le délit de favoritisme, on avait découvert qu'il s'était répété une douzaine de fois à propos de marchés publics au sein de la communauté de communes présidée à l'époque par Léon Bertrand.

Léon, descendant de bagnard

Léon, c'est comme ça qu'il est affectueusement surnommé au pays. Affable et à l'allure sympathique, il se plaît à rappeler à tous qu'il est le descendant d'un ancien bagnard. Sa réputation en Guyane est celle d'un homme qui a réussi. Il est *le* notable et cela doit se voir. Son train de vie est celui d'un ministre, ce qu'il est jusqu'en 2007. Personne en Guyane n'oserait remettre en cause la gestion houleuse de l'ami de Chirac. On découvrira par la suite un véritable système de corruption généralisé mis en place pour générer de grosses sommes qui atterrissent toutes en direction de « Monsieur Léon ».

---

115. « Senog : Le Navennec et Bertrand condamnés », franceguyane.fr, 13 août 2014.
116. « Le Guyanais Léon Bertrand, ancien ministre de Jacques Chirac, condamné à trois ans de prison », Laurent Marot, lemonde.fr, 9 mars 2017.

2004 : Disparition mystérieuse du directeur financier de la CCOG

Une autre affaire qui touche de près Léon Bertrand démarre avec la disparition du directeur financier de la communauté de communes de l'ouest guyanais (CCOG), Myrtho Fowel, proche de « Monsieur Léon », qui disparaît avec sa voiture, mystérieusement et soudainement alors qu'il se rend à une réunion. Quelques semaines auparavant, son adjoint et ami s'était fait brutalement muter à Évreux sans explication.

Deux ans plus tard, avec lenteur, une enquête démarre

On s'intéresse au compte personnel du directeur financier et on découvre des versements suspects sur son compte, évalués au total à près de 500 000 euros (un rapprochement est fait un peu plus tard avec des commissions versées par des entreprises dans le cadre de l'attribution de marchés de la CCOG). Les enquêteurs tirent sur la ficelle et se rapprochent à petits pas de Léon Bertrand. Après une enquête qui prend encore quelques années, « Monsieur Léon » est mis en examen et écroué fin 2009 pour « favoritisme et corruption passive » dans le cadre d'une information judiciaire ouverte contre X. La justice le soupçonne d'attributions frauduleuses de marchés publics en Guyane, notamment au sein de la CCOG, ayant permis le financement de ses campagnes électorales. Quelques jours après la condamnation de « Monsieur Léon », on retrouve la voiture du directeur financier, les ossements de Myrtho Fowel sont à l'intérieur du coffre. On aurait voulu semer le doute dans la tête des juges et des populations que l'on n'aurait pas fait autrement.

Détail électoral mais en prison

C'est de sa prison, en détention provisoire depuis quelques mois, que Léon Bertrand, ne doutant de rien, se retrouve sur une liste aux élections régionales en mars 2010. Cette liste est étiquetée « divers droite » et il est en position éligible puisque numéro trois. Après tout, déclarera le numéro un de cette liste : « Tant qu'on n'est pas condamné, on est présumé innocent, c'est le cas de Léon Bertrand. »

Certes, mais avouez que ce n'est pas pratique de serrer les mains des électeurs depuis sa cellule.

Détail revendicatif

À peine sorti de prison, il remet en cause son ordonnance de remise en liberté sous contrôle judiciaire qui lui interdisait d'avoir des relations professionnelles avec la communauté de communes de l'ouest guyanais. Il gagne, et en redevient illico président (alors qu'il est toujours sous le coup d'une mise en examen pour « favoritisme et corruption passive »), et bien qu'une des affaires de suspicion de pots-de-vin et de marchés publics « arrangés » ait un rapport direct avec la CCOG.

Détail outré du mis en examen

Léon Bertrand s'est même plaint en haut lieu et a voulu faire annuler son procès pour maltraitance à son encontre par des enquêteurs qui lui avaient posé quelques questions un peu rudes, osant avoir l'outrecuidance de lui demander, par exemple, pourquoi il ne payait pas ses impôts : « Ils ont cru devoir porter des jugements de valeur particulièrement déplaisants à mon égard. » Comme aussi lui demander comment il pouvait se regarder en face en étant le maire d'une commune où beaucoup d'administrés vivaient sous le seuil de pauvreté alors que lui-même se vautrait dans le luxe.

Léon Bertrand se dit pauvre... avec trois Porsche et une Jaguar

C'est ce qu'il déclare devant le juge. Il n'y arrive pas avec 13 000 euros par mois. Il reconnaît, affirme-t-il devant le juge, avoir des difficultés financières. Pour preuve de sa bonne foi, il déclare avoir été obligé d'emprunter de l'argent à sa famille et de faire un prêt à l'Assemblée nationale. Il devait même plus de 100 000 euros aux impôts. Il ne s'est donc pas enrichi personnellement...

Bien sûr, il évite de parler de l'immense propriété qu'il a achetée en métropole. Ainsi que de la Jaguar flambant neuve de 120 000 euros qui dort dans le garage et qui lui sert pour ses déplacements en région parisienne. En guise de fin de non-recevoir et pour bien lui faire comprendre qu'il n'est pas dupe de son discours sur sa prétendue « pauvreté », le juge lui rappelle aussi les trois Porsche qu'il a revendues dernièrement, soulignant malicieusement qu'avant de les vendre, il les avait bien achetées.

Un des entrepreneurs, durant le procès, donne des détails plus que précis sur des remises d'enveloppes et les pots-de-vin systématiques (« le système Léon ») si on voulait travailler. Il a ajouté de façon laconique à propos du caractère obligatoire des commissions à verser : « Quand je rentre sur l'autoroute, je prends un ticket, et quand je sors, je dois payer. »

Détails bizarres quand même

On peut, une fois de plus, se poser la question de la lenteur de la justice concernant Léon Bertrand. Voilà un homme dont il est de notoriété publique qu'il est dispendieux. L'argent qui circule en grande quantité, pendant plusieurs années, n'attire pas l'attention des autorités. Les préfets, l'administration, la police, personne ne prend en compte les avertissements successifs de la chambre régionale des comptes concernant les budgets de la commune et de la CCOG. Ils sont quasiment à chaque fois qualifiés d'insincères (factures incomplètes ou absentes, sommes astronomiques non justifiées, etc.) Si on y rajoute la disparition soudaine du directeur financier de la CCOG, on peut se poser raisonnablement la question, sans réponse pour l'instant, de savoir qui couvre et pourquoi le sieur Léon Bertrand

Et cela continue puisque au jour où j'écris ces lignes, Léon Bertrand, inscrit au fichier des personnes recherchées, a pu se balader tranquillement dans Paris, aux frais de la princesse, faire un petit tour dans le palais de l'Élysée, serrer la paluche du président et repartir tranquillement comme il était venu.

La petite photo qui peut servir

Lors de sa petite sortie en métropole, Léon Bertrand n'a pas manqué de faire une petite photo souvenir avec le député d'En marche ! Lénaïck Adam. Il ne l'avait pas du tout soutenu lors des législatives partielles de 2017, allant même jusqu'à s'afficher avec son concurrent direct[117]. Mais en politique il faut savoir retourner sa veste au bon moment… et faire la bonne photo qui pourra servir.

117. « Condamné et recherché pour corruption passive, un ex-ministre de Chirac se pavane à l'Élysée », Henri Carmona, revolutionpermanente.fr, 7 juin 2017.

Détails d'IGEN

Léon Bertrand est nommé, en 2008, inspecteur général de l'Éducation nationale (IGEN), au tour extérieur, par Nicolas Sarkozy, président de la République. Un tollé s'élève, mais en vain, de la part des IGEN de carrière au vu des états de service du nouvellement nommé (il a été quelques courtes années professeur d'un collège). Il est vrai qu'à l'époque, n'étant plus ministre, il fallait bien lui trouver un petit job bien rémunéré (entre 4 000 et 6 000 euros par mois). Il passe donc en force et en deux ans à peine du grade de simple professeur dans un collège à celui d'inspecteur. Ce qui lui permet aujourd'hui de toucher une confortable retraite à taux plein, l'État, bon père, ayant repris son ancienneté. Le tout, bien entendu, en sus de ses indemnités en cours.

J'aurais pu faire plus court sur le personnage mais il représente tellement ce que les citoyens ne veulent plus voir exister, mais que les institutions et le système préservent… avec l'accord et le serrage de paluches du président de la République.

Après Coca-Cola dans le sport, McDonald's dans la culture !

Il faut dire qu'il y avait le feu au lac. Malgré 1 419 restaurants McDonald's implantés en France[118] *(champion d'Europe des implantations) et Coca-Cola avec ses 22,7 litres ingurgités en France par an et par habitant, les deux géants de ce qu'on appelle communément « la malbouffe » commençaient sérieusement à être en perte de vitesse.* Les campagnes de santé publique un peu plus intelligente que par le passé et la prise de conscience des « clients » ayant fait leur effet, la consommation de boissons sucrées (dont Coca) avait commencé à baisser de près de 3 % en 2013[119]. McDonald's connaissait aussi une perte de vitesse, avec sa

118. Nombre de restaurants McDonald's en France de 2011 au 31 décembre 2016, statista.com

119. « Coca-Cola se met à la lutte contre l'obésité », Dorothée Balsan, BFMTV, 21 janvier 2013.

première baisse historique enregistrée des ventes sur un an (chiffres 2015)[120].

Les deux firmes ne pouvaient pas se laisser distancer par des consommateurs qui ne demandaient simplement que des produits à boire et à manger un peu plus sains pour leur santé.

Il fallait donc réagir. Les deux firmes en ont les moyens et la stratégie ; ainsi, lutter contre l'obésité et favoriser la santé deviennent le credo des plus gros fabricants au monde... d'obèses et de diabétiques (fallait oser !).

Coca et McDo mettent les bouchées doubles :

Dans le sport

Dans un de mes précédents livres, j'avais déjà raconté comment l'entreprise Coca-Cola a réussi le tour de force de financer la création d'un organisme d'État chargé de lutter contre l'obésité dans le sport, en l'occurrence l'Observatoire national de l'activité physique et de la sédentarité (Onaps)[121], avec la bénédiction du ministère des Sports.

On peut aussi rappeler qu'un gouvernement précédent avait carrément modifié la loi pour permettre au CNDS (le Centre national pour le développement du sport) de s'ouvrir au mécénat. Et que, bizarrement, le seul mécène du CNDS fut Coca-Cola.

Dans le culturel

C'est le ministère de la Culture, après celui des Sports pour Coca qui a accepté que McDonald's devienne le partenaire officiel de la grande fête du livre organisé par le Centre national du livre (CNL). Pour sa deuxième édition, en 2018, MacDo devient partenaire officiel de la « grande fête du livre jeunesse »[122]. Le président du CNL assume et parle de démocratisation de la lecture pour justifier son choix du

---

120. « Comment McDonald's a atteint des sommets en Bourse », Raphaël Bloch, lesechos.fr, 29 juillet 2017.

121. « Comment le Gouvernement a cédé au lobbying de Coca-Cola », Antoine Dreyfus, lelanceur.fr, 28 novembre 2016

122. « McDo en toutes lettres », *Le Canard enchaîné*, 18 juillet 2018, p. 5.

fast-food américain. On embauche à prix d'or des auteurs connus comme Alexandre Dujardin et Marc Lévy pour habiller et enjoliver la propagande, et chaque enfant qui achète un menu Happy Meal aura droit à son petit livre. McDonald's a bien compris que nourrir l'esprit en même temps que l'estomac peut être rentable pour rétablir les ventes.

En ce qui concerne la santé, on en parlera plus tard.

Conclusion

Après une bonne course à pied décapante et salutaire, prenez le temps de boire un Coca pour vous désaltérer. Et prenez aussi le temps de lire un livre en dégustant un McDo bien garni, accompagné de sa portion de frites.

Un détail semble pourtant troubler McDonald's : comment le consommateur peut-il tourner les pages d'un livre sans le tacher après avoir mangé ses frites avec les doigts ?

Bientôt, après les frites qui ne pourrissent pas, des frites qui ne tachent pas !

Quasiment tous les présidents de la République ont triché pour être élus

Un petit détail anodin m'a sauté aux yeux aux alentours de mai 2017 : le prix de la campagne présidentielle. Ci-dessous ce qui a été déclaré officiellement lors de la dernière campagne présidentielle :

– Emmanuel Macron : 16,8 millions d'euros,
– Benoît Hamon : 15,2 millions d'euros,
– François Fillon : 13, 8 millions d'euros,
– Marine Le Pen : 12,5 millions d'euros,
– Jean-Luc Mélenchon : 11 millions d'euros,
– Nicolas Dupont-Aignan : 1,8 million d'euros,
– François Asselineau : 1,2 million d'euros,
– Nathalie Arthaud : 958 237 euros,
– Philippe Poutou : 782 448 euros,

– Jacques Cheminade : 412 983 euros,
– Jean Lassalle : 257 289 euros.

Ce qui nous donne un total de près de 75 millions d'euros pour une campagne présidentielle globale[123], tous candidats confondus.

Ils ont tous triché ?

Pour rappel, quasiment tous les candidats au poste suprême ont fait l'objet de soupçons d'arrangements et se sont vus reprocher des dépassements de leur compte de campagne.

Rappelons-nous Nicolas Sarkozy avec l'affaire Bygmalion et le probable financement occulte de sa campagne. Un peu plus loin dans le temps, avec Édouard Balladur et ses fameux tee-shirts au coût exorbitant ou, dernièrement, les ristournes inexpliquées et incongrues offertes au candidat Emmanuel Macron.

Rappelons-nous aussi, car nous avons tendance à vite l'oublier, que la campagne de Jacques Chirac, qui, malgré de nombreuses irrégularités durant sa campagne, n'a pas été invalidée par le Conseil constitutionnel[124] pour ne pas « remettre en cause la démocratie » avait avoué le président du Conseil constitutionnel, Roland Dumas.

Benoît Hamon, lui-même, avait menacé de révéler quelques détails de la campagne de François Hollande si ses anciens amis continuaient à lui chercher des poux sur ses propres dépenses[125].

Ont-ils quasiment tous truandé ? De toute manière, officiellement, on ne peut rien dire ni rien faire.

Si on y rajoute, par pure mesquinerie pernicieuse, que depuis janvier 1995, le financement en provenance de personnes morales (entreprises et fondations) est interdit, qu'un particulier ne peut pas donner plus de 7 500 euros par an même s'il a le droit de faire un don à un ou plusieurs partis politiques. Qu'en plus, en période de campagne électorale, la limite

123. « Présidentielle 2017 : les comptes de campagne des candidats validés par la CNCCFP », vie-publique.fr,13 février 2018.

124. « Comment, en 1995, les comptes de campagne de MM. Chirac et Balladur n'ont pas été invalidés », Patrick Roger, lemonde.fr, 4 juillet 2013.

125. « Présidentielle 2017 : la campagne hors de prix de Hamon », Adrien Gaboulaud, parismatch.com, 8 août 2017.

descend même à 4 600 euros par an et par personne. Détail amusant, officiellement un don supérieur à 150 euros doit être réglé par chèque (parlez-en à Éric Woerth…)

Bref, pour certains candidats n'ayant aucune aide publique ou n'ayant pas une fortune personnelle suffisante pour financer leur campagne électorale, la simple question que devraient se poser tous les journalistes est celle-ci :

D'où vient l'argent ?

La réponse est dans la question.

Ce qui est marrant c'est que même si on attrape les coupables et que l'on diligente une enquête, comme le délai de prescription pour financement illégal de campagne est de trois ans, et que ceux qui financent ont les moyens de dissimuler, trois ans après c'est foutu, et là, c'est encore plus marrant, le législateur n'a pas rallongé le délai de prescription… bien au contraire (voir *supra* le chapitre « Justice »).

Petit détail d'augmentation surprenante

Le 30 mai 2018 le président de la Commission nationale des comptes de campagne et des financements des partis politiques voit ses émoluments passer de 4 574 euros par mois à 7 182 euros net[126].

Presque 60 % d'augmentation avec effet rétroactif au 1er janvier 2018. Un petit complément tombera aussi dans son escarcelle : une indemnité annuelle de 9 500 euros brut.

Je ne sais pas pour vous, mais je trouve que ça tombe quand même bien cette augmentation. Non ?

Une république laïque mais surtout pas à l'Assemblée ni au Sénat

La loi de 1901 sur les associations (qui oblige les congrégations religieuses à demander une autorisation du Parlement) avait posé quelques

126. « La grosse augmentation de salaire du président de la Commission des comptes de campagne », Benjamin Chabert, capital.fr, 7 juin 2018.

jalons précurseurs à la loi de décembre 1905 qui organise la séparation entre l'Église et l'État. Mais bien avant, il y avait eu en mars 1882 l'abandon de l'éducation religieuse au sein de l'école publique en vertu du principe de neutralité. Et si on remonte encore un peu le temps, l'ébauche de la séparation entre l'Église et l'État date de 1795 et de la Constitution de l'an III, celle du Directoire, où il est écrit : « Nul ne peut être empêché d'exercer, en se conformant aux lois, le culte qu'il a choisi. Nul ne peut être forcé à contribuer aux dépenses d'un culte. La république n'en salarie aucun. » Depuis, les choses ne se passaient pas trop mal, chacun trouvant sa place et son influence au sein de la société française.

En 2013, une loi sur la transparence créait un registre des représentants d'intérêts. Il s'agissait de répertorier sur une liste fournie à la Haute Autorité pour la transparence de la vie publique (HATVP) le nom des agents d'influence (les lobbys). Les associations de type cultuel, bien qu'influentes sur les hommes politiques ne figurent pas encore sur cette liste.

En 2016, à l'occasion du vote de la loi dite « Sapin 2 » sur la transparence, les associations à but cultuel avaient été ajoutées à la liste des lobbys. Cela se faisait déjà à l'échelle européenne grâce à la mise en place d'un registre de la transparence, qui est une base de données répertoriant les organisations qui cherchent à influencer le processus législatif et de mise en œuvre des politiques des institutions européennes. Les associations religieuses s'y inscrivent sans problème.

Avril 2018, premier tir de semonce contre la laïcité de la part du président de la République

Le 9 avril, devant la Conférence des évêques (CEF), au collège des Bernardins[127], à Paris, le président de la République, en début de discours, juste après les remerciements d'usage, affirme haut et fort qu'il faut réparer le lien, distendu selon lui, entre l'Église et l'État. Frémissements d'aise garantis chez les religieux présents.

127. « Discours de Macron aux Bernardins : une partie de la classe politique condamne une "atteinte à la laïcité" », Malo Tresca, lacroix.com, 10 avril 2018.

Il twitte même sur son compte personnel la formule : « Le lien entre l'Église et l'État s'est abîmé, il nous incombe de le réparer ». — Emmanuel Macron (@EmmanuelMacron) 9 avril 2018.

Il semble commencer à remettre en cause le principe de laïcité et par critiquer les décisions de ses prédécesseurs, comme l'ajout du cultuel dans la loi « Sapin 2 ».

Un article 38 bien pratique

En juin 2018, un amendement déposé par le gouvernement et âprement discuté est glissé dans l'article 38 du projet de loi sur la confiance. Il préconise, selon les mots du ministre de l'Action et des Comptes publics Gérald Darmanin, d'instaurer « un climat de confiance» avec les associations à but cultuel en les faisant sortir du registre des représentants d'intérêts tels que la notion avait été définie en 2016[128]. L'amendement est adopté par 85 voix contre 80.

Arguments bidon

Un des arguments des députés faux cul pour défendre le retrait des religieux en tant que lobbys a été de s'exclamer comme l'a fait le député Marc Le Fur : « Une Église, un culte, ce n'est pas une entreprise du CAC 40 ou une organisation professionnelle, c'est autre chose. »

Raphaël Schellenberger trouvait totalement incompréhensible que la religion soit mise au même niveau que les intérêts particuliers. Ce qu'approuva complètement Philippe Gosselin en affirmant que « les associations cultuelles ne défendent pas des intérêts matériels ».

On se demande bien pourquoi ces mêmes députés ont laissé toutes les ONG dans la liste des lobbys, comme Amnesty International ou les Restos du Cœur.

128. « Le gouvernement veut retirer les associations religieuses de la liste des lobbies », Hadrien Mathoux, marianne.net, 15 mars 2018.

Petit cadeau supplémentaire sympa pour les religieux

L'article 38, modifié par la commission spéciale du Sénat, autorise les associations cultuelles à posséder et administrer des immeubles acquis à titre gratuit, sans utilisation commerciale. Une mesure insérée par la majorité sénatoriale protège contre toute préemption par une collectivité publique les immeubles acquis par les associations cultuelles via une donation. Je n'en ai pas la confirmation, mais il me semble que même la préemption par les collectivités d'un bien religieux est également supprimée dans le texte.

Une brèche est ouverte dans la laïcité et le vivre ensemble.

Il est évident, si on réfléchit bien, que l'Église n'a pas essayé de peser sur la république et les politiques, par exemple lors de la loi sur la PMA, le mariage pour tous ou dernièrement le déremboursement de l'IVG pour les femmes.

D'après la majorité présidentielle, ces influences et ces lobbys religieux ne sont que de la nourriture spirituelle. Pourquoi se donner la peine de les répertorier ?

C'était quoi ?

On demandait juste aux groupes d'influence religieuse de s'inscrire sur les registres de la Haute Autorité pour la transparence de la vie publique (HATVP). À chaque représentant d'intérêts de décliner son identité ainsi que celle des personnes chargées de ses activités en lien avec la puissance publique et de fournir une déclaration annuelle d'intérêts. « La transparence n'est jamais une contrainte, c'est simplement une exigence de probité », dira Jean-Louis Touraine, député « frondeur » de la majorité présidentielle.

La Sécurité sociale va-t-elle commencer à disparaître ?

La Sécurité sociale, telle que nous la connaissons, est d'inspiration en grande partie allemande et anglaise. Dans les années 1883-1889, le chancelier allemand Otto von Bismarck dote l'Empire allemand d'un système complet d'assurances sociales[129]. Grande première, ce sont les partenaires sociaux, et non l'État, qui en gèrent le fonctionnement. L'assurance accident du travail fonctionne sous le contrôle des entreprises et l'assurance maladie sous celui des ouvriers. En 1889, il crée la caisse d'assurance invalidité et retraite.

En Angleterre, en pleine guerre mondiale, un rapport est envoyé à la Chambre des lords. Il préconise que chaque citoyen en âge de travailler paie des charges sociales en échange de quoi, il reçoit des prestations en cas de maladie, de chômage et de retraite. Son auteur, William Henry Beveridge souhaite garantir à chacun un niveau de vie minimum en dessous duquel personne ne devrait tomber.

La Sécurité sociale en France

C'est en s'inspirant de ces deux modèles et sous l'impulsion politique du ministre de l'époque, Ambroise Croizat, que les 4 et 19 octobre 1945 est créé un régime général destiné à rassembler l'ensemble des actifs. Tout en laissant vivre les régimes particuliers, cette Sécurité sociale nouvelle est fédératrice sur l'ensemble de la France et prévoit un réseau coordonné de caisses se substituant à de multiples organismes. Les risques maladie, invalidité, maternité, vieillesse et décès sont désormais couverts pour les travailleurs via un système de cotisations.

Aujourd'hui, ce régime d'assurances sociales d'État nous est envié dans le monde entier. Dernièrement, il est question d'ouvrir une brèche dans ce système – peut-être sera-t-elle déjà faite quand ce livre aura été imprimé – à l'air anodin, mais qui, en réalité, ouvre la porte à la privatisation de la Sécurité sociale.

Un cheval de Troie pernicieux et invisible

Il ne s'agit pas de grand-chose vous diront les uns, juste un mot qui en remplace un autre dans un nouveau texte de loi. Un député de la majorité présidentielle, Olivier Véran, a proposé et fait voter, en commission

129. Voir Lydie Boulle, « Bismarck et l'exemple allemand des assurances sociales au dernier tiers du XIXe siècle », dans *Histoire des sciences médicales*, tome XXXII, n° 2, 1998, p. 147-150.

des Affaires sociales, un amendement visant à remplacer, aux articles 34, 39, 42, 47-1, 48 et 49 de la Constitution, le mot « sécurité » sociale par le mot « protection » sociale.

Le dernier projet de loi de finances de la Sécurité sociale, voté fin 2017, a déjà mis en place la fin des cotisations salariales pour l'assurance chômage et l'assurance maladie, remplacées par une hausse de 1,7 point de la CSG (il serait plus juste d'écrire que la cotisation a augmenté en moyenne de 25 %).

Un transfert vers le privé à venir ?

Tout doucement, par de petites touches de pinceaux et ou de rabots, nous allons nous diriger par un transfert vers l'État de la Sécurité sociale devenue « protection sociale ». Cela permettra de reprendre la main, de contrôler les dépenses de santé, et de réduire les subventions à mesure des besoins

Prenons l'exemple de l'hôpital public

Tout le monde reconnaît sans ambiguïté qu'il ne peut plus répondre à la demande, les services sont surchargés[130], les infirmières n'en peuvent plus, les urgences sont débordées. Manque de personnel et de matériel adapté sont également pointés du doigt. La liste est longue des besoins vitaux pour ne pas assister dans peu de temps à la mort du service public. La seule réponse de l'État a été de supprimer 1,2 milliard du budget 2017 (alors qu'il est déjà exsangue) pour réduire le déficit, dira-t-il.

Pour résoudre les problèmes, adressez-vous aux cliniques privées, c'est aussi le message subliminal qu'adressent nos politiques en amplifiant par inertie et aveuglement le délabrement de ce service public.

Le peuple ne va rien voir aujourd'hui

De plus, comme pour la Poste, la SNCF ou les hôpitaux, la population ne voit, et c'est normal, que les retards dans les trains, et

130. « Manque de moyens, personnel débordé… Les hôpitaux au bord de la crise de nerfs », Mathilde Errard, Alain Gastal, Cellule investigation de France Info, francetvinfo.fr, 28 avril 2018.

fulmine devant le seul guichet ouvert à la Poste ou s'énerve quand on lui annonce sept heures minimum d'attente aux urgences pour voir un interne compétent, mais qui parle tout juste le français.

L'instant de l'agacement légitime fait que l'on rejette seulement la faute sur celui qui est devant soi ; sur le postier ou l'infirmière à qui on n'a plus donné, depuis longtemps, les moyens que requiert le service public qu'il ou qu'elle rend. C'est totalement injuste la plupart du temps, mais trouver immédiatement un coupable, ça soulage et ça évite de chercher plus loin.

La formule à l'emporte-pièce que l'on entend souvent c'est : « fainéant de fonctionnaire » ou « vivement la privatisation ».

Un bonheur pour que l'État continue son démantèlement sous les sempiternels prétextes de rationalisation, mutualisation ou réduction du déficit… ou d'un meilleur service qu'il a lui même détruit pour mieux le vendre au privé.

Pour la Sécurité sociale, si on laisse faire, cela risque de prendre le même chemin

Dans le climat d'appauvrissement et du chacun pour soi que le système continue à entretenir pour les masses, tous et chacun vont être contents de « moins payer ». Les dizaines d'euros de cotisations non versées pour l'assurance-chômage et l'assurance-maladie donnent une impression fortuite et fugace de mieux-être au quotidien. C'est quelque temps après que la réalité reviendra en pleine face. La charge de protection sociale sera, petit à petit, transférée vers le privé. On l'habillera avec une participation patronale (déjà en cours) conjointe à celle du salarié, mais basée sur le volontariat.

Dans un premier temps, chacun y trouvera son compte. Après tout, personne n'est obligé de cotiser, c'est le principe de liberté que l'on mettra en avant et que l'ensemble de la population cooptera des deux mains. Puis, et cela vient très vite, un coup dur de la vie, un licenciement, un divorce, une voiture qu'on est obligé de changer et il faut faire des choix en fonction de ce qui reste sur le compte bancaire. On compte, recompte et on s'aperçoit que se soigner coûte trop cher, que la cotisation volontaire ne couvre presque plus rien, que du fait du chômage, on est couvert au minimum du minimum.

Irrémédiablement, on ne cotise plus (je ne peux pas payer et je ne suis jamais malade…), on se soigne moins (ça passera bien… Je peux attendre… Mes enfants d'abord)

On y est ! Le système libéral de « protection sociale » est en place.

Au fait, je pose une simple question, si comme on nous le rabâche à travers tous les médias pour bien nous l'enfoncer dans le crâne, à savoir : remplacer le mot « sécurité » par le mot « protection » y compris dans la Constitution pour que cela soit bien gravé dans le marbre, si vraiment, comme on nous le vend, ce n'est qu'un mot et que cela n'a aucune importance, pourquoi insister pour remplacer ce beau mot « sécurité » par « protection » ?

Un pour tous, tous pour un

La Sécurité sociale a une définition juridique qui assure que *chacun cotise selon ses moyens et reçoit selon ses besoins*. Avec le système de « protection sociale » que nos dirigeants veulent mettre en place, ce sera du chacun pour soi. Chacun cotisera ce qu'il peut mais ne recevra que pour ce qu'il aura cotisé. Si tu veux plus, tu payes… si tu peux.

Quand un sénateur, ou un ancien sénateur, meurt, sa famille gagne de l'argent

On a vu dans différents journaux et médias que les députés, les ex-députés, leurs femmes et leurs enfants touchaient, jusqu'en mars 2018, un chèque de 18 000 euros pour chaque décès[131].

Comme d'habitude, il a fallu que ce scandale soit révélé par des éléments extérieurs (on n'est pas gentils quand même) pour que l'Assemblée se décide à rectifier cette injustice flagrante et à la limite de la malhonnêteté.

Depuis avril 2018, la somme forfaitaire allouée et envoyée par chèque ou virement en cas de décès d'un député ou ex-député ainsi que d'un membre de sa famille proche est maintenant de 2 350 euros.

131. « Obsèques des députés et de leurs familles payées par le contribuable : l'Assemblée met fin à un système délirant », Hadrien Mathoux, marianne.net, 16 mars 2018.

En vérité, ce sera plus

Avec ces braves gens de l'Assemblée, il faut toujours aller voir un peu plus loin que ce qu'ils vous annoncent. Le coût moyen d'un enterrement est de 4 000 euros. Des députés ont râlé sur la réduction drastique de ce privilège pour eux pas du tout « indu ». Donc, inscrit en tout petit dans le nouveau protocole, il est prévu que la somme forfaitaire allouée de 2 350 euros par enterrement pourra être dépassée (largement ?) sur présentation et remboursement de factures.

Ouf, on est rassuré. À défaut de ne plus pouvoir faire de bénéfice, l'enterrement de nos députés et ex-députés (et de leur famille) continuera à ne rien leur coûter.

Jusqu'au bout, on paiera pour eux !

Les sénateurs, c'est mieux

Dans cette affaire, on n'a pas beaucoup entendu les sénateurs sur le sujet et pour cause. Nos braves sénateurs touchent jusqu'à 20 000 euros par enterrement. Au vu de l'âge de ces messieurs et de ces dames, il est évident que le nombre de versements est plus important chez les sénateurs.

Dans l'immédiat, aucune réduction de ce privilège « indu » n'est en vue au Sénat. Il paraît même que plusieurs députés et sénateurs se sont encore plaints que l'on puisse toucher à ce petit privilège qui fait partie des choses naturelles pour ces élus.

Tout le monde n'a pas leur chance

À Valenciennes, la compagne d'un homme qui venait de mourir dans son lit se rend à la mairie pour signaler qu'elle n'a pas les moyens de payer un enterrement. La mairie déclenche une enquête d'indigence. Six jours après, c'est une voisine qui alertera à cause de l'odeur dans les parties communes de l'immeuble. La mairie se décidera à envoyer les pompes funèbres qui trouveront le corps dans la chambre, sa compagne à ses côtés. Le défunt a été mis dans une housse, puis inhumé en pleine terre. Dans cinq ans, ses ossements rejoindront l'ossuaire municipal[132].

132. « Nord : faute d'argent pour l'enterrer, elle passe six jours avec le cadavre de son conjoint à la maison », BFMTV, 31 mars 2018.

Un peu plus loin dans le temps, un homme de 22 ans habitant Laon, dans l'Aisne, a creusé lui-même la tombe de son père décédé, fabriqué une croix en bois. Il n'avait pas assez d'argent pour l'enterrement[133].

Aucun des deux n'était ancien parlementaire.

133. « Faute d'argent, il creuse la tombe de son père », *Le Parisien*, 14 février 2007.

« Le courage, c'est de chercher
la vérité et de la dire[134]. »
Jean Jaurès

Bonne ou mauvaise santé des uns fait le bonheur des autres

La santé est le bien inestimable par définition. Chacun essaye plus ou moins de la préserver. À quoi cela sert-il d'être l'homme le plus riche du monde si vous êtes l'homme le plus malade du monde. Nous sommes en droit d'attendre de nos dirigeants, de l'État, qu'ils garantissent, qu'ils protègent la santé des citoyens. Nous sommes en droit d'attendre que les politiques défendent bec et ongles la santé des hommes et des femmes qu'ils sont censés représenter.

On aimerait ne pas lire ce qui suit.

Un génocide français organisé ? Un pillage sur l'espérance de vie des Antillais

Quand vous savez pertinemment que ce que vous laissez sur place est un danger imminent pour les populations !

Quand vous savez que les autres pays en ont interdit son utilisation et que vous continuez à l'autoriser chez vous !

Quand vous « bloquez toute analyse qui permettrait de prouver le danger du produit !

Quand vous laissez toute une population dans l'ignorance de son empoisonnement !

134. Facile à dire et parfois difficile à faire… *(N.d.A.)*

Quand « l'État a fait en sorte d'en dire le moins possible » (article du *Monde* du 7 juin 2018).

Quand des enfants mal formés commencent à naître à la pelle, qu'on a le plus haut taux de cancers de la prostate au monde ou que la natalité baisse de façon vertigineuse !

Quand ceux qui vendent savent qu'ils vous empoisonnent !

Alors :

Ne peut-on pas parler de génocide organisé ?

Ne peut-on pas distinguer là un scandale d'État couvert par des politiques corrompus et un gouvernement aveugle ?

Je vous laisse juge en lisant la suite, moi je me suis déjà forgé mon opinion et je n'en ai pas la banane.

Mise en bouche

La banane est le fer de lance économique de la Guadeloupe et de la Martinique. L'image des Antilles et l'économie antillaise dépendent grandement de cette filière banane qui emploie environ 10 000 personnes. C'est une culture principalement tournée vers l'exportation. La banane est le deuxième fruit le plus consommé en France.

Dans les années 1970, une vilaine bestiole, le charançon – un coléoptère coriace à la peau dure, et friand des plants de bananes – risque de mettre à mal l'essor de la banane française dans le monde.

Le chlordécone (ou Kepone de 1968 à 1981 puis Curlone à partir de 1981) est un pesticide organochloré. *Il se caractérise par un très faible degré de dégradation dans le temps et une toxicité élevée.* Classé comme cancérogène possible pour l'homme par l'Organisation mondiale de la santé, le chlordécone est interdit depuis des années dans de nombreux pays depuis 1976, et dans le monde entier depuis 2011. Mais pour l'industrie française de la banane, c'est la réponse chimique la plus rapide et la moins chère pour l'éradication du charançon.

L'Amérique dit stop à ce pesticide, pas la France

C'est en 1975 que plus de la moitié des employés de l'usine américaine Hopewell (en Virginie) qui fabrique le Kepone (autre nom du chlordécone, usité aux États-Unis) sont contaminés par surexposition.

La manipulation et le déversement de la molécule dans la rivière Saint-James aux États-Unis, dans les années 1960, avaient aussi contaminé gravement les habitants aux alentours. Les dégâts sur les humains et la pollution environnementale ont été si importants qu'en 1976 on interdit la fabrication et la diffusion de ce pesticide sur le territoire américain.

La France, attendra 1989 pour l'interdire sur le territoire national… sauf aux Antilles où seront accordées plusieurs dérogations jusqu'en 1993.

Plusieurs ministres de l'Agriculture ont accordé les dérogations : Henri Nallet en 1990, Louis Mermaz en 1992 et Jean-Pierre Soisson en 1993.

Pourtant ils savaient

Les hautes instances politiques et économiques françaises savaient depuis 1977 au moins les dangers potentiels de ce poison. Un des premiers rapports en 1975, le rapport Snégaroff, démontrait sans ambiguïté les contaminations excessives des eaux de surface et souterraines ainsi que des sols des bananeraies en Guadeloupe. D'autres rapports (1980, rapport Kermarrec) suivront, tous aussi alarmants les uns que les autres.

L'État n'aura de cesse que de minimiser les effets dévastateurs du pesticide sur les populations et les terres antillaises.

Ça coule de la banane

Pour arranger le tout, la majorité des plantations de bananes sont situées au-dessus des terres agricoles. Le chlordécone contamine les cultures de patates douces et d'ignames en dessous (voir *infra* le paragraphe sur la patate douce), puis l'eau des rivières et tous les élevages qui vont avec, écrevisses, crabes en bord de mer font partie du festin. Au passage, notre poison persistant pollue gravement les animaux domestiques, les bovins, puis le lait de vache. *Le chlordécone s'accumule dans les graisses et il se concentre dans la chaîne alimentaire.* Au bout de cette chaîne, nous retrouvons les humains.

Sept siècles de pleurs pour trois kilos répandus par hectare

C'est un très sérieux rapport paru en 2009, intitulé « Impacts de l'utilisation de la chlordécone[135] et des pesticides aux Antilles : bilan

135. Ce poison n'a pas de genre bien fixé, on dit aussi bien *le* que *la* chlordécone. *(N.d.A.)*

et perspectives d'évolution »[136], qui le dit : « *Trois kilos de chlordécone épandus par hectare et par an ne s'éliminent totalement (selon la nature des sols) qu'au bout de sept siècles*[137]. »

Trois cents tonnes sur les Antilles

On sait aujourd'hui que c'est plus de 300 tonnes de chlordécone qui ont été déversées en Martinique et en Guadeloupe pendant vingt ans.

Au vu de la stabilité de ce pesticide dans le temps, j'ai bien peur que les Guadeloupéens et les Martiniquais, et pour plusieurs générations, n'aient à pleurer pendant encore très, très longtemps.

Mille cinq cents tonnes de chlordécone dans la nature

Un petit détail tracassant que je vous livre. Un rapport du comité des polluants organiques persistants issu du PNUE (Programme des Nations unies pour l'environnement) émet, après enquête, la probabilité de fabrication par les États-Unis entre 1959 et 1976 (date de l'arrêt de la fabrication aux États-Unis) et le Brésil de 1981 à 1991 de 1 800 tonnes de chlordécone pour le monde entier. Sachant que les principaux clients, les Antilles ont écoulé 300 tonnes (180 en provenance des États-Unis et 120 du Brésil) entre 1972 et 1991, il reste donc 1 500 tonnes de ce pesticide hautement dangereux dans la nature.

On sait juste que 90 % de ces 1 500 tonnes ont été expédiés en Amérique latine, en Afrique et surtout en Allemagne et en Europe de l'Est. C'est ainsi que malgré l'interdiction française en 1993 pour les Antilles, on a retrouvé, par hasard, plusieurs centaines de kilos du produit dans une bananeraie dans les années 2002[138]. Un oubli sans doute !

---

136. Rapport N° 487 (2008-2009) de Mme Catherine Procaccia, sénateur, et M. Jean-Yves Le Deaut, député, fait au nom de l'Office parlementaire d'évaluation des choix scientifiques et technologiques, déposé au Sénat le 24 juin 2009.

137. Cécile Baquey, « Le chlordécone, un scandale français ? [Décryptage] 1/2 » et « Le chlordécone : et maintenant ? [Décryptage] 2/2, la1ere.francetvinfo.fr 25 novembre 2016 et 26 novembre 2016- France info

138. « En Martinique, patates douces et toxiques durs », Frédéric Pons, liberation.fr, 12 octobre 2002.

Patates douces au chlordécone

C'est aussi en 2002 que l'on découvre, dans le port de Dunkerque, une cargaison de patates douces, dont l'analyse révèle un taux de chlordécone anormalement élevé. La provenance en est le groupe Gipam, un groupement d'exportateurs de bananes en Martinique. Les pouvoirs publics pensent sérieusement qu'un trafic de chlordécone interdit sévit en Martinique. Bizarrement, comme pour la découverte de centaines de kilos de chlordécone dans une bananeraie quelque temps plus tôt, il semblerait que l'enquête se soit enlisée dans les méandres des procédures judiciaires. Pourtant un chercheur du CNRS, qui s'était rendu en mission sur place peu avant, avait déclaré « être un peu affolé par les quantités considérables de pesticides utilisés dans les îles et par la forte pollution des nappes phréatiques en Martinique ». Plusieurs rapports ont été faits sur « les pratiques en cours » au préfet du moment. Le ministre avait aussi des dossiers sur le sujet. Rien n'a été fait (au contraire) pour détruire « ces stocks » ou, au moins empêcher leur usage, voire le trafic qu'ils génèrent.

L'arnaque génocidaire à l'écoulement des stocks

Nos dirigeants, industriels et politiques réunis ont trouvé une bonne astuce pour continuer à écouler du poison alors que l'on n'a pas pu faire autrement que de l'interdire sous la pression et/ou les preuves scientifiques. Vous avez donc une molécule comme la chlordécone – inscrite sur la liste des polluants organiques persistants (POP) par la convention d'Aarhus (ou convention sur l'accès à l'information, la participation du public au processus décisionnel et l'accès à la justice en matière d'environnement) et par la convention de Stockholm sur les POP – qui n'est plus produite depuis 1991.

N'étant plus produite, elle n'est donc plus contrôlée.

N'étant plus contrôlée, les stocks restants sont revendus sans suivi dans le monde entier.

Aujourd'hui, en 2018, personne n'est capable de nous dire exactement où sont ces stocks, hormis aux Antilles, où un petit suivi a été fait. Il y a donc une possibilité de bombe sanitaire en puissance à cause de 1 500 tonnes de chlordécone en ex-Allemagne de l'Est ou ailleurs, qui vont polluer la Terre et tout ce qui y vit pendant sept siècles.

Voilà comment on refourgue des stocks de chlordécone un peu partout dans le monde en interdisant seulement la fabrication d'un poison mais pas la diffusion des stocks déjà fabriqués. Aujourd'hui, selon l'Agence nationale de santé publique (Santé publique France), 95 % des Guadeloupéens et 92 % des Martiniquais seraient contaminés au chlordécone[139]. Tout le monde est touché dans l'indifférence politique et le mépris économique des industriels. Les conséquences sont partout, avant même la naissance.

La natalité en baisse catastrophique aux Antilles, merci chlordécone ?

Mortalité en hausse chez les enfants, baisse de la natalité, ce sont deux des paramètres relevés en Martinique et en Guadeloupe, selon une enquête menée par l'INSEE[140]. Depuis trente ans selon l'étude, la Martinique et la Guadeloupe n'avaient pas connu un taux de natalité aussi bas. D'ailleurs, l'INSEE prédit pour les années à venir une perte d'habitants encore plus prononcée dans les Antilles. Le contexte économique, le départ des jeunes (qui se ralentit), mais surtout le vieillissement accéléré de la population et un taux de natalité parmi les plus faibles de France contribuent à cette diminution de la population qui s'accentue au fil des jours.

La Martinique est le département qui perd le plus d'habitants (- 0,7 % par an) devant la Guadeloupe (moins 0,1% par an), seul autre département français où la population diminue[141]. On constate une hécatombe chez les bébés de Martinique et de Guadeloupe ; petit chiffre qui pose question : le taux de mortalité infantile est nettement plus élevé aux Antilles que dans l'Hexagone. Il est de 10,8 ‰ (chiffres 2016) pour la Martinique et de 8,8 ‰ pour la Guadeloupe contre 3,8 ‰ sur l'ensemble du territoire.

Même remarque pour le taux de natalité qui est de 10 ‰ (chiffres 2016) alors que dans l'Hexagone il est de 11,7 ‰ (chiffres 2016) .

---

139. « En Guadeloupe, les ouvriers de la banane malades d'un pesticide dévastateur et oubliés de l'État français », Samy Archimède, bastamag.net, 17 juillet 2018.

140. « Aux Antilles, la population connaît une baisse démographique record », mediaphore.com, 20 janvier 2018.

141. « Pourquoi la Martinique est la région française qui perd le plus d'habitants ? », Gabriel Henry, mediaphore.com, 2 janvier 2017.

Peut-être une explication du côté des souris :

Des tests chez les souris prouvent la corrélation entre dénatalité et chlordécone

Pour faire simple et sans rentrer dans les détails techniques et scientifiques de l'étude menée par l'INSERM, les chercheurs ont réussi à prouver que l'exposition au chlordécone à l'âge adulte n'interagit pas trop sur la reproduction de l'espèce et la modification du sperme[142].

Par contre, l'exposition des femelles gestantes au chlordécone entraîne à la troisième génération (première génération n'ayant pas été directement exposée) une diminution du nombre de cellules-souches germinales ou spermatogonies, une atteinte de leur différenciation et une diminution du nombre de spermatozoïdes matures. En d'autres termes, le chlordécone, outre le fait qu'il passe à travers la barrière placentaire, engendre une diminution certaine de la qualité du sperme deux ou trois générations après ingestion.

Donc, sans faire le rabat-joie on constate en 1993 l'arrêt de l'épandage du chlordécone aux Antilles et, en 1997, les premiers signes de dénatalité dans ces deux départements.

En cadeau : la Martinique championne du monde du cancer de la prostate

La Martinique est la championne du monde du cancer de la prostate. Il y a deux fois plus de malade de la prostate qu'en France « métropolitaine » ; 227,2 cancers en Martinique pour 100 000 habitants. À titre comparatif, la Belgique est à 90,9 cancers et le deuxième de la liste, la Norvège culmine à 129,7 cancers prostatiques pour 100 000 habitants[143]. L'écart en nombre entre le premier et le second de liste est important. Il ne peut s'expliquer autrement que par la présence d'un facteur massif supplémentaire et quelques études sérieuses tendraient à prouver qu'il s'agirait d'un perturbateur endocrinien qui ressemblerait

142. « Chez la souris, une exposition au chlordécone a des effets transgénérationnels sur la production de spermatozoïdes », Communiqué de l'INSERM, 23 juillet 2018.
143. World Cancer Research Fund International, globocan.iarc.fr > prostate.

beaucoup à la chlordécone[144]. Le risque d'un cancer de la prostate serait multiplié par cinq dans les Antilles.

Pour les enfants, c'est aussi la fête au chlordécone

L'étude Ti Moun de l'INSERM (Institut national de la santé et de la recherche médicale) a montré en 2012 que « *l'exposition pré- ou post-natale au chlordécone est associée à des effets négatifs sur le développement cognitif et moteur des nourrissons* ». Ces résultats ont été confirmés par plusieurs autres études comme celles réalisées par une équipe dirigée par Sylvaine Cordier (Rennes) et Luc Multigner (Pointe-à-Pitre) qui ont travaillé avec des chercheurs québécois, belges et américains sur l'impact du chlordécone sur de très jeunes enfants et des femmes en Guadeloupe[145].

FOU de RAGE je suis

Ce que j'ai du mal à comprendre, c'est qu'avec mes petites mains et mon petit ordinateur, en comparant juste quelques faits, j'arrive à ce qu'on pourrait appeler des coïncidences qui mises bout à bout sont maintenant des évidences.

Le chlordécone a entraîné un véritable génocide aux Antilles. Des responsables savaient, des élus locaux et des industriels ont, en connaissance de cause, empoisonné des milliers d'êtres humains.

À cause d'eux, des enfants naissent aujourd'hui avec des retards qui les suivront toutes leur vie. On sait aujourd'hui que les spermatozoïdes des Antillais sont moins fertiles pour tous ceux touchés par ces pesticides ; que beaucoup d'Antillais mourront d'un cancer de la prostate qu'ils n'auraient pas dû contracter. La terre, les eaux, les animaux, les hommes, femmes, enfants, vieillards, sont impactés de façon négative pour plusieurs dizaines de générations, etc. C'est la vie future des Antilles que l'on a sacrifiée sur l'autel de la banane. Quand y aura-t-il un procès pour juger les coupables ?

---

144. « Pourquoi la Martinique détient le record du monde des cas de cancer de la prostate par habitant ? », Gabriel Henry, mediaphore.com, 23 février 2016.
145. « Cognitive, visual and motor development of 7-month-old Guadeloupean infants exposed to chlordecone », *Environmental Research*, vol. 118, octobre 2012, p. 79–85.

Post-scriptum en forme de ministre :

Une ministre qui s'est fait payer par la banane

Juste pour l'histoire, j'ai découvert que Laura Flessel, actuelle ministre des Sports d'Emmanuel Macron et ancienne championne olympique à l'épée, a donné, en 2005, de son image (sonnante et trébuchante) pour vanter les mérites de la banane à travers des campagnes massives de publicité dont un des principaux slogans était : « La banane, rien ne peut la battre ».

Avec quelques autres sportifs, elle venait par son image contrecarrer les études et rapports qui commençaient à fleurir sur la nocivité et les conséquences des épandages de pesticides avec lesquels on avait traité les bananes. Les producteurs, à coups de millions d'euros, continuaient à masquer la réalité pour éviter l'effondrement du marché.

L'interdiction de la publicité alimentaire pour les moins de 16 ans à la poubelle

Depuis le 27 janvier 2017, les fontaines à soda gratuites sont interdites en France dès lors qu'elles contiennent « des sucres ajoutés ou des édulcorants de synthèse[146] ». Une bonne chose pour la santé de nos enfants dont un sur six en France se trouve en situation de **surpoids** ou **d'obésité** d'après une étude de santé publique de juin 2017[147]. Une autre étude effectuée sur une période de douze ans souligne, chez les Français en général, une prévalence de l'obésité qui est passée de 8,5 % à près de 15 % chez les adultes, soit une progression de plus de 70 % en douze ans.

Réduire l'obésité chez les enfants

Réduire l'obésité est donc devenu une des priorités des gouvernements successifs, du moins dans la communication. Cela tombe bien. Lors de

146. « Les fontaines à sodas en libre-service désormais interdites », lemonde.fr avec AFP, 26 janvier 2017.

147. « Étude ESTEBAN 2014-2016, chapitre : « Corpulence : stabilisation du surpoids et de l'obésité chez l'enfant et l'adulte », santepubliquefrance.fr, 13 juin 2017.

l'examen du projet de loi « agriculture et alimentation » des amendements déposés ont cherché à interdire ou à limiter les messages publicitaires en faveur des *« produits alimentaires et boissons trop riches en sucre, sel ou matières grasses et ayant pour cible les enfants de moins de 16 ans »* sur *« tout support de communication radiophonique, audiovisuel et électronique ».*

C'était trop beau pour que cela passe

On pourrait croire que cela allait passer comme une lettre à la poste. Eh non ! L'Assemblée nationale s'est refusée, le 27 mai, à inscrire dans la loi l'interdiction des publicités pour des produits alimentaires trop gras, trop sucrés ou trop salés à destination des enfants. Imaginer qu'un tel amendement pouvait être adopté, c'était apparemment oublier le lobbying des industriels qui avaient déjà très mal digéré la taxe sur les sodas, instituée sous le gouvernement Fillon (revue et corrigée dernièrement, ce qui n'a pas plu non plus à Coca-Cola ou à Pepsi). Je dis apparemment car bien entendu les industriels n'apparaissent pas dans le rejet de cet amendement, mais je refuse là aussi de croire que les députés de la majorité présidentielle aient pu repousser cet amendement en leur âme et conscience, tant il est complètement contre-productif et procède d'un mépris évident du bien commun.

Les excuses bidon pour rejeter cet amendement essentiel pour lutter efficacement contre l'obésité chez nos enfants sont des plus ridicules, voire irresponsables, pour des représentants de la république. « On compte sur la régulation du CSA » ; « C'est du ressort de la responsabilisation des parents », c'est tout ce qu'ils ont trouvé pour se justifier.

Bon sens : 0 ; malbouffe : 1

Une fois de plus les industriels de la malbouffe ont réussi à influencer nos décideurs pour continuer sans entrave leur business.

Tous les chiffres le disent

Pourtant nos élus avaient une fois de plus tous les éléments à portée d'intelligence. « *Une étude américaine a montré qu'un tiers des enfants obèses ne le seraient pas devenus s'il n'y avait pas eu de publicité alimentaire à la télévision pour la malbouffe* » (extrait du magazine *Les Inrockuptibles*, 30/5/2018), note Didier Courbet, professeur à l'université d'Aix-Marseille, spécialisé dans l'étude de l'influence des technologies digitales et des médias. Et Eurostat (qui est une référence quand cela arrange nos parlementaires) met en garde sur l'obésité infantile, qui est un problème de santé publique[148] grandissant un peu plus chaque année.

Ce qui est complètement illogique et incompréhensible, c'est que ces mêmes parlementaires ont tenu des discours contradictoires et voté contre la publicité pour des produits alimentaires trop gras, trop sucrés ou trop salés pour enfants sur le service public et favorablement à cette même publicité sur les chaînes privées.

Un vote pour et le même vote contre

Le gouvernement est pour quand il s'agit des chaînes publiques mais contre sur les autres chaînes de l'ensemble du réseau. **Depuis le 1er janvier 2018, la publicité dans les programmes destinés aux enfants de moins de 12 ans sur les chaînes du service public est interdite**. La loi étale même l'interdiction à quinze minutes avant le début du programme et quinze minutes après sa fin. Les arguments développés ne manquent pas : lutte contre l'obésité en premier, l'éducation des enfants, par exemple éviter de les **exposer de façon répétitive à des publicités pour jouets, qui leur créent des besoins matériels** auxquels les parents ont parfois du mal à répondre, etc. La loi est votée à l'unanimité de sénateurs.

Par contre, nos parlementaires ont estimé qu'**interdire les spots de pub sur les chaînes privées, qui gagnent de l'argent avec les recettes publicitaires, mettrait en danger 5 000 emplois** de la filière animation jeunesse.

Deux chaînes, deux poids deux mesures.

Savoir ce qu'on mange ce n'est pas obligatoire d'après la loi

D'un côté il y a les industriels qui dans leur ensemble n'ont pas envie que l'on sache vraiment ce qui se retrouve dans les produits que l'on

148. « Obésité et surpoids : quels sont les mauvais élèves en Europe ? », BFMTV, 24 octobre 2016.

achète et de l'autre les chiffres de plus en plus alarmants de la santé publique qui se dégrade d'année en année justement à cause des produits que l'on mange.

Pour l'instant à ce jour, la balance pèse plutôt du côté des industriels avec le concours silencieux ou complice de nos élus (pas tous).

Ça partait pourtant bien

En 2016, la loi n° 2016-41 du 26 janvier 2016, dite de modernisation de notre système de santé, pose le principe de la mise en place d'un étiquetage sur les produits. Elle est le résultat de longues discussions entamées déjà depuis plusieurs années pour que nous sachions ce que contient un produit que nous achetons par un simple coup d'œil sur l'emballage.

En 2017, l'arrêté relatif à l'étiquetage nutritionnel simplifié est enfin signé[149]. Il a fallu pas moins de trois ministres pour officialiser ces cinq lettres et cinq couleurs. Le logo qui associe les lettres A (signifiant la meilleure qualité nutritionnelle), B, C, D et E (la moins bonne) à un dégradé de couleurs allant du vert au rouge orangé devient le dispositif officiellement recommandé par le gouvernement[150]. Cet étiquetage doit « renseigner le consommateur sur la qualité globale des aliments », du moins sur l'emballage…

Un mieux mais on aurait pu faire beaucoup mieux

L'étiquetage concerne tous les aliments bruts, préparés, industriels, emballés et les plats de restauration collective. Les produits du terroir ne sont pas concernés. L'apposition en est facultative et seulement 33 grandes entreprises agroalimentaires et de distribution acceptent d'apposer Nutri-score sur leurs produits.

Pepsi, Coca-Cola, Mars, Mondelez, Unilever et Nestlé refusent de jouer le jeu et vont développer leur propre logo « nutritionnel ». Plus

---

149. « Les industriels priés d'adopter le Nutri-score, l'étiquetage nutritionnel simplifié », Michel Waintrop, *La Croix*, 31 octobre 2017.
150. « Lutte contre la malbouffe : 7 choses à savoir sur le nouveau logo Nutri-Score », Cathy Lafon, sudouest.fr, 4 avril 2017.

pratique pour l'agroalimentaire et un peu de confusion dans la tête des consommateurs ne fait pas de mal.

Et enfin les additifs alimentaires ne sont pas pris en compte par le Nutri-score (les nitrates, les nitrites, etc.)

C'est déjà mieux que rien.

Le truc qui minimise la portée de l'étiquetage

L'industrie alimentaire n'est pas à une astuce retorse près. Voyant qu'elle perdait du terrain sur l'étiquetage, elle a réussi à « imposer » la notation nutritionnelle uniquement. Les industriels savent que l'apport nutritionnel d'un produit n'intéresse qu'une partie de la population[151] et que c'est beaucoup moins dangereux pour eux qu'un affichage qui renseignerait sur les pesticides et les additifs alimentaires contenus dans ce qu'ils vendent. Ils lâchent du lest en maugréant quand même.

En 2018, une multitude d'amendements pour l'affichage obligatoire Nutri-score sont rejetés.

Dans le cadre du projet de loi « pour l'équilibre des relations commerciales dans le secteur agricole et alimentaire et une alimentation saine et durable », plusieurs députés d'horizons différents en profitent pour déposer une série d'amendements demandant l'obligation de l'étiquetage Nutri-score sur les produits alimentaires. Avec une kyrielle d'excuses « abracabrantesques » tous ces amendements sans exception sont rejetés par les députés de la majorité présidentielle.

La France se cache derrière son doigt (le petit en plus)

Mauvaise pioche pour le gouvernement français qui prend pour excuse que la réglementation européenne ne permet pas de rendre obligatoire l'étiquetage. Le ministre et quelques députés de la majorité avaient sorti opportunément l'article 35 du règlement européen « concernant l'information des consommateurs sur les denrées alimentaires », qui indique que les « *formes d'expression de présentations complémentaires* » ne

151. « L'étiquetage nutritionnel au menu de l'Assemblée », Alexis Boyer, lepoint.fr, 31 mars 2015.

peuvent pas être discriminatoires ni faire obstacle à la libre circulation des marchandises.

Grosse excuse bidon du ministre

Une fois de plus un ministre ne pense pas que l'on ira voir plus loin que ce qu'il dit. Le Royaume-Uni, depuis belle lurette, a une réglementation draconienne et obligatoire concernant l'étiquetage des produits alimentaires[152]. Il a validé les codes couleurs depuis 2006. Il est à noter (en prime et pour enfoncer un peu plus les déclarations inexactes du ministre) que les codes couleurs au Royaume-Uni ne sont qu'au nombre de trois, donc plus simples et compréhensibles que Nutri-score adopté en France.

Et si l'Angleterre peut le faire, pourquoi pas nous ? Je suis sûr que le ministre, jamais à court d'explication en forme d'excuse, répondra que c'est parce que l'on ne parle pas anglais. (*I'm joking, it's a joke.*)

Le fric, le fric, le fric

En plus du gouvernement qui a mis son veto à cet amendement, relayé par certains grands médias audiovisuels, les dirigeants des firmes d'agroalimentaires se sont fendus d'une longue lettre en date du 10 mai 2018 n'oubliant pas d'en faire une copie à quelques députés « amis » en signalant le risque majeur de manque à gagner. Si la *simple mention nutritionnelle apparaissait à l'écran en même temps que la publicité du produit, elle risquait de* faire fuir leurs annonceurs.

Il s'agissait sur chaque publicité de reprendre un logo indicatif sur la valeur pour la santé du produit vanté à l'image. Un petit truc simple comme on l'a fait pour les films supposés dangereux pour la santé mentale de nos enfants.

C'est quand même mieux quand tu n'as même pas besoin de te battre pour défendre ta malbouffe, ceux que tu paies écrivent pour toi les textes qui conviennent à tes intérêts.

152. « L'étiquetage des produits alimentaires au Royaume-Uni », ccifrance-international.org, 28 février 2012.

Moralité télévisuelle

On peut donc laisser nos enfants regarder des émissions de télé, dont je ne citerai même pas le nom pour ne pas leur faire un tant soit peu de publicité, tout en mangeant des produits hypersaturés en sucre et autres molécules chimiques néfastes pour l'organisme, tout en regardant des publicités qui les manipuleront en leur faisant croire que manger et regarder de la daube, c'est ça la vraie vie.

On comprend mieux la phrase du directeur de TFI en 2004 : « Pour qu'un message publicitaire soit perçu, il faut que le cerveau du téléspectateur soit disponible. Nos émissions ont pour vocation de le rendre disponible. C'est-à-dire de le divertir, de le détendre pour le préparer entre deux messages de pub. ***Ce que nous vendons à Coca-Cola, c'est du temps de cerveau disponible.*** »

Pillages de nos estomacs ou manger pour être malades

Partout on entend de belles déclarations journalistiques qui nous conjurent de manger cinq fruits et légumes par jour. On nous enjoint d'acheter des produits bio, de ne pas abuser de tel ou tel produit.

Il n'y a pas une semaine sans qu'une revue people, un magazine de la santé, une émission télé, nous assènent un diktat culpabilisant sur le bien manger comme il faut. La meilleure façon de manger équilibré, c'est encore, nous dit-on, de manger un peu de tout. C'est le must pour la santé paraît-il. Manger de tout d'accord, mais, de plus en plus souvent, c'est manger n'importe quoi. Notre société et nos comportements dits « modernes » nous obligent quasiment à déléguer complètement l'organisation de notre alimentation quotidienne.

Ce temps qui était un vrai temps

Il y a encore quelques années, le fait de manger était un moment de partage et de convivialité en famille ou entre amis. C'était une découverte des produits et des saveurs préparés avec amour par la maîtresse de maison ou le patriarche chef cuisinier. Le temps du repas était un vrai temps car on prenait le temps. Le repas du dimanche était souvent le repas familial obligatoire qu'on ne loupait sous aucun prétexte. Il y avait les plats mijotés durant de longues heures par la grand-mère et dont la recette se transmettait de génération en génération sous le couvert du secret. Quelques-uns d'entre nous, car il faut maintenant avoir un certain âge pour s'en rappeler, peuvent revoir la ceinture du pantalon qu'on reculait pour marquer le trop-plein d'abondance. Fin de ces repas interminables où il ne fallait surtout pas aborder certains sujets brûlants comme la politique ou les syndicats pour éviter de déclencher un esclandre entre convives de la même famille mais de couleurs sociétales différentes.

Aujourd'hui, le temps est périmé, il n'y a plus que des moments

Plat et dessert sont souvent le quotidien, c'est-à-dire un repas avalé en vitesse. On ne regarde même plus ce que l'on mange, on est ensemble pour manger mais dans une solitude conviviale – on me pardonnera l'oxymore – où chacun a le nez penché sur les derniers e-mails ou SMS de son Smartphone dernier cri. Quant aux repas du dimanche en famille, c'est souvent la sortie au McDo (pour faire plaisir aux enfants), voire au Flunch (c'est moins cher). L'impression d'être libre de choisir ce qu'on mange et où on mange.

Une fausse libération

La société, dans sa modernité, nous a libérés de la culture harassante des aliments et de la préparation contraignante des repas tout en nous rendant petit à petit et maintenant quasiment esclaves et dépendant de ceux qui s'en sont chargés à notre place. Le souci, c'est que cette industrie est devenue un vampire à l'appétit gargantuesque, qui n'a d'autre but que de nous piller l'estomac et le porte-monnaie au détriment de notre bien-être.

Pourtant, on voudrait bien profiter de la « modernité alimentaire » avec des produits sains à des prix abordables pour tous. On aimerait bien que certains industriels peu scrupuleux, aidés par des gouvernements et des politiciens silencieux et complices arrêtent de nous empoisonner à petites ou fortes doses sous le prétexte captieux qu'il faut réduire les coûts pour que tout le monde puisse accéder à ce qu'ils nous servent, la malbouffe, en nous faisant croire, en prime, qu'ils répondent simplement à la demande des consommateurs que nous sommes.

On voudrait bien simplement avoir confiance, comme dans nos politiques, pour éviter d'avoir à déchiffrer des étiquettes volontairement incompréhensibles (sans doute pour éviter de fatiguer nos cerveaux).

C'est possible, tout est possible quand on veut.

Oui, nous n'avons plus le temps, nous ne prenons plus le temps. L'homme de la ville ne peut plus cultiver son jardin de tomates ou de laitues. Oui, la société en libérant la femme de ses contraintes domestiques l'a sortie de la cuisine. Oui, nous ne pouvons pas pour la majorité d'entre nous payer cher le simple fait de se nourrir. Mais est-ce une raison pour tirer vers le bas notre alimentation ? Est-ce une raison pour que le petit producteur en circuit court, qui nous servait des produits sains, soit étouffé par les grands trusts et par des lois de plus en plus contraignantes pour sa survie ?

Ce qui est sûr, c'est que pour certains grands industriels il est plus simple d'organiser le pillage alimentaire, environnemental. Un pillage de la vie humaine, véritables génocides organisés uniquement pour faire du profit, encore plus de profit, toujours plus de profit.

De l'huile de vidange moteur dans la composition de 200 produits alimentaires vendus en France pendant plusieurs mois

Vous avez bien lu mais sachez que vous l'avez peu lu dans nos médias nationaux de l'époque et peu vu sur nos chaînes de télé. Bizarrement, ce scandale sanitaire gravissime et général sur tout le territoire français a à peine interpellé quelques journalistes qui ont relaté les faits rapidement, comme on passe sur un fait divers. La plupart des articles courts ont été écrits sur Internet, seul *Le Canard enchaîné* a investigué profondément ainsi que des blogs indépendants.

C'était il y a dix ans mais cela pourrait encore être aujourd'hui. Les mœurs et la raison d'État, qui préfère mentir que d'assumer, est exactement la même aujourd'hui qu'hier.

Rappel des faits

Février 2008 : Saipol, la maison mère de l'entreprise Lesieur reçoit une cargaison d'huile de tournesol en provenance d'Ukraine.

Mars 2008 : Un industriel du nord de l'Europe, destinataire du même lot, informe Saipol que l'huile reçue est plus que frelatée à l'huile de moteur. Saipol n'avait rien vu et avait déjà distribué, mélangé, envoyé son huile de février un peu partout en France.

22 avril 2008 : Saipol prévient la DGGCRF (Direction générale de la concurrence, de la consommation et de la répression des fraudes) que son usine de Sète, où est raffinée de l'huile de tournesol brute achetée en Ukraine est copieusement mélangée à de l'« huile de moteur ».

26 avril 2008 : une alerte est lancée publiquement par la Commission européenne qui a reçu une information de la DGGCRF sur un lot d'huile de tournesol contaminée à l'huile de vidange et distribuée dans plusieurs pays de l'Union européenne dont la France. Il y a 280 tonnes d'huile de moteur mélangée à 40 000 tonnes d'huile de tournesol[153]. Mais l'information se veut rassurante puisqu'on nous déclare dans la foulée que l'huile de tournesol frelatée mise en bouteilles et les plats préparés à partir de cette mixture ont tous été retirés des rayons et « n'ont donc pas atteint le consommateur ».À Carrefour (la moitié des grandes surfaces en France) ou à Auchan, on reconnaît du bout des lèvres avoir sorti des rayons un grand nombre de produits ayant contenu l'huile de tournesol frelatée !

On a mis de l'huile dans le moteur et dans votre assiette

Vous remarquerez l'extrême célérité avec lequel est remontée l'information ?

Lesieur/Saipol, informé en mars, qui ne déclenche l'alerte qu'en avril. Plus d'un mois pendant lequel les consommateurs ont pu acheter en magasin l'huile déjà distribuée à travers une multitude de produits (la liste un peu plus loin).

Mais le pire reste à venir :

153. « De l'huile moteur dans nos assiettes ? », Anne Lataillade, papillesetpupillles.fr, 20 juin 2008.

Le nuage de Tchernobyl une fois… mais pas deux

Roulé dans la farine une première fois par ce fameux nuage radioactif qui s'était arrêté à nos frontières selon les sources officielles, *Le Canard enchaîné* préfère vérifier et pose les questions qui fâchent à la DGGCRF : Où (lieu des produits retirés de la vente ?) Quand (à quelle date ?), Quoi (quels produits, leur nom ?) Et combien de lots ? La répression des fraudes est lapidaire dans une réponse du 7 mai 2008 : « Compte tenu du nombre d'entreprises concernées, il est impossible d'en connaître le nombre exact. »

Le Canard enchaîné qui a la réputation d'intransigeance avec ses sources fait ses propres recherches et trouve plus de 200 produits alimentaires qui ont été vendus à la population française. De Saupiquet à Amora, en passant par Knorr et Miko[154], mayonnaises[155] et huiles de table, sans oublier les bâtonnets de surimi, le céleri rémoulade, les paupiettes de veau, les conserves de soupe de poisson, le thon, les sardines à l'huile, les cookies, les barres céréalières et sucrées pour enfants, les chips, bref une foultitude de produits courants ont eu droit à leur ration d'huile de vidange sans, bien entendu, qu'un seul consommateur soit mis au courant de cet ajout incongru dans leur alimentation.

Mais le pire reste à venir :

30 avril 2008 : Après consultation de l'AESA (Agence européenne de sécurité alimentaire), la Commission européenne valide la position française et recommande aux États membres le retrait du marché de tous les produits contenant plus de 10 % d'huile de tournesol contaminée.

Mais, le pire continue :

2 mai 2008 : La Commission européenne se fend en catimini d'une autre recommandation autorisant la vente de tous les aliments contenant

154. *L'Humanité* du 23 juin 2008 et *Le Canard enchaîné* du 18 juin 2008.

155. « De l'huile de moteur dans de la mayonnaise vendue en France », 20minutes.fr, 14 mai 2008.

moins de 10 % d'huile de tournesol frelatée[156].

Ni vu ni connu je t'embrouille et j'arrange tout le monde.

Mais le pire arrive :

À plus de 10 % d'huile de vidange on est empoisonné, à 9 % on ne l'est plus

Grâce au tour de passe-passe de l'Europe et de la répression des fraudes, plus aucun rappel des plus de 200 produits sur toute la France, du moins ceux conditionnés et livrés entre le 22 et le 30 avril 2008, qui restent donc en rayon.

Il en est de même de tous les produits alimentaires conditionnés et livrés avec l'huile de tournesol arrivée en France entre le 2 février et le 2 avril 2008 pour un total de 18 800 tonnes selon le rapport de la RASFF du 23 avril 2008[157] avec un taux de contamination cette fois-ci apparemment supérieur à 10 % d'huile frelaté mélangé au brut.

La répression des fraudes en date du 15 mai 2008 ouvre son parapluie et prend acte que l'État français n'est pas responsable des produits en rayon avant le 22 avril.

On n'est jamais trop prudent pour transmettre la patate chaude !

L'Europe ferme les yeux et autorise l'huile de vidange, la France suit la recommandation

La répression des fraudes, quelques jours après la révélation du scandale et la recommandation de l'Europe, lève l'interdiction et réautorise la vente de l'huile frelatée.

Pas assez toxique est l'excuse invoquée par l'organisme censé nous protéger. Aucune étude globale ne vient le prouver.

Et de toute manière si une femme enceinte a empoisonné son fœtus, si une personne âgée ou immunodépressive en est morte, ce n'est pas grave puisqu'on nous a dit que ce n'était pas toxique. Et que l'État, les

156. *Le Canard enchaîné* du 14 mai 2008.

157. Document 32008D0433-EUROPA-EU law and publications- EUR-Lex - 32008D0433 – EN.

fournisseurs, les magasins ne savaient pas (promis, juré, craché bien entendu) qu'il y avait de l'huile de vidange dans les aliments.

Pas de coupable, pas de responsable.

Si cela avait été de l'huile d'avion ?

On a eu de la chance, car un peu plus loin dans le temps et au Maroc, c'est de l'huile de vidange d'avion qui a été mélangée à de l'huile d'olive[158]. Commercialisée sous le nom d'« huile Le Cerf » par un commerçant peu scrupuleux, il en écoula un peu partout et il en résulta environ 20 000 personnes infectées, dont plus de 10 000 furent paralysées principalement des membres inférieurs[159], principalement des populations défavorisées, l'huile frelatée étant vendue très bon marché. En 2018, il reste encore environ 2 000 personnes handicapées par cette huile de vidange d'avion, qui attendent réparation.

La justice religieuse avait condamné à mort le responsable, qui, bizarrement, quelques années plus tard, a été libéré et a pu reprendre ses affaires tranquillement.

La Grèce, seul pays à avoir des *cojones*

Le gouvernement grec est le seul pays à avoir ordonné le retrait de toute l'huile de tournesol frelatée importée sur son sol depuis le 1er janvier 2008[160]. Les autorités du pays ont trouvé que sur 33 échantillons d'huile de tournesol raffinée analysés sept seulement ne contenaient aucune trace d'huile minérale, alors que 23 en contenaient à des degrés divers[161]. En plus, un échantillon, lui aussi contaminé par de l'huile de vidange, ne faisait pas partie de ceux qui étaient signalés par les autorités européennes et était arrivé en Grèce après l'alerte du mois d'avril 2008.

158. « Les huiles frelatées en 1959 », dafina.net, 9 novembre 2005.

159. « Huiles frelatées : Après 57 ans, l'affaire est toujours d'actualité », Wael Maaninou, lopinion.ma, 1er août 2016.

160. « Huile ukrainienne frelatée : la Grèce retire toute l'huile de tournesol », agroligne.com, 30 novembre 2008.

161. « La Grèce craint la spéculation sur les prix de l'huile après la crise alimentaire liée à l'huile de tournesol frelatée », info-grece.com, 25 mai 2008.

Tout s'efface dans cette affaire

J'ai vraiment eu du mal à retrouver les pages officielles émanant de l'État ou de Carrefour ou encore de la répression des fraudes sur cette affaire sanitaire majeure et « légèrement » étouffée par les autorités.

On a l'impression que certains ne veulent pas que peuple sache le fin mot de cette arnaque européenne.

Par exemple :

La page https://www.anses.fr/fr/Documents/RCCP2008sa0124.pdf, sur le site de l'ANSES (Agence nationale de sécurité sanitaire de l'alimentation, de l'environnement et du travail), a disparu. C'est ballot quand même pour ceux qui veulent un peu de vérité, les consommateurs par exemple.

De même, sont également introuvables la liste complète des produits, leurs lieux de distribution, et la date d'acheminement. Ils n'ont jamais été fournis à qui que ce soit malgré plusieurs demandes officielles d'associations de défense des consommateurs ou du *Canard enchaîné*. Pourtant la traçabilité des produits est bien une priorité de nos politiques… à condition que tout aille bien.

On pourrait croire que l'influence des trusts, conjuguée à une pseudo-raison d'État est un fait rarissime.

Malheureusement, j'ai trouvé d'autres exemples qui sont régis par les mêmes règles de pillage organisé qui débouche sur des scandales sanitaires étouffés par des gouvernements et ou des politicards vérolés.

Vingt ans de mensonges d'État pour couvrir un scandale à 1 000 morts et 30 000 victimes en Espagne

Si l'huile de vidange frelatée française est un scandale sanitaire adoubé et couvert par des politiciens aveugles, le scandale dit de « l'huile de colza », en Espagne, est tragiquement dix, cent fois plus important car organisé par l'État lui-même.

Le gouvernement espagnol n'a eu de cesse de mentir au peuple espagnol en prenant une part active dans le façonnage du mensonge et la manipulation.

C'est en mai 1981, en quelques mois, une « épidémie » d'intoxications fait un bon millier de morts et répand l'angoisse dans tout le pays. Cela commence par un enfant de 8 ans qui meurt subitement et ses cinq frères et sœurs qui tombent malades et se retrouvent tous en soins intensifs. Le fléau se répand comme une traînée de poudre et semble toucher principalement les femmes et les enfants.

Trente mille victimes, un bon millier de morts en un mois seulement

On dénombrera plus de 30 000 victimes dont 25 000 gravement atteintes et un grand nombre handicapées à vie. Ce qui en fait la plus grande épidémie alimentaire de l'histoire de l'Europe.

La panique est à son comble, l'État veut des réponses rapides pour désamorcer la panique générale et trouver des coupables, qui calmeront l'opinion. Dans un tout premier temps, on diagnostique une pneumonie atypique, qui est vite décrédibilisée.

Les pressions et les mensonges commencent[162]

Mi-mai, le chef d'un service d'endocrinologie reçoit l'ordre de se taire. La veille, il avait répondu à une interview dans un grand journal en affirmant que les symptômes de la maladie correspondaient plutôt à un empoisonnement aux organophosphates (pesticides/ insecticides).

À peu près à la même période, le docteur Muro qui était en train de faire analyser plusieurs bouteilles d'huiles (récupérées dès les premiers jours) trouvées chez les premières victimes et achetées sur les marchés où elles se rendaient, invite des responsables du ministère de la Santé à l'hôpital où il travaille.

Il leur montre une carte indiquant les localités où habitent les victimes. Il est persuadé que l'aliment responsable de l'intoxication est vendu sur les marchés périodiques. Il leur montre où surviendront les prochains cas. Ce qui arrive. Immédiatement, il est relevé de ses fonctions de directeur de l'hôpital.

---

162. « La vérité sur le scandale de l'huile frelatée. Pourquoi l'État espagnol a-t-il menti durant vingt ans ? », Bob Woffinden, courrierinternational.com, 1er octobre 2003.

L'État commence à s'organiser et s'enfonce dans le mensonge

Début juin, une annonce officielle est diffusée à la télévision informant le public que l'épidémie est due à une intoxication par suite de la consommation d'une huile frelatée. Cela calme les esprits. L'information est habillée grâce aux recoupements d'un directeur d'hôpital qui, ayant interrogé plus de 200 enfants, conclut qu'ils avaient tous consommé de l'huile alimentaire.

L'huile de colza , bien pratique comme coupable

L'État, pour se défausser, accuse immédiatement l'huile de colza d'importation qui avait la particularité à l'époque de n'être acceptée sur le sol espagnol qu'avec un additif qui la rendait impropre à la consommation par adjonction d'aniline (une espèce de colorant primaire aromatique dérivé du benzène, toxique pour l'homme). Des aigrefins avaient trouvé l'astuce pour masquer l'additif et vendre l'huile de colza sous l'appellation huile d'olive. Et pour le gouvernement, ça tombait bien, on venait de trouver et d'arrêter quelques marchands indélicats (qui allaient servir de lampistes) qui parcouraient les marchés locaux et en vendaient justement sous le manteau et sans scrupule.

L'État en trichant ainsi avec la vérité protégeait l'industrie oléicole nationale et se débarrassait d'une huile d'importation moins chère qui commençait à envahir le pays.

Le pays se calme, il a la cause et des coupables. De plus, l'« épidémie d'intoxications » s'arrête. Très rapidement.

Le docteur Muro prouve que l'huile n'est pas en cause

Alors que l'État forge le mensonge, le docteur Muro reçoit les analyses des huiles qu'il avait récupérées sur plusieurs marchés. Les huiles ont une composition différente pour la majorité d'entre elles. Il est donc impossible que ce soit l'huile qui ait provoqué les empoisonnements. Il en fait maintenant un combat personnel et ne cessera de le dénoncer à travers tout le pays.

Mais la machine d'État est en marche et elle ne voudra pas reculer pendant plus de vingt ans.

Tout a été fait pour dissimuler les vraies causes[163]

L'État lance une opération de troc et échange des bouteilles d'huile de colza contre de l'huile espagnole de bonne qualité. On ne note rien, ni lieu, ni date.

On crée de toutes pièces des statistiques bidon où ne s'inscrivent que ceux qui confirment l'huile de colza comme vecteur d'empoisonnement. Toute autre cause n'est pas prise en compte dans ces statistiques.

En 1983, pour calmer les rumeurs de falsifications qui commençaient à poindre, on engage deux spécialistes indépendants et une commission est créée.

Ce n'est pas l'huile de colza

Les deux spécialistes découvrent qu'il est impossible que ce soit l'huile de colza qui a provoqué les empoisonnements. Les symptômes des « malades ne correspondent pas aux empoisonnements par l'aniline ». Dans des zones géographiques où l'huile de colza était distribuée et vendue massivement, il n'y a été relevé aucun empoisonnement. Les spécialistes enquêteurs s'aperçoivent aussi que l'État le savait. Ils sont licenciés sur l'heure. La commission qui commence elle aussi à trop s'agiter est dissoute dans la foulée. Le secrétaire d'État à la Consommation de l'époque, qui avait lui aussi dressé des cartes de la distribution de l'huile et de la répartition des atteintes, constate que l'huile de colza ne peut pas être à l'origine de « l'épidémie ». Il est aussitôt démis de ses fonctions et abandonne la politique par la suite alors qu'il avait une carrière prometteuse devant lui.

Les tomates sont la cause probable de l'épidémie

Le docteur Muro découvre en enquêtant auprès de 4 000 à 5 000 personnes que toutes les victimes ont mangé des tomates provenant de la région d'Almería à l'extrême sud-est de l'Espagne.

C'est une région stratégique et en plein essor à l'époque. On y pratique la culture intensive et accélérée des fruits et légumes avec adjonction massive de pesticides/ insecticides, les organophosphates.

---

163. « Scandale de l'huile frelatée en Espagne : et si c'était les pesticides ? », Dr Patrick Buenos, obesite-en-reseau.fr, 5 janvier 2014.

La cause réelle de l'intoxication massive

Les symptômes de l'empoisonnement correspondent à ce type de produits. Au vu des symptômes, du circuit de ventes des tomates, de la durée de l'intoxication des populations (environ un mois) qui correspond au parcours des tomates, le docteur Muro conclut que l'aspersion massive d'une récolte par des pesticides a dû provoquer cette tragédie alimentaire. D'autant plus qu'à l'époque un grand nombre d'ouvriers agricoles en charge de l'épandage des pesticides sont analphabètes et incapables de lire les recommandations et dosages prescrits.

Le docteur Muro n'arrive pas à se faire entendre dans les médias aux ordres. Il meurt brutalement et bizarrement en 1985[164].

Aujourd'hui encore, l'information officielle parle de l'huile de colza comme responsable de cette intoxication alimentaire qualifiée de « plus importante d'Europe ». Les informations réelles s'effacent aussi à mesure dans les mémoires remplacées par la version officielle d'État.

La région d'Almería doit rester un fer de lance pour l'économie et les exportations du pays.

Encore aujourd'hui, c'est toxique

Un journal allemand s'est procuré une note interne du gouvernement allemand qui recommande de ne pas manger trop de produits comme les fruits espagnols qui sont très, très, très hautement parfumés aux pesticides très, très, très toxiques (particulièrement les poivrons).

La dernière ligne du rapport précise et souligne que ces informations ne doivent pas être portées à la connaissance de la population.

Poulet à l'arsenic, miam !

Qui ne s'est pas posé la question de savoir pourquoi le poulet tout juste sorti du four baignait dans une eau qu'il venait de rendre ? Qui n'a

164. Lire absolument : Vicente Granero Moré et Miguel Ángel Pérez Heredia, *Detrás de la colza. El sindrome toxico* (« Derrière le colza. Le syndrome toxique »), Alcorcón (Madrid), Antares Ediciones, 2000.

pas trouvé bizarre que le pilon de poulet que l'on vient de prendre en main, se délite tout seul avant même le premier coup de dent, laissant dans la main un os immaculé ou la viande s'est détachée complètement.

Des antibiotiques qui ne sont pas des antibiotiques dans nos poulets européens

Les éleveurs industriels avaient pris la mauvaise habitude de mélanger des antibiotiques avec les aliments donnés aux poulets. Pas pour les soigner, mais pour les faire grossir plus vite et plus uniformément. Les antibiotiques devenaient des stimulateurs de croissance. Le 21 juin dernier l'Europe adopte un règlement qui réduit l'utilisation des antibiotiques dans les élevages. Mais les industriels sont pugnaces, ils réussissent à faire déclasser en complément alimentaire un anticoccidien. Petit problème, cet anticoccidien, c'est aussi un antibiotique mais non reconnu comme tel. Ce qui fait que nos poulets européens sont gavés d'antibiotiques qui ne sont pas des antibiotiques puisque sur l'étiquette on n'a inscrit « additif alimentaire ». Il fallait y penser. Mais nos poulets n'ont rien à envier aux gallinacés américains.

Demain, sans doute, nous mangerons presque tous, en France, du poulet au chlore où à l'arsenic

Après des années et des années à éluder, inventer, tricher, démentir, donner d'autres explications, La FDA (Food and Drug Administration) l'agence de réglementation des médicaments et des aliments vient d'être obligée, après soixante ans de déni, de reconnaître qu'il y a de l'arsenic dans les poulets vendus aux États-Unis et ce, depuis des lustres[165].

L'arsenic était, est toujours ajouté dans l'alimentation des poulets pour générer un gain de poids plus rapide avec moins d'aliments et créer l'apparence d'une couleur saine de la viande des poulets, des dindes et des porcs.

Selon plusieurs études de renom, l'arsenic serait quatre fois plus dangereux que le mercure (qui est déjà très haut placé dans l'échelle

165. « La FDA admet enfin que la viande de poulet contient de l'arsenic causant le cancer », Fabrice Trèfin, astucenaturelles.net, mai 2018.

des dangers pour l'homme). Une étude publiée dans le *Journal of the American Medical Association* a constaté que les personnes qui ont consommé de grandes quantités de riz à l'arsenic teinté, en l'absence d'autre exposition à l'arsenic connue, ont montré des changements cellulaires importants liés au développement du cancer.

De nombreux rapports ont, depuis, confirmé que l'ingestion d'arsenic peut causer la maladie de Bowen (carcinome épidermoïde *in situ*), un carcinome à cellules squameuses, un carcinome des cellules basales de la peau, et, moins fréquemment, un cancer interne des poumons, des reins, de la vessie et du foie. Sympa, non ?

Ce qui est mauvais chez nous et encore bon chez les autres

Le summum du mépris de la vie d'autrui sur l'autel du profit est atteint quand la société Alpharma LLC (filiale de Pfizer), qui fabrique l'ingrédient alimentaire à base d'arsenic, annonce publiquement et sans scrupule aucun qu'elle retirait le produit du marché aux États-Unis, mais seulement aux État-Unis[166]. L'entreprise affirme le plus sérieusement du monde qu'elle ne le supprimera pas nécessairement des produits alimentaires consommés dans d'autres pays à moins qu'elle n'y soit contrainte par les régulateurs de le faire.

Le monde à l'envers

Pfizer et les pouvoirs publics vendent un produit qu'ils savent probablement très cancérigène. Quand cela se sait de façon indubitable, il le retire du marché . Comme Pfizer vend ce produit à une douzaine d'autres pays (je n'ai pas réussi à découvrir lesquels), il décide d'attendre que les pays eux-mêmes légifèrent pour remballer son poison. Pfizer a déclaré tendre la main aux autorités de réglementation dans ces pays. Pour Pfizer, la conscience je ne connais pas ; le profit et le pillage des vies à l'arsenic, oui.

Au fait c'est anecdotique mais Pfizer participe pleinement à l'élaboration des vaccins que l'on injecte maintenant de façon obligatoire à nos enfants.

---

166. « FDA : Some chicken may have small amount of arsenic », Mary Clare Jalonick, Associated Press, 6 septembre 2011, usatoday.com

Et le pire est à venir

Le danger s'appelle « Accord économique et commercial global » ou CETA. Il a été signé entre le Canada et l'Union européenne. Ce traité prévoit notamment de supprimer plus de 99 % des droits de douane entre l'UE et le Canada. C'est un traité de libre-échange où tu n'as pas le droit de refuser ce que l'on veut te vendre, même si c'est l'État concerné qui le décide pour des raisons de santé publique ou autres. Si une multinationale juge que la décision est contraire à ses intérêts, elle peut porter plainte contre un État.

Un mécanisme qui a par exemple permis à Philip Morris d'attaquer l'Uruguay pour sa politique antitabac ou au géant minier Oceanagold de poursuivre le Salvador pour lui avoir refusé un permis d'exploitation pour raisons environnementales. Ce tribunal arbitral, comme il s'appelle, condamne les États qui refusent le libre-échange au motif que les marchés sont souverains et en vertu du principe de la libre circulation des produits. Les raisons de santé publique ou d'environnement ne sont pas, pour ce tribunal « arbitral » au-dessus de la souveraineté des États, des raisons valables pour débouter les multinationales.

Le poulet entrera en France par ricochet

L'Amérique fait du commerce de poulets avec le Canada. Le Canada a un traité de libre-échange avec la France et l'Europe. Les poulets à l'arsenic arriveront un jour ou l'autre dans nos assiettes. Mais comme pour le bœuf argentin aux hormones, nos dirigeants politiques ont la solution.

Tout le monde sera sauvé grâce à l'étiquetage

C'est d'ailleurs ce qu'a déclaré maladroitement le ministre de l'Agriculture Stéphane Travers, alors qu'il visitait le salon de l'agriculture, dans une interview par RFI à propos du bœuf aux hormones argentins : « *Aujourd'hui, pour faire simple, nous n'avons pas le droit en France de produire du bœuf aux hormones. Parce que nous n'avons pas le droit d'en produire, eh bien nous n'acceptons pas que du bœuf aux hormones puisse venir sur le sol français. Et donc, si demain du bœuf aux hormones vient sur le sol français au regard des accords commerciaux qui ont été portés* [il parle du CETA justement], *eh bien il va falloir informer les consommateurs, il va falloir évaluer les quantités, il va falloir identifier d'où vient ce bœuf aux hormones, il va falloir identifier la provenance du produit, il va falloir identifier sa traçabilité. Et donc nous allons travailler notamment sur l'étiquetage, c'est-à-dire l'information et la transparence auprès du consommateur.* »

Un ministre qui nous prend vraiment pour des taches

Pour résumer la parole trébuchante et la langue de bois du ministre : donc on n'a pas le droit de fabriquer et de vendre du bœuf aux hormones ou du poulet à l'arsenic en France. MAIS, comme dans le cadre du CETA, le Canada, entre autres, a, lui, le droit de nous fourguer à peu près toute sa marchandise et que l'on sera dans l'impossibilité de lui refuser (sinon gros procès que l'on perdra obligatoirement), le ministre propose que nous lisions les étiquettes ou, bien entendu, juré craché, parole de ministre, tout sera indiqué lisiblement au-dessus et en grosses lettres.

Quand on sait le travail qui est fait par les industriels pour que justement on ne comprenne rien auxdites étiquettes, on se demande bien si le ministre ne nous prend pas pour des biquettes.

Arsenic oui, sureau non

N'étant pas à une contradiction près, comme tous ces organismes plus ou moins phagocytés par des industriels, on se demande comment la FDA (Food and Drug Administration) peut vendre du poulet à l'arsenic aux consommateurs en minimisant les quantités d'arsenic dans le poulet tout en reconnaissant le danger cancérigène de l'arsenic ingéré. Cela s'appelle jouer sur les deux tableaux. Dans le même temps la FDA se lance dans des diatribes virulentes (avec un collège d'experts qu'elle paie elle-même) juste pour nous dire que le jus de sureau est dangereux. L'organisme de référence sécurité alimentaire a même été jusqu'à **mener un raid armé chez un fabricant de jus de sureau, en le traitant d'assassin et de criminel pour avoir vendu « des médicaments non homologués ».**

En gros et pour faire simple : on a la très nette impression (ce n'est pas qu'une impression !) que cet organisme, censé être indépendant, passe son temps à protéger des industriels qui nous empoisonnent avec des ingrédients chimiques dangereux et attaquent systématiquement tout ce qui peut être naturel, au bénéfice de tous mais sans profit pour quelques-uns.

En France ce n'est pas mieux

Cela me rappelle un peu un décret de juillet 2006 (donc de nos gouvernants) qui interdisait même de donner des recettes pour confectionner des produits naturels non homologués (voir *supra* les paragraphes consacrés au purin d'ortie). Je rappelle qu'un contrôle de la DGCCRF pouvait conduire en prison pour deux ans le malheureux fabricant, sans compter l'amende de 75 000 euros. À titre d'exemple, les pouvoirs publics français aux ordres des industriels, via les services de la Répression des fraudes et les services de la Protection des végétaux (la police des plantes !), étaient tombés à bras raccourcis sur le coauteur de l'ouvrage *Purin d'ortie et compagnie*[167]. L'État français lui avait interdit d'enseigner les recettes de produits naturels non homologués et même de ramasser des plantes sauvages lors de ses stages de formation[168].

C'est vrai que c'est tellement plus sain de désherber avec des produits chimiques homologués.

De l'arsenic dans vos hamburgers

Les Américains reconnaissent donc après soixante ans de déni, qu'il y a de l'arsenic dans leur poulet. Oui, ils n'en serviront plus sur leur territoire mais comme la réglementation est large et que le profit est à n'importe quel prix, ils continuent à donner les déjections, litières et déchets de poulets contenant de l'arsenic à manger aux vaches dans leurs usines à bœufs. Ainsi, l'arsenic qui se trouve aussi en quantité dans les excréments des poulets se retrouve concentré dans les tissus des vaches. Les vaches deviennent des hamburgers. Les hamburgers sont mangés par

167. « Interdiction d'informer sur les produits naturels non homologués de traitement des végétaux », Pascal Farcy, univers-nature.com, septembre 2002.
168. « Affaire "Purin d'orties" : alerte aux jardiniers ! », Dominique Guillet, yvesmichel.org, 16 janvier 2007.

des hommes sans qu'ils sachent pour la plupart qu'ils ingurgitent des hamburgers parfumés à l'arsenic de fientes de poulets[169].

Petite conclusion en forme d'indigestion

Je pourrais continuer, avec d'autres exemples tout aussi significatifs, à vous démontrer le pillage organisé de nos estomacs et par voie de conséquence la destruction, à court et moyen terme, de la santé des populations sur l'autel du vendre plus à n'importe quel prix, n'importe comment et n'importe quoi.

Bien entendu, nos dirigeants politiques, officiellement, font tout pour lutter contre tous ces méchants industriels qui nous empoisonnent (parfois légalement).

De moins en moins de moyens pour lutter

Comme d'habitude, il y a le discours lénifiant, rassurant, du « Ce n'est pas si mal » ou du « On se donne les moyens ». Et, comme d'habitude, il y a la réalité du terrain. La DGCCRF comptait environ 3 000 agents en 2015, contre 3 716 en 2005[170]. Trois ans après, la réduction du personnel a continué. Les agents chargés de nous protéger sont largement en dessous de 3 000.

La version officielle est toujours annoncée comme une réorganisation des services pour plus d'efficacité au quotidien. Un responsable syndical écrivait déjà en 2015[171] que « le nombre de contrôles des agents de la DGCCRF a baissé de pratiquement 50 % entre 2010 et 2014 » et nous n'étions qu'en 2015.

---

169. « What's really in that burger ? E.coli and chicken feces both allowed by USDA », Mike Adams, naturalnews.com, 6 novembre 2009.

170. « "On a perdu notre efficacité" : des inspecteurs de la répression des fraudes racontent leur désarroi après l'affaire Lactalis », Robin Prudent, francetvinfo.fr, 22 janvier 2018.

171. « Répression des fraudes : grande réorganisation des gendarmes de la conso », leparisien.fr, 15 octobre 2015.

En 2015 d'ailleurs, le ministre de l'Économie de l'époque trouve une parade. Il préconise lors d'une réunion en octobre avec les représentants syndicaux la mise en place d'une « interdépartementalité » des agents. On a donc fermé des bureaux dans des départements ruraux et réaffecté les personnels au niveau « interdépartemental ».

Pour résumer, aujourd'hui, en 2018, les agents de la DGCCRF chargés de vérifier la bonne tenue de nos aliments sont moins nombreux et ont encore plus de territoires à couvrir.

J'oubliais, le ministre de l'Économie, qui a mis en place ces « redéploiements » en 2015, s'appelle Emmanuel Macron.

Il y a un sujet qui va bien avec la malbouffe et qui suit généralement son ingestion, ce sont les médicaments.

« Le discours politique est destiné à donner
aux mensonges l'accent de la vérité,
à rendre le meurtre respectable et à donner l'apparence
de la solidarité à un simple courant d'air. »
George Orwell

Médocs

Les médicaments font partie de notre univers d'aujourd'hui. On ne part plus en vacances sans emporter le minimum médicamenteux. Chaque foyer possède sa réserve d'automédication dont on sait que ce n'est pas bien mais que l'on garde quand même « au cas où ». Contrairement aux déclarations de la ministre de la Santé, Agnès Buzyn, qui déclarait un peu vite que la France était la plus grosse consommatrice d'Europe de médicaments, nous sommes plutôt maintenant au milieu du tableau. Mais ce n'est pas parce que nous consommons moins qu'avant mais parce que les autres pays européens consomment beaucoup plus.

Bizness is bizness.

Cent mille médicaments frelatés contre le cancer tranquillement vendus en France pendant quatre ans

Pendant quatre ans, de 2007 à 2011, un laboratoire luxembourgeois basé en Suisse, le laboratoire Alkopharma, a vendu à la France des médicaments anticancéreux dont il savait qu'ils n'étaient plus commercialisables.

Le Thiotépa était un anticancéreux utilisé depuis les années 1960 dans le traitement de certains cancers du sein, de l'ovaire et de la vessie, mais également dans certaines formes de leucémie de l'enfant. En 2011 il est remplacé par le Tepadina.

Le médicament ayant une durée de vie de dix-huit mois, l'entreprise avait réimprimé des étiquettes qui étaient recollées sur les stocks périmés qui lui étaient retournés.

Périmés depuis sept ans

Dans les lots incriminés et analysés on a retrouvé des médicaments périmés depuis plus de sept ans. Un des principes du Thiotépa était sa capacité de bloquer la réplication des chromosomes, donc des cellules cancéreuses se reproduisant à très haute vitesse. Autant dire que le principe actif du produit avait pris un coup de vieux sept ans après la date de péremption.

En France entre 2007 et 2011 on estime à 2 000 les patients qui ont été concernés par ce médicament frelaté[172]. La plupart des patients étaient des enfants.

Condamnation ridicule

Les quatre responsables ont été condamnés en 2016 à des amendes de quelques milliers de francs suisses. Des peines ridicules et même humiliantes pour les victimes.

La France dort sur le dossier

La France avait diligenté une enquête pour « tromperie aggravée, falsification de substance médicamenteuse, et faux et usage de faux ». En février 2018 elle n'avait toujours pas pris de décision sur la suite à donner à l'enquête bouclée depuis longtemps.

Le dossier complet dort tranquillement sur une étagère du Palais de Justice. On voudrait bien comprendre une fois de plus pourquoi cette apparente inertie, cette lenteur maladive de la justice française dans ce genre de dossier.

172. « Comment revendre des médicaments anti-cancer périmés en France ? », prevention-sante.eu, 22 février 2018.

Au vu du dossier on n'est même pas sûr que les patients, les enfants ayant absorbé ces faux médicaments ont été prévenus.

On se dirige peut-être vers un non-lieu ?

Selon l'enquête de Swissmedic, Alkopharma a vendu pour 3 278 425 euros de médicaments à la date de péremption modifiée et pour 207 573 francs suisses en Suisse pendant quatre ans, il y a eu de faux certificats fournis par l'Afssaps (Agence française de sécurité sanitaire des produits de santé), des remboursements indus de l'assurance maladie et autres, sans doute plusieurs abus de confiance, « tromperie aggravée, falsification de substance médicamenteuse, et faux et usage de faux » selon l'intitulé de l'enquête, et des bruits de palais semblent vouloir dire que le juge pourrait prononcer un non-lieu !?

Parfois je me demande si…

Cinq cent trente médicaments « vitaux » en rupture de stock en 2017

Il y a pour certains médicaments dits « d'intérêt thérapeutique majeur » (MITM), qui peuvent engendrer « un risque grave et immédiat » en cas d'absence en pharmacie (rupture de plus de soixante-douze heures minimum).

Selon la loi « santé » du 26 janvier 2016, on entend par médicaments ou classes de médicaments d'intérêt thérapeutique majeur les médicaments ou classes de médicaments pour lesquels une interruption de traitement est susceptible de mettre en jeu le pronostic vital des patients à court ou moyen terme, ou représente une perte de chance importante pour les patients au regard de la gravité ou du potentiel évolutif de la maladie.

La pénurie s'aggrave, une augmentation de 30 % en un an

En 2008, le nombre de signalements de MITM en pénurie déclarés à l'Agence nationale du médicament (ANSM) était de 44, de 57 en 2009, de 89 en 2010, de 132 en 2011, de 173 en 2012, de 404 en 2013, de

438 en 2014, de 391 en 2015 et de 405 en 2016. En 2017, 530 de ces médicaments ont été signalés en rupture de stock (chiffre provisoire à consolider). Une augmentation dramatique de 30 % en un an[173].

Et cela ne va pas s'arranger du tout

Mondialisation oblige, les fabricants surfent maintenant sur plusieurs pays. Ils abaissent leur coût de production en délocalisant, ils sont de plus en plus en flux tendu pour limiter encore plus les coûts et mettent en compétition des pays entre eux pour l'achat des stocks.

Le médicament est une marchandise comme les autres (pour eux)

L'Académie de pharmacie constate dans un rapport[174] du 20 juin 2018 que : « *Le différentiel de prix entre les différents États européens est souvent un handicap pour la France, surtout lorsque les stocks sont faibles à tous les niveaux de la chaîne de production et de distribution et ne permettent pas de couvrir les ruptures majeures pour les pays les moins attractifs.* »

Pour faire simple, cela veut juste dire que les fabricants qui ne sont pas des philanthropes préfèrent vendre leur stock au plus offrant. Que la France manque de médicaments vitaux n'est pas leur problème.

Une production à l'étranger

60 % à 80 % du volume de matières premières à usage pharmaceutique sont fabriquées en dehors de l'Union européenne (20 % en 1990). Faire fabriquer en Asie, c'est bien pour les marges pharmaceutiques mais plus embêtant quand il y a le moindre souci ici, car il devient une grosse galère là-bas. 20 % des causes de pénurie sont dues aux sites de production (panne informatique, hygiène, transport, etc.). Un simple détail, et la production est tout de suite bloquée dans un port ou sur une chaîne défectueuse.

---

173. « La pénurie de médicaments vitaux a atteint un record en 2017 », Cécile Thibert, lefigaro.fr, 6 juillet 2018.

174. Rapport de l'Académie nationale de pharmacie intitulé « Indisponibilité des médicaments », acadpharm.org, 20 juin 2018.

Les entreprises y trouvent leur compte

Flux tendu, pas de stock, et je vends donc au plus offrant le peu qui me reste dans mes entrepôts. Comme il n'y en a pas pour tout le monde, je vends à celui qui paie le plus. Et souvent, ce n'est pas la France.

Ça va être pire

Avec ce système très lucratif pour les fabricants de médicaments, la pénurie dans les prochaines années ne peut que s'aggraver.

Que font les autorités

Depuis 2012, les laboratoires pharmaceutiques ont obligation d'informer l'Agence du médicament de tout risque de rupture de stock. Ils doivent aussi mettre en place, en concertation avec les autorités, des solutions alternatives permettant de faire face à la situation.

On voit très bien que les solutions marchent du tonnerre de Dieu depuis cette date, surtout sur le papier. Dans les faits, il semblerait qu'un jeu du chat et de la souris s'instaure entre les différents partenaires.

Les sénateurs réfléchissent

Devant cette pénurie qui pourrait paraître « organisée », le Sénat trouve cela inacceptable. Il vient de créer une commission (Théodule ?) pour analyser les causes et *proposer des mesures permettant de remédier à cette situation inacceptable.*

Inacceptable nous disent-ils !

Un avant-goût de ce qui peut, devrait nous arriver à force de se laisser faire[175]

Aux États-Unis, en janvier 2018, un médicament contre la dégénérescence héréditaire de la rétine a été mis en vente à 850 000 dollars. Les fabricants font un prix par œil à 425 000 dollars, mais proposent généreusement un échelonnement du paiement.

175. « Un médicament contre la cécité vendu 850 000 dollars aux États-Unis », AFP, 3 janvier 2018.

En Suisse, un labo commercialise un médicament luttant contre la leucémie pour la modique somme de 475 000 dollars.

Le groupe néerlandais UniQure vend le premier médicament génique pour 1 million de dollars.

En Europe, Biogen et Ionis Pharmaceuticals développent un médicament contre l'atrophie musculaire et pour traiter une maladie des reins pour 750 000 dollars.

J'ai comme l'impression qu'en France bientôt, si on se laisse faire ce ne sera pas mieux !

« Il est plus facile de légaliser certaines choses
que de les légitimer »
Sébastien Roch Nicolas, dit Nicolas de Chamfort

« En France on élit et les élus font des lois
qu'ils n'ont jamais proposées
et dont nous n'avons jamais voulu.
Est-ce la démocratie quand,
après avoir voté, nous n'avons pas la possibilité
d'avoir de l'influence sur les élus ? »
Danielle Mitterrand

Ailleurs aujourd'hui, chez nous sûrement demain ?

Dans nos pays, dits démocratiques, le principal avantage c'est qu'on peut tout faire et le principal désavantage c'est qu'on peut tout faire. Il m'a paru amusant et triste et désespérant tout à la fois de vous faire connaître quelques dérives de la démocratie dans des pays pas si lointain et qui se targuent, comme nous, d'être sur la voie du progrès et du bien-être pour tous.

Il faut se dire de façon raisonnable et raisonnée que ce qu'ils font aujourd'hui dans ces pays qui nous ressemblent, ici en France, demain, si l'on n'y prend pas garde, je vous fiche mon billet que cela peut très bien arriver.

Les Pays-Bas suppriment le référendum et la démocratie par et pour le peuple

Les Pays-Bas, peuplés de 17,7 millions d'habitants, étaient classés en février 2018 dans les dix pays les moins corrompus par l'association Transparency International[176].

176. Corruption Perceptions Index 201721, transparency.org, février 2018.

Cela risque peut-être de changer un peu sous peu.

En 2015, les élus des Pays-Bas font (à leur avis, pas à celui du peuple) une grosse bêtise, ils autorisent un peu plus de démocratie dans le pays. C'est ainsi qu'en juillet 2015, les référendums d'initiative populaire deviennent possibles aux Pays-Bas. Grâce à cette loi qui donnait au peuple la possibilité réelle d'interagir *a posteriori* sur l'application d'une loi, le peuple pouvait, selon certaines conditions strictes (10 000 signatures dans un premier temps, puis 300 000 dans un second temps, fournies en six semaines) obtenir l'organisation d'un référendum national. Pour que le scrutin soit valide, il avait été prévu que la participation devait atteindre 30 % au moins.

Une procédure et une avancée démocratiques que n'aurait pas désapprouvée mon ami Étienne Chouard, le chantre constructif des « assemblées constituantes tirées au sort » et du pouvoir par le peuple pour le peuple, et le non moins sympathique « Pat au logis », l'homme vrai du référendum d'initiative citoyenne.

Seulement voilà, pour nos dirigeants y compris ceux des Pays-Bas un référendum n'a d'intérêt que s'il répond favorablement aux décisions prises en haut lieu.

Circonstances aggravantes, les initiatives se multiplient sur des textes de loi et autres, et le résultat des consultations ne va pas forcément dans le sens décidé par « ceux qui savent ».

Un premier couac arrive bientôt.

Le gouvernement des Pays-Bas s'assoit sur le référendum en 2016

En 2016, à la suite d'une nouvelle pétition d'initiative populaire, les Néerlandais ont dû répondre oui ou non à l'accord d'association entre l'Union européenne et l'Ukraine. Les citoyens néerlandais ont répondu non.

Et voilà-t-il pas que le gouvernement, après avoir traîné des pieds pendant quelque temps s'était royalement assis sur le vote du peuple et avait ratifié le traité voulu par Bruxelles avec l'Ukraine.

2018 : fin de démocratie aux Pays-Bas

Le gouvernement des Pays-Bas ne peut plus accepter une démocratie par le bas, il faut réagir. La démocratie, oui, mais à condition qu'elle soit décidée en haut.

Le 22 février 2018, les députés de la Seconde Chambre des États généraux ont approuvé, par 76 votes contre 69, la loi qui abolit le référendum consultatif[177]. Le Sénat ratifie le texte de loi abrogatif par 40 votes contre 35 en juillet 2018[178].

2005, année de la couillonnade des référendums sur la constitution européenne

En 2005, il est proposé au peuple de ratifier par référendum une constitution commune aux membres de l'UE. Nos dirigeants sont persuadés que ce n'est qu'une formalité et lancent eux-mêmes des référendums. En Espagne et au Luxembourg, le résultat des votes est favorable au projet avec 75 % et 56,5 %, mais à la grande surprise des élus, en France et aux Pays-Bas, le texte est rejeté massivement avec 54,8 % et 61,5 % de voix contre le projet[179].

Panique à bord

Du coup et soudainement, plus aucun référendum pour les autres pays (on en restera prudemment à quatre États qui demanderont l'avis de leurs citoyens). En Angleterre, le Premier ministre qui avait déjà annoncé officiellement sa volonté d'organiser ce référendum, l'annule en catastrophe au vu du refus des Français et des Néerlandais.

Jean-Claude Juncker le P.-D.G. de l'Union européenne avait déclaré avec un mépris total de la parole populaire: « Si c'est oui, nous dirons donc : "On poursuit" ; si c'est non, nous dirons : "On continue !" »

Ne pas prendre le risque de donner la parole au peuple s'installe en Europe

En 2008, le traité de Lisbonne qui reprend et copie quasiment le traité de la constitution européenne est ratifié les gouvernements et par les parlementaires, plus « souples » que les peuples.

177. « Les Pays-Bas suppriment le référendum », Antoine Mouteau, ouestfrance.fr, 27 février 2018.
178. « Les Pays-Bas ne veulent plus de référendums », *La Tribune de Genève* [tdg.ch], 10 juillet 2018.
179. « En Europe, des référendums de plus en plus non ? », Audrey Fisné, liberation.fr, 25 juin 2016.

Paroles d'élus et de « ceux qui savent » sur le référendum

En France, lors du référendum négatif sur l'Europe de 2005, L'ex-président Valéry Giscard d'Estaing avait déclaré y voir « une bonne idée » mais « à condition que la réponse soit oui ». Le 5 mars 2017, Alain Minc, le superintelligent dans le groupe des « ceussent qui savent » à notre place, déclare à la télévision (sans honte et sans remords) qu'il souhaite qu'on interdise les référendums[180]. Il avait aussi déclaré à propos du résultat du référendum anglais sur le Brexit : « Le Brexit, c'est la victoire des gens peu formés sur les gens éduqués. » Pour Nicolas Sarkozy, il en est des référendums comme des chasseurs Il y a les bons et les mauvais. Traduction : un bon référendum, c'est quand le peuple vote en suivant la volonté des dirigeants. Quand le peuple vote à l'encontre de la volonté des dirigeants, c'est un mauvais référendum.

Au fait l'article 3 de la Constitution de la Vᵉ République française dit ceci :

« La souveraineté nationale appartient au peuple qui l'exerce par ses représentants et par la voie du référendum ». La réforme de la Constitution française est prévue pour quand ?

Taxe sur les embouteillages, le pillage continu

On se demande où ils vont chercher tout ça ? Il y a quelques années j'avais déjà découvert que nos braves technocrates européens couvaient l'intention de supprimer en Europe la fabrication et la vente des grille-pain à deux fentes[181] (si, si, c'est vrai, je vous mets les sources et références de l'article en note de bas de page).

Aujourd'hui, peut-être un manque de sommeil, un week-end qui s'est mal passé, mais dernièrement nos députés européens ont phosphoré sur

180. « Alain Minc, soutien de Macron, souhaite interdire les référendums », lelibrepenseur.org, 5 mars 2017.

181. « Après les cheminées, bientôt l'interdiction des grille-pain à deux fentes ? », Philippe Pascot, essonneinfo.fr, 12 décembre 2014.

de l'incongru (encore une fois) et ont proposé d'augmenter le prix des péages en fonction des embouteillages sur les autoroutes[182].

Si tu ne veux pas payer, évite les bouchons

Donc, si cette loi passe les différents caps de validation européenne, la France aura deux ans environ pour l'appliquer sur le territoire. Il s'agira donc pour tout automobiliste français qui se respecte de penser à éviter tout embouteillage du matin pour aller bosser s'il ne veut pas se retrouver taxé un peu plus. Bien entendu, pour ceux qui ont de l'argent ou une voiture de société, cela ne devrait pas gêner plus que ça.

En Angleterre, cela existe déjà

Depuis 2003 une taxe dite « d'embouteillage » (*Congestion Charge*) est instaurée pour pénétrer au cœur de Londres. C'est apparemment sur cet exemple que nos députés se sont appuyés pour pondre cette directive à appliquer sur l'ensemble de nos territoires.

Petit détail qui a son importance

La taxe anglaise a été faite pour décongestionner le centre-ville et l'argent récupéré sert à améliorer les transports en commun. Rien à voir avec une taxe aux péages des autoroutes et un revenu fiscal annoncé qui servira à entretenir les routes secondaires sur lesquelles la vitesse est limitée maintenant à 80 km/h et, là aussi, une véritable manne pour engranger du fric en veux-tu en voilà.

Constat d'automobiliste

Une fois de plus cette proposition de loi ne participera pas à l'amélioration de nos vies, à la réduction de la pollution automobile puisque rien ne sera fait pour développer ou améliorer des moyens de transport alternatifs (bus, train , vélo, etc.), juste réparer des routes secondaires et un peu de prévention routière.

Roulez, roulez et payez !

182. « Péages : bientôt une taxe en fonction des embouteillages ? », Marie Lizak, auto-moto.com, 8 juin 2018.

Une élue veut priver de la pose de prothèses du genou les personnes très âgées ou atteintes de démence

C'est en Belgique que cette gentille proposition a été faite par une députée fédérale. Elle pense et propose la suppression de la pose d'une prothèse du genou chez les personnes de plus de 95 ans et ceux atteint de démence[183].

Pour la députée et le groupe qu'elle représente, cela coûte cher et c'est trop remboursé. La Sécurité sociale belge rembourse en effet 7 200 euros sur 8 000 euros par opération de pose de prothése. Un vrai gouffre financier pour cette députée qui a estimé à 200 millions par an (complications non comprises) le coût annuel de ces prothèses.

Dans un pays libéral et progressiste, c'est pour le moins surprenant de découvrir ce type de proposition de loi, qui étonnamment ne semble pas soulever une désapprobation générale et massive, ni des individus ni des médias.

La réponse mi-chèvre mi-chou de la ministre de la Santé

C'est sur son compte twitter que la ministre répond en précisant que la députée va « un pont trop loin », ajoutant peu après : « Nous n'allons pas économiser en refusant à ces gens, sur la base de critères rigides, le droit à une prothèse du genou. Il appartient aux médecins de faire une analyse attentive, patient par patient, et c'est ce qu'ils font déjà aujourd'hui[184]. »

Petite remarque

Le désaveu officiel n'est pas flagrant et du moment que les médecins s'en occupent déjà aujourd'hui… du coup, je n'ai pas envie d'avoir 95 ans en Belgique et mal au genou. La Belgique n'étant pas loin de la France, il n'est pas dit que ce genre « d'économie » ne nous tombe pas dessus un jour ou l'autre.

Ne parle-t-on pas de ne plus rembourser l'homéopathie, quatre médicaments contre Alzheimer ne sont plus remboursés depuis août

---

183. « La pose de prothèses coûte trop cher à la Sécu et devrait être limitée, juge une élue N-VA, rtbf.be, 5 janvier 2018.

184. « Maggie De Block exclut de priver de prothèses des personnes très âgées ou atteintes de démence », lesoir.be, 6 janvier 2018.

2018. En décembre 2017 c'étaient des médicaments contre l'arthrose qui passaient à la trappe du remboursement.

Quelle idée aussi de devenir vieux, en France ou en Belgique.

Bientôt une taxe pour réduire les visites médicales inutiles ?

Cela se passe en Suisse, mais j'ai entendu que dans les couloirs de l'Assemblée nationale on ne serait pas contre l'idée d'étudier un processus similaire pour soi-disant désengorger les urgences hospitalières.

C'est sur deux initiatives parlementaires suisses qu'une taxe de prise en charge pour les patients qui consultent pour des cas bénins devrait entrer en vigueur car la commission de la santé du Conseil national suisse a donné son feu vert. Une taxe serait aussi imposée pour tout patient hospitalisé mais non envoyé à l'hôpital par un médecin (pour résumer : si vous y allez tout seul et qu'on juge votre état assez préoccupant pour qu'il nécessite une hospitalisation, on vous taxera).

Une deuxième couche

La commission de la santé du Conseil national suisse a aussi donné son feu vert pour taxer chaque nouvelle consultation ambulatoire en cabinet ou à l'hôpital[185].

Réflexion de simple bon sens

J'ai pris des exemples dans d'autres pays que le nôtre mais cela ne fait que très peu de différence tant le fonctionnement est identique.

Je remarque simplement avec mes petits yeux scrutateurs que comme en France, on commence par ajouter une taxe pour résoudre le problème plutôt que de traiter la causalité.

Je suis sûr que si on pouvait voir un médecin de ville avant quinze jours, avoir un rendez-vous avec son spécialiste avant trois mois, et pouvoir faire

185. « Santé : bientôt une taxe pour réduire les visites médicales inutiles ? », arcinfo.ch, 6 juillet 2018.

un scanner ou un IRM avant cinq mois, on irait sans doute moins aux urgences de l'hôpital. Si les transports en commun étaient plus fiables (et moins chers), on prendrait moins la voiture. On nous fait donc payer la conséquence d'une mauvaise gestion politique.

« La politique est le fait de donner espoir par les mots
et de décevoir par les actes. »
Anonyme

Quelques décisions politiques qui n'ont d'autres buts que de satisfaire quelques-uns

On pourrait penser que les décisions politiques sont prises et faites pour satisfaire l'ensemble de la population et non les intérêts de quelques-uns. Je sens déjà que beaucoup d'entre vous rigolent à la lecture des lignes précédentes. C'est un fait, de plus en plus, nous assistons à un déversement de lois et autres joyeusetés dont on peut se demander à quoi elles servent ou plutôt à qui elles servent. Des règles qui nous sont imposées et qui sentent le clientélisme à plein nez. Voici quelques exemples ci-après, pas seulement français, qui m'ont paru le summum de la mauvaise foi quand, en plus, on vous y accole la notion et l'excuse du bien commun. Au-delà du grotesque, cela devient ubuesque et indécent.

Un vrai pillage des libertés pour tous au profit de droits pour quelques-uns.

Les silencieux maintenant autorisés sur les fusils de chasse

Avant, en famille, le dimanche, vous vous promeniez dans les sous-bois, votre panier en osier dans une main et le coutelas ouvert dans l'autre, à la recherche du coin à girolles que votre grand-père vous avez montré dans le cadre de la transmission d'un secret familial. Vous entendiez un pan ! retentissant et sinistre. À ce moment-là, tout le monde savait qu'il valait mieux se baisser dare-dare pour ne pas finir dans la ligne de mire d'un chasseur novice ou maladroit qui vous aura pris pour un chevreuil.

Depuis le 2 janvier 2018, on peut se faire abattre sans le savoir[186]

Depuis cette date, vous êtes toujours dans les bois pour ramasser vos champignons et d'un seul coup vous voyez votre belle-mère s'effondrer devant vous. Une racine l'aura fait chuter ? Un coup de fatigue après le repas dominical ? Non, une balle perdue que vous n'aurez ni vue venir ni entendue.

Quant aux biches, lapins, sangliers et autres animaux sauvages qui avaient encore une petite chance de s'échapper après le premier coup de feu mal ajusté du chasseur stressé, ils n'auront d'autre choix que d'attendre le deuxième « plop ! » qui viendra les tuer.

Officiellement, la mise en place de « réducteurs de son » depuis le 2 janvier 2018 en vertu d'un arrêté publié au *Journal officiel* par le ministère de la Transition écologique est faite pour soulager les oreilles délicates des chasseurs. C'est la ligne de défense et l'élément de langage du service communication du gouvernement.

Comme le disait si justement le blogueur Julien Michelet dans son blog[187] : « Il faut voir le prétexte avancé par le lobby chasse, pour protéger les oreilles des cow-boys, parce qu'ils ne veulent pas mettre de casque pour se protéger les feuilles. Donc pour les skieurs qui ne veulent pas mettre de lunettes de soleil pour éviter de se cramer la rétine, on va repeindre la neige en noir. »

Prendre l'avion avec son couteau perso, c'est maintenant possible (au Canada)

C'est au Canada cette fois-ci que l'incompréhensible et le risible sévissent. Quasiment toutes les compagnies aériennes ont opté pour des

186. « Chasse : les "silencieux" désormais autorisés sur les fusils », Ronan Tésorière, leparisien.fr, 26 janvier 2018.
187. latartinedemerde.blogspot.com, 5 février 2018.

procédures de sécurité draconienne aux fins de garantir la sécurité des passagers. La liste est longue et détaillée de ce que vous ne pouvez pas emmener en cabine. Les compagnies dans leur quasi-globalité ont même pris le soin d'y rajouter tout ce qui concerne le bricolage comme votre perceuse habituelle et ses accessoires, votre scie personnelle, chalumeau ou machette fétiche. Tous ces « petits » appareils de travailleur et/ou de sportif, tout objet pointu ou tranchant sont des produits interdits en cabine (rappelez-vous le petit canif qu'on vous avait offert ou votre lime à ongles que vous avez dû laisser aux douaniers…). Les liquides sont de manière générale non autorisés en cabine. Bizarrement, si les pots de confiture sont interdits, vous pouvez emporter votre fromage à pâte dure dans votre sac à main sans problème. Bref, la liste est longue et très restrictive sauf pour les sikhs (communauté religieuse dont les adeptes doivent porter jour et nuit, ça ne doit pas être pratique la nuit, cinq objets : le turban, un peigne, un bracelet en fer, un sous-vêtement de coton et le kirpan) qui ont obtenu le droit de voyager en avion avec leur kirpan[188] (sorte d'arme symbolique s'apparentant à un poignard, portée par les sikhs orthodoxes pour rappeler le besoin de lutter contre l'oppression et l'injustice).

Lime à ongles non, petit poignard oui !

Donc, depuis 2017, le gouvernement canadien et son Premier ministre Justin Trudeau vous interdisent toujours de monter en avion avec votre lime à ongles mais autorisent pour une raison religieuse qu'un passager avec un turban sur la tête possède sur lui un petit poignard pointu.

Pour faire passer la pilule amère à l'ensemble des autres clients mécontents de cet « arrangement dérogatoire à l'affichage de la sécurité pour tous, Transports Canada a annoncé en même temps l'autorisation en cabine des petites lames de couteau de six centimètres ou moins, des petits ciseaux et des petits couteaux suisses.

Turlututu, chapeau pointu !

188. « Kirpan en avion : "Ça ramène la communauté sikhe proche des libéraux" », 98,5 FM Montréal, 21 novembre 2017.

À l'école aussi le couteau est bon pour l'éducation

Les sikhs ont aussi depuis 2003 le droit officiel d'amener leur kipan à l'école. C'est la Cour suprême qui l'a décidé. L'interdire aurait violé la liberté religieuse garantie par la Charte des droits et libertés.

Dans la même notion du pillage des libertés de tous au profit de quelques-uns :

C'est un peu hors sujet quoique là aussi « les autorités compétentes » aient d'abord courbé l'échine plutôt que d'affronter la réalité du vivre ensemble.

C'est encore au Canada, à Montréal, au sein du parc d'YMCA, sorte de milieu de vie créé en 1876, très prisé comportant piscine, salle de sport, lieu de convivialité, etc.

En 2007, les membres d'une congrégation religieuse, les hassidim, se plaignent car de leur synagogue située dans la cour d'YMCA, ils peuvent apercevoir dans une des salles d'entraînement des femmes en short et en tenue sportive.

Les autorités rendent opaques les fenêtres[189]

Le « conseil d'administration » d'YMCA accepte d'opacifier quatre fenêtres de la salle d'entraînement. Il a fallu la ténacité d'une enseignante et une pétition pour que les fenêtres opaques soient retirées et que l'on pose des stores à la place.

Simple bon sens

J'ai du mal à comprendre pourquoi ce n'était pas à la synagogue de mettre des stores à SES fenêtres, voire un panneau « interdiction de regarder les femmes » devant chaque ouverture à l'intérieur de son lieu de culte. Les regards du Seigneur sont vraiment impénétrables.

189. « Adieu aux fenêtres givrées », Ariane Lacoursière, *La Presse* (Montréal, Canada), 20 mars 2007.

Chocolat ou chocolatine ?

Là aussi, on se pose la question de l'utilité commune réelle de cet amendement déposé par pas moins de dix députés qui ont fait cause commune pour défendre mordicus la chocolatine.

C'est donc l'amendement N° 2064 inscrit dans la loi « équilibre dans le secteur agricole et alimentaire », qui voulait « valoriser l'usage courant » du mot chocolatine, dans le Code rural et de la pêche maritime[190].

Dans le texte d'explication on pouvait[191] lire : « [...] vise à redonner ses lettres de noblesse à de nombreux produits locaux, [...] une viennoiserie dont historiquement le nom a puisé son origine dans la région gasconne, et qui fait la fierté de tout le sud de la France : la chocolatine...".

Un travail vraiment important pour la langue française qui a fait le buzz dans nombre de médias nationaux.

L'Assemblée a rejeté cet amendement.

Dommage :

Dommage, d'autres amendements auraient pu voir le jour, par exemple l'obligation dans le nord de la France de se saluer avec des « Salut biloute ! »

C'est la région des Hauts-de-France qui aurait été contente !

Les démarchages téléphoniques ne seront pas supprimés

On ne peut pas lutter contre le bon sens ? Nos représentants au sein de l'Hémicycle ne peuvent pas passer outre l'évidence d'une bonne loi ? Une fois de plus, je me suis lourdement trompé. La bêtise va jusqu'au tréfonds de l'excuse bidon pour démembrer des lois qui rendraient juste service à tout le monde. Voici quelques exemples de torpillage par les députés eux-mêmes, « du bon sens près de chez vous ».

190. « Des députés déposent un amendement pour défendre le mot chocolatine », Gaëlle Le bourg, lesinrocks.com, 24 mai 2018.
191.

Qui n'a pas été excédé par ces coups de fil répétitifs et intempestifs qui viennent vous agresser parfois plusieurs fois par jour à votre domicile ? Qui n'a pas hurlé contre ces personnes qui vous appellent, souvent dans un français approximatif, avec en arrière-fond sonore le bruit d'une plateforme téléphonique qui caquette le même discours à 100 000 autres otages téléphoniques. Parfois, on est à la limite de l'agression ou de la pression quand ceux-ci se revendiquent de l'État, vous annoncent leur visite obligatoire pour la semaine suivante, ou essayent de vous faire peur si vous ne répondez pas dans les huit jours à leur demande pressante.

Les personnes faibles y succombent souvent

Sur dix appels, ces harceleurs finissent toujours par tomber sur la personne âgée qui prend peur, ou la personne simple et crédule à qui ils font croire qu'elle doit absolument suivre les consignes d'une directive obligatoire du gouvernement et qu'à défaut, elle se retrouvera bientôt avec une facture salée à payer pour isoler son appartement.

Tout le monde sait que ces appels sont désagréables, mais aussi à la limite de la légalité. Le gouvernement a bien essayé de lutter.

Bloctel ne bloque pas grand-chose

Successeur de Pacitel (loi Hamon du 17 mars 2014) un site Bloctel a été créé en 2016. Il permet de s'inscrire pour une durée de trois ans renouvelables afin de ne plus recevoir d'appels non voulus. Si l'engouement a été réel, plus de 2 millions d'inscrits un an après la mise en place, l'efficacité a laissé à désirer. Non pas que le site n'ait pas fait son travail mais plutôt parce que les entreprises de démarchage par téléphone se sont engouffrées dans toutes les lacunes de la loi[192].

Une idée simple et efficace

Un député plus pragmatique que les autres propose une chose simple : inverser la vapeur et faire qu'au lieu de s'inscrire pour ne pas

192. « Bloctel inefficace face au démarchage téléphonique ? », Jean-Placide Nyombe, villagedelajustice.com, 25 septembre 2017.

être dérangé il faudrait désormais donner son accord préalable pour recevoir des appels commerciaux.

Simple et radical.

L'excuse à l'emploi

Les députés de la majorité ont retoqué cette proposition en invoquant les conséquences de perte d'emplois qui en résulteraient pour les centres d'appels.

Mauvaise pioche et grosse rigolade quand on sait que la plupart des centres d'appels sont basés à l'étranger.

Une autre proposition disparaît

Il était proposé de mettre en place un indicatif unique (le 88 ou le 89) pour tous ces appels « commerciaux et autres ». Ainsi, on aurait pu d'un seul coup d'œil savoir la nature commerciale de l'appel et ainsi ne pas décrocher. Retirée de la loi par les députés de la majorité sans explication aucune (sauf que cela aurait pénalisé un ou deux opérateurs vertueux).

Écœurement

Le député, Pierre Cordier, à l'origine de la loi, soutenu par 63 autres députés a tellement été écœuré que la loi soit vidée de son sens qu'il a préféré s'abstenir lors du vote final.

Conclusion : le harcèlement va continuer[193]

On se demande vraiment où va se nicher la mauvaise foi des députés du gouvernement pour retoquer une loi si simple, de bon sens et si facile à mettre en place.

Onze pays de l'union européenne sont sur ce modèle d'inversement de la demande. Même en France cela existe déjà (voir ci-dessous).

On ne peut simplement penser et constater que les députés ont dû obéir à une consigne donnée (par qui ?). Les moutons de Panurge sont entrés en action et ont suivi sans se poser de question comme c'est souvent le cas. On ne peut comprendre ce rejet (avec ses excuses bidon) que par la pression

193. « Démarchage téléphonique : le harcèlement va continuer », leparisien.fr, 22 juin 2018.

discrète d'intérêts particuliers. Ceux qui sont dans le sérail ou l'arrière-salle de l'hémicycle comprendront certainement le sens de mes mots.

Au fait, les opérateurs télécoms ne revendent-ils pas les données téléphoniques aux démarcheurs ? Plus d'appel, plus de manne financière.

Les neuf Français sur dix (sondage d'*UFC Que Choisir* de juin 2018[194]) qui en ont ras le bol d'être dérangés tous les jours apprécieront.

C'était possible, la preuve

En France, l'autorisation préalable à l'appel téléphonique existe déjà pour les appels ayant recours à un automate. Cette pratique n'est possible et autorisée que si les consommateurs y ont expressément consenti. Ils doivent être impérativement informés de l'identité de l'annonceur. Sans autorisation, cela devient immédiatement et automatiquement des pratiques commerciales trompeuses ou agressives, interdites par les articles L. 121-1 à L. 121-6 du Code de la consommation.

En application de l'article L. 226-18 du Code pénal, celui qui collecte des données à caractère personnel par un moyen frauduleux, déloyal ou illicite est puni de 5 ans d'emprisonnement et de 300 000 euros d'amende. Quant à lui, l'article L. 226-18-1 dispose : « Le fait de procéder à un traitement de données à caractère personnel concernant une personne physique malgré l'opposition de cette personne, lorsque ce traitement répond à des fins de prospection, notamment commerciale, [...] est puni de 5 ans d'emprisonnement et de 300 000 euros d'amende. » En juillet 2016, des sociétés et leurs gérants ont ainsi été condamnés par la justice à de lourdes sanctions pénales.

Pendant dix-sept ans, l'État pille les petits et les plus faibles avec l'arnaque téléphonique

Essayez d'appeler la Caisse d'allocations familiales (CAF), les Assurances maladie (Ameli/CNAM/CRAM), la Caisse nationale

194. « Sondage *UFC Que Choisir* : quelle perception ont les Français du démarchage téléphonique », universfreebox.com, 20 juin 2018.

d'assurance vieillesse (CNAV), la Sécurité sociale (URSSAF), ainsi que le « 3939 », numéro d'entrée vers les services administratifs – préfectures, hôpitaux dans certaines villes, mairies –, vous serez surtaxé à la minute près.

Et je ne parle même pas de vos ongles rongés quand l'attente « payante » s'éternise. Vous commencez à focaliser sur ce que va vous coûter l'appel plutôt qu'au motif de votre demande.

Si vous êtes en situation précaire ou difficile, vous commencez par payer : on parle après

Il faut savoir que majoritairement ces appels aux services sociaux proviennent de populations fragiles, en situation précaire, foyer monoparental, ou personne à mobilité réduite. Ce qui veut dire que quand vous êtes en situation difficile vous commencez immédiatement par casquer pour demander de l'aide ou un renseignement par téléphone.

En 2004, une loi est votée mais le décret ne paraît jamais

Le plus fou dans cette arnaque d'État légale, c'est que pour la galerie et l'effet d'annonce habituel dans les médias une loi est votée à l'Assemblée qui exige un décret pour que soit publiée la liste des services sociaux dotés d'un numéro d'appel gratuit pour les usagers[195].

Un sénateur, Jean-Louis Masson, trois ans après, commence à s'impatienter et pose une question écrite[196] à Madame le ministre de l'Économie et des Finances de l'époque, une certaine Christine Lagarde, qui lui répond officiellement que « [...] la gratuité totale (du service public) est porteuse d'effets pervers[197] ». Traduction : si c'est gratuit, il y aura trop d'appels !

Tu te déplaces pour téléphoner

Dans sa réponse langue de bois la ministre ajoute : « [...] ainsi que la mise à disposition de points phone ou visio-guichets gratuits accessibles

195. « Loi N° 2004-575 du 21 juin 2004.

196. « Question écrite N° 1900 de M. Jean-Louis Masson, sénateur, du 20 septembre 2007.

197. Réponse du ministère du Budget, des Comptes publics et de la Fonction publique, publiée dans le JO Sénat du 17 janvier 2008, p. 101.

dans certains lieux publics. » Traduction : l'État va installer dans les services publics des téléphones gratuits pour appeler les services publics. Faudra juste se déplacer pour appeler.

Encore une élue qui a tout compris, cette ministre devenue présidente du FMI.

La fin du racket en 2021, pas totalement quand même…

Cela commençait à devenir trop voyant, une pétition populaire circulait sur le Net[198]. En janvier 2018, dans le cadre de la loi sur le « droit à l'erreur » les députés ont voté la fin des appels surtaxés à l'Administration et aux services publics… mais pas avant 2021[199]. Plus de surtaxe donc, mais le prix d'un appel local. Ce qui exclut la gratuité pour un service, rappelons-le, que nous avons déjà payé par nos impôts. Dans le texte adopté, les collectivités territoriales sont exclues du texte, ce qui veut dire que les appels à leurs services administratifs pourront toujours être surtaxés.

Moralité

Les « petits » devront toujours payer et, si cela se trouve, en 2021, le décret ne sera peut-être pas encore paru. D'ailleurs taper sur les petits, c'est tellement plus facile aujourd'hui.

La fraude fiscale : une priorité seulement contre les pauvres et les petits

Tous les grands politiciens, gouvernements, qui se sont succédé au pouvoir ces dernières années ont fait de la fraude fiscale, à un moment ou à un autre, une des priorités d'une bonne gouvernance.

Force est de constater que les seuls qui sont pressurés, pillés, sont ceux qui n'ont pas l'argent ni les relations pour se défendre.

---

198. Citizaction.fr/petition/non-aux-numeros-surtaxes-dans-les-services-publics

199. « L'Assemblée veut en finir avec les appels surtaxés aux services publics, *Les Échos*, 25 janvier 2018.

Pour les autres, bizarrement, cela traîne et s'arrange souvent.

Les faits suivants sont pour moi le summum d'une justice qui fonctionne à plusieurs vitesses. Je ne sais pas si c'est le montant du (des) détournement(s) ou l'entregent des mis en examen, mais je n'aimerais pas avoir été à la place des enquêteurs qui ont dû suer sang et eau pour réunir preuves et témoignages pour, finalement, voir leur travail réduit à néant par une relaxe générale et malodorante.

Guy Wildenstein

Ancien conseiller UMP de l'Assemblée des Français de l'étranger
où il représentait les Français de l'étranger de la circonscription
de Washinton (district de Columbia).

2011 et 2013 : mis en examen pour « recel d'abus de confiance, fraude fiscale et blanchiment de fraude fiscale », etc.

Résumé

À la mort de leur père en 2001 les héritiers Wildenstein déclarent au fisc 40 millions d'euros mais, quelque temps après, des membres de la famille, floués, s'aperçoivent que leur fortune est estimée entre 3 et 10 milliards d'euros, soigneusement dissimulés dans des paradis fiscaux aux îles Caïman et à Guernesey. Une bataille judiciaire s'engage entre les différents protagonistes. Vient s'ajouter la découverte de tableaux volés et/ou disparus lors d'une perquisition. L'État, au moyen du fameux « verrou de Bercy », bloque les enquêteurs durant quelques années.

Une plainte contre deux ministres[200], qui tombe à l'eau malgré les preuves évidentes

Plusieurs courriers circonstanciés et précis avaient été adressés directement aux ministres du Budget, Woerth et Baroin, pour les informer de cette présomption de fraude au détriment des héritiers et de l'administration fiscale. Bizarrement, aucun des deux ministres ne

200. « Wildenstein : une plainte embarrasse Woerth et Baroin », Mediapart, 21 septembre 2010.

répond à ces lettres pourtant importantes pour le fisc. L'avocat d'un des membres de la famille lésée porte donc plainte en septembre 2010 pour « corruption active et passive » et « trafic d'influence », ce qui met en cause, entre autres, nos deux ministres. C'est contraint et forcé que le ministre François Baroin engage des poursuites contre Guy Wildenstein, qui aboutiront à sa mise en examen pour fraude fiscale en 2013.

D'autres mises en examen

La mise en examen pour fraude du marchand d'art est précédée de celle des notaires de la famille Wildenstein, d'un établissement bancaire basé aux Bahamas. Un avocat des Wildenstein, Me Olivier Riffaut, a lui aussi été mis en examen. Tous mis en examen pour « *complicité de fraude fiscale* » et/ou « *blanchiment » et ou « blanchiment aggravé ».*

Des tableaux disparus, réapparus

Une autre affaire vient se greffer sur celle en cours déjà passablement compliquée. Au cours d'une perquisition à l'institut Wildenstein à Paris, les enquêteurs découvrent dans un coffre, sans renseignements comme c'est l'usage et l'obligation, une huile sur toile estimée à 800 000 euros, de l'impressionniste Berthe Morisot, *Chaumière en Normandie*, et disparue depuis près de vingt ans. Les policiers de l'Office central pour la lutte contre le trafic de biens culturels (OCBC) repartent aussi avec une trentaine d'œuvres d'art déclarées *disparues ou volées.*

La plus grosse affaire de fraudes fiscales françaises

L'Administration française a notifié un redressement d'un montant de 600 millions d'euros, ce qui ne s'est jamais vu de mémoire d'homme au ministère. Les cautions demandées par la justice se sont montées à plus de 75 millions d'euros. Autant vous dire « l'importance accordée » aux éléments du dossier de fraude fiscale. Durant le procès en appel, le ministère public avait demandé, devant la cour d'appel de Paris, 4 ans de prison dont deux ferme et une amende de 250 millions d'euros contre Guy Wildenstein, l'accusant d'être le patriarche dans la plus grosse fraude fiscale de ces dernières années. Pourtant la justice prononcera une relaxe générale de tous les mis en examen.

Remarque de justice bizarre

La décision de relaxe générale dans cette affaire laisse perplexe quant à la liberté de la justice. Devant les faits probants de dissimulation la justice a préféré se retrancher derrière une excuse de prescription.

Détails qui a l'air de rien mais en lisant bien...

Guy Wildenstein était un des principaux donateurs de l'UMP et de la campagne présidentielle de Sarkozy en 2007. Devinez qui était aux commandes durant les différentes phases et plaintes successives qui ont été « bloquées » ? Un ministre, qui s'appelait Éric Woerth.

Sources

– Claude Dumont-Beghi, *L'Affaire Wildenstein. Histoire d'une spoliation*, Paris, l'Archipel, 2012.

– « Guy Wildenstein mis en examen pour fraude fiscale et blanchiment », *Le Point*, 6 février 2013.

– « Procès Wildenstein : la cour d'appel confirme la relaxe générale », *Le Monde*, 29 juin 2018.

– « 20 millions d'euros de caution pour Guy Wildenstein », lexpress.fr avec AFP, 26 septembre 2014.

– « Affaire Wildenstein : micmacs et toiles de maîtres », *L'Express*, 13 janvier 2017.

Dernière minute

Le 3 juillet 2018, le parquet se pourvoit en cassation contre la décision de relaxe générale (voir : « Affaire Wildenstein : le parquet se pourvoit contre la relaxe », leparisien.fr/AFP, 3 juillet 2018). Pas sûr que cela change grand-chose, mais cela sauve la face et la façade de la justice équitable.

« La démocratie devrait assurer au plus faible
les mêmes opportunités qu'au plus fort. »
Gandhi

Piller les sans-grade, c'est tellement plus simple

Il y a le temps des belles déclarations, de celles qui font bien dans le tableau ou le programme. Les jolies déclarations qui donnent du rêve à ceux qui n'en ont plus et de l'espoir à ceux qui sont déjà au bord du gouffre. Il y a les promesses qui vous brossent dans le sens du poil, vous endorment d'une douce musique soporifique qui sent bon les lendemains meilleurs. Quand on se réveille, parfois ce n'est pas la même musique.

Le 3 mai 2017, lors du débat télévisé avec Marine Le Pen, le candidat Macron déclare : *« Je ne veux plus de personnes vivant en situation de handicap qui soient sans solution. [...] Ce sera l'une des priorités de mon quinquennat. »*

Le 7 juin 2017, la secrétaire d'État chargée des personnes handicapées a présenté une communication intitulée « Handicap : une priorité du quinquennat » en Conseil des ministres.

Le 4 juillet 2017, dans son discours de politique générale, le Premier ministre a annoncé que l'inclusion des personnes en situation de handicap sera la priorité du quinquennat.

Le 20 mars 2018, dans le journal *La Croix*, Isabelle Sancerni, présidente de la Caisse nationale d'allocations familiales (CNAF) déclare : « Je fais de la prise en compte du handicap la priorité de mon mandat. »

Et puis vient le temps du réveil, d'abord étonné par ce qui arrive, puis incrédule devant les énormités, toujours désespéré quand on ouvre à nouveau son porte-monnaie, souvent en colère d'avoir été floué, trahi, manipulé. Et puis pour finir, malheureusement, parce que de toute manière, ils l'ont fait ! On se tait parce que les coupables, c'est nous. C'est nous qui leur avons donné les clés pour nous piller sans scrupule.

Voici quelques exemples de non-sens qui touchent des populations déjà affaiblies par définition. Une fois de plus, cela démontre que la gestion humaine tient de moins en moins compte de l'individu mais de plus en plus d'un tableau Word Excel où les chiffres tiennent lieu de références à la bonne gestion des populations. Cela démontre que l'intérêt de quelques-uns est plus important que l'intérêt général, et une fois de plus, que les économies sont faites en priorité sur le dos des petits, des plus faibles, sur ceux dont on sait qu'il leur sera difficile de se défendre car déjà tellement occupés à essayer de survivre.

Handicapé(e) et amour ne font pas bon ménage

Il y a en France 1,06 million d'allocataires qui perçoivent l'allocation aux adultes handicapés (AHH). C'est le deuxième minimum social en nombre d'allocataires après le RSA. Parmi ces allocataires, beaucoup d'entre eux ne peuvent pas travailler ou ne trouvent pas de travail. Fin mars 2017, 8,5 % de l'ensemble des demandeurs d'emploi sont des personnes handicapées et près d'un demandeur sur deux est âgé de 50 ans avec une ancienneté d'inscription importante de trois ans ou plus pour un demandeur handicapé sur quatre.

La solidarité nationale (je sais, ces deux mots font mal à quelques-uns) fait que depuis le 1er avril 2017, le montant mensuel maximum de l'allocation adulte handicapé (AAH) a été porté à 819 euros maximum contre 810,80 euros précédemment (quelques euros de plus par mois… le pied !) Ça, c'est le max qu'un être humain en fauteuil sans possibilité de travailler peut percevoir… à condition de rester célibataire ou entre pauvres.

Faut tomber amoureux entre pauvres, c'est plus rentable !

Si par malheur notre allocataire a le bonheur de vouloir convoler avec l'élu(e) de son cœur, on prend en compte les revenus du conjoint... pour réduire l'allocation. C'est dans la dot du mariage : la prise en charge financière de mon conjoint(e) handicapé(e). À vous dégoûter de bien gagner sa vie. À vous faire pleurer d'être obligé de dépendre financièrement de son conjoint(e) quand on est handicapé.

La réponse du ministre suite à une question écrite sur le sujet d'une députée de la Somme Barbara Pompili, EELV à l'époque...) en 2014 est édifiante : « [...] Ainsi, un allocataire ne travaillant pas se verra verser l'AAH à taux plein si les ressources de son conjoint qui travaille ne dépassent pas 1 600 euros brut par mois environ. Un bénéficiaire ne se verra plus verser d'allocation si les revenus de son conjoint dépassent 3 100 euros brut par mois. » Donc, le mariage, oui... mais surtout entre pauvres.

Donc si tu n'as pas de bol et que tu es handicapé, si, en plus, tu ne peux plus/pas travailler ce qui est le cas de plus de 65 % des personnes reconnues administrativement handicapées en France, surtout n'épouse pas quelqu'un de riche car tu deviendras en plus dépendant de lui financièrement. Une double peine quoi !

Bref : Le mariage pour tous sauf pour les handicapés !

Et un handicapé qui travaille ? Eh bien, il l'a dans l'os aussi !

La prime d'activité pour les pensionnés d'invalidité et les bénéficiaires d'une rente accident du travail-maladie professionnelle (AT-MP) est supprimée depuis le 1er juin 2018

Le motif de la suppression évoquée par les autorités compétentes est que cette prime n'était pas assez utilisée[201].

201. « Prime activité pour les pensionnés invalidité : supprimée ! », Emmanuelle Dal'Secco, informations.handicap.fr, 4 octobre 2017.

Un joli mensonge pour justification d'État

Juste pour remettre la vérité en place, cette prime n'était en service que depuis le 1er janvier 2016 (avec déjà un retard volontaire de mise en place) et n'avait fait l'objet d'aucune publicité ni par la CNAF (voir plus haut la déclaration de sa présidente en mars 2018…) ni par la MSA auprès des 230 000 pensionnés et quelques dizaines de milliers de bénéficiaires d'une rente AT-MP.

Elle permettait de compléter les faibles ressources des travailleurs rémunérés jusqu'à 1,3 SMIC maximum, c'est-à-dire un peu moins de 1 500 euros net mensuels pour une personne seule. Pas de quoi sauter au plafond mais un petit plus qui permettait de survivre un peu plus décemment.

Pourquoi faire simple quand on peut faire bête ?

Si la prime n'était pas assez utilisée pourquoi ne pas renforcer la communication plutôt que de la supprimer ? Le montant moyen de cette prime de survie s'élevait à 160 euros. À cause de cette mesure, beaucoup des personnes qui percevaient cette prime, vivant déjà difficilement, vont replonger sous le seuil de pauvreté. À vous dégoûter de travailler.

Donc pas d'amour avec quelqu'un de trop riche sinon plus d'allocation et plus de petite prime d'activité pour ceux qui voulaient rester DANS la société et travailler un peu.

C'est déjà pas mal comme avancée dans les priorités du quinquennat ?

Si on parlait logement pour le handicap ?

Loi « ELAN »[202] au détriment des handicapés

Tout est dans la sémantique dialectique

Aujourd'hui, on ne dit plus femme de ménage mais technicienne de surface. On appelle plus un nain un nain, mais homme de petite taille. Un patron qui se respecte n'appelle plus ses employés que du nom de

202. ELAN : Évolution du logement et aménagement numérique.

« collaborateurs », une institutrice est devenue une professeure des écoles et les dames de service des agents territoriaux des écoles maternelles. Un sourd n'est plus sourd mais un malentendant et un aveugle un mal voyant.

Dire autrement pour dire la même chose

Le gouvernement actuel l'a bien compris, et pour ne pas heurter les consciences, on pare les faits de nouveaux mots plus doux à l'oreille. Cela fait moins mal à entendre, donc on cherche moins à comprendre. On ne dit plus « expulser un migrant » mais « éloigner un migrant ». L'impôt devient un prélèvement et dans la bouche du président Macron la « libéralisation du marché du travail » devient la « libération du marché du travail ».

Avec la mise en place de la loi « ELAN », on ne déroge pas à la règle du maquillage des mots pour mieux faire avaler la pilule. Sauf que la pilule commence à être sérieusement amère surtout pour les handicapés.

La loi introduit une discrimination dans l'accès au logement

En effet, le texte de loi pour les logements neufs prévoit de passer du « 100 % de logements neufs accessibles » pour les handicapés, (prévu par la loi « Handicap » du 11 février 2005), au seuil de « 10% de logements accessibles et 90 % dits "évolutifs" ».

10 % de logements accessibles pour les handicapés pour les logements neufs, c'est exactement ce que préconisaient les lobbyings des promoteurs immobiliers et du bâtiment[203] depuis presque dix ans.

Paroles de politiques !

« Cela ne change rien… L'ambition d'avoir l'ensemble des logements neufs accessibles à tous[204] » nous dit-on dans les hautes sphères de ceux qui savent mieux que nous. Dans ce cas-là, pourquoi changer les mots et la loi ?

203. « L'immobilier décidément inaccessible pour les handicapés », Tonino Serafini, liberation.fr, 5 juin 2018.

204. « Handicap, la déception Macron », Marie Piquemal et Anaïs Moran, liberation.fr, 5 juin 2018.

La bonne affaire du droit de vote aux handicapés mentaux sous tutelle

C'est l'annonce faite par le président de la République lors du Congrès de Versailles début juillet 2018. Quelle avancée sociale et citoyenne que cette prise en compte dès demain (ou après-demain) de ces citoyens que la société est obligée d'assister du fait de défaillances légères et ou graves.

L'effet d'annonce est sympathique, voyons juste la réalité du terrain.

Le président donne un droit de vote à ceux qui l'avaient déjà ![205]

Les personnes sous tutelle ont déjà le droit de voter. Depuis la loi de 2005, le mis sous tutelle a le droit de voter sauf si le juge en décide autrement, sur la base d'une enquête, de certificats médicaux et de ce qu'il juge des capacités restantes de la personne mise sous tutelle à valablement exprimer un vote.

Sur 400 000 majeurs mis sous tutelle, cela ne concernerait environ que 100 000 personnes[206] dont le juge a estimé le handicap profond ou suffisamment grave pour ne pas les embêter en plus dans leur vie déjà compliquée avec une histoire de vote.

En plus copieur, ce n'est pas beau !

Décidément, cela devient une habitude chez les politiques de reprendre les idées des autres en faisant croire qu'on en est l'initiateur. Pour certains, à l'Assemblée nationale, c'est le copié-collé des amendements écrits entièrement par les industriels et les lobbyistes qui a repris du poil de la bête. Pour d'autres, comme l'entourage des conseillers du président, on pompe dans un rapport existant et on fait croire au trait de génie d'un politique ouvert sur les autres derrière le pupitre du Congrès de Versailles.

205. « Tutelle ou curatelle : quelles différences ? », Direction de l'information légale et administrative (Premier ministre), service-public.fr, 17 mars 2017.
206. « Le droit de vote sous tutelle et curatelle », hizy.org, 2 août 2018.

Le 26 janvier 2018, la CNCDH (Commission nationale consultative des droits de l'homme) recommandait l'abrogation de l'article 5 du Code électoral, qui permet au juge des tutelles de retirer le droit de vote à une personne vivant avec un handicap intellectuel ou psychique[207]. Pile-poil ce que préconise le président. Copieur va !

Inéligible quand tu es sous tutelle ou curatelle

Encore un petit détail que les gentils décideurs n'ont pas vu venir mais qui risque d'être amusant si un mis sous tutelle se décide à contester la demi-mesure de citoyenneté que l'on vient de lui accorder.

La loi actuelle énonce qu'une personne sous tutelle ne peut postuler à aucun poste d'élu. Donc, suite à la décision présidentielle, on va reconnaître à une personne le droit d'être sensé et de savoir par elle-même pour qui voter. Mais elle n'a pas le droit d'être élue car pour ce poste-là, la société juge qu'elle n'est pas assez sensée.

Y'a comme qui dirait un truc qui devrait faire les délices des avocats pointilleux sur le demi-droit des uns par rapport aux autres.

Pourquoi un handicapé mental peut-il voter en son âme et conscience pour un escroc, alors qu'on le juge trop « simple » pour pouvoir se présenter lui-même à une élection ?

Ils doivent chercher des électeurs ?

Une de mes pistes de travail qui n'est qu'une réflexion personnelle, c'est que le gouvernement a tellement peur que plus personne ne se rende aux urnes demain, ce qui pour l'image de la France serait un camouflet à la démocratie, du moins tel que nos élus la voit. Trois cent quatre-vingt mille personnes sous tutelle qui se rendent aux urnes… si en plus, ils y vont accompagnés de leur tuteur, cela peut doubler la mise. Un petit renfort de 760 000 électeurs potentiels, c'est toujours bon à prendre dans cette période d'abstention grandissante. Je blague ! Quoique…

Il y a les handicapés que l'on maltraite, et aussi les anciens.

---

207. « Avis sur le droit de vote des personnes handicapées », cncdh.fr, 26 janvier 2017.

« Ce n'est pas compliqué, en politique,
il suffit d'avoir une bonne conscience,
et pour ça il faut avoir une mauvaise mémoire ! »
Coluche

Le pillage des retraites
Variable d'ajustement

Depuis quelques années déjà les gouvernements successifs viennent piller l'escarcelle des retraités ou des futurs retraités. C'est un endroit facile d'accès où il reste encore beaucoup d'argent a prendre ou à reprendre. En sus, on sait qu'ils ne râleront pas beaucoup et que la capacité de mobilisation est faible. Et si on réfléchit bien, il n'y a pas grand-chose à craindre du retraité susceptible de montrer son mécontentement, il suffit d'être un peu patient, la nature règle le problème un jour ou l'autre.

Depuis 1987 et la non-indexation des retraites sur les salaires, les décrets dits « Balladur » de 1993 et les diverses réformes des retraites qui ont suivi, les coups de boutoir sur le pouvoir d'achat des retraités n'ont cessé d'augmenter. Chaque gouvernement ne sait plus quoi inventer pour combler le déficit, sauf à rogner sur le montant des retraites allouées. Le COR (Conseil d'orientation des retraites) prévoit un retour à l'équilibre financier des caisses de retraites en 2040, dès que les retraités ne toucheront presque plus rien… Nos dirigeants suivent à la lettre cette recommandation.

Retraites en peau de chagrin… mais pas pour tout le monde

Le malus/bonus des retraités

Vous connaissez tous le malus et le bonus dans l'assurance, celui qui valorise et l'attitude positive des bons conducteurs et stigmatise et montre du doigt les mauvais conducteurs.À partir du 1er janvier 2019, il y aura la même chose pour les bons et les mauvais retraités. Les uns – les bons – auront un petit bonus, les autres – les mauvais – auront un gros malus.

En plus, rien que ces deux mots, accolés à l'obtention de votre pension de retraite complémentaire, ne peuvent, quand on y réfléchit un peu, qu'engendrer une stigmatisation sémantique et inconsciente de culpabilité pour ceux qui choisiront le malus.

Bouh !!! le mauvais retraité avec son malus, ahh !!! le bon retraité avec son bonus

Enfin, il y a aussi dans les nouvelles règles des retraites complémentaires réunifiées, les laissés-pour-compte, ceux qui n'auront aucun autre choix que le malus comme ticket d'entrée à la jouissance de leur retraite. Dans tous les cas de figure, les salariés de base et de la classe moyenne se préparent des retraites qui, de plus en plus, vont ressembler à un petit pécule de survivance.

• **Malus** (le malus s'applique sur l'intégralité de la retraite complémentaire, majorations familiales incluses – y'a pas de petits profits… sur le dos des retraités) :

Dès janvier 2019, si vous partez à 62 ans tout en ayant toutes vos annuités, vous subirez un malus minoration de 10 % du montant de votre retraite complémentaire AGIRC-ARRCO pendant trois ans (et au plus tard jusqu'à 67 ans).

• **Bonus** :

– si vous partez à 64 ans, 10 % de plus, mais pendant un an seulement ;

– si vous partez à 65 ans, 20 % de plus, mais pendant un an seulement ;

– si vous partez à 66 ans, 30 % de plus, mais pendant un an seulement.

Les chômeurs, superdindons de la farce

Après l'âge de 50 ans, on sait tous qu'il n'y a quasiment plus aucune chance de retrouver un emploi. Trop vieux, trop cher, pas assez rompu aux nouvelles techniques, sont les leitmotive pour ne pas vous embaucher. Il y a bien les formations que l'on vous propose, pour tenir et repousser un peu plus loin l'cspoir de redevenir productif dans le monde du travail.

Vous arrivez donc à vos 62 ans après avoir épuisé toutes les allocations de mendicité que la société vous a accordées pour vous faire croire que votre recherche d'emploi aurait pu aboutir. Vous avez tous vos trimestres, y compris ceux d'une dizaine d'années « forcées » de chômage.

Et là, on vous rajoute une claque dès que vous passez de l'état de chômeur à celui de retraité, quand vous voyez le montant de votre pension (ce qu'il en reste après dix ans de chômage). Vous apprenez, en plus et en même temps, qu'on va vous l'amputer de 10 % en guise de malus puisque vous ne pouvez raisonnablement prétendre à vouloir travailler trois ans de plus : vous n'avez pas de travail !

En résumé : le malus pour le chômeur, c'est automatique.

À mourir de rage et noyé sous les pleurs

La blague à deux balles officielle : les chômeurs qui accepteront de ne pas toucher à leur retraite complémentaire pendant un an au moins amoindriront leur malus.

Faut juste qu'ils crèvent de faim pendant un an minimum et tout s'arrange.

On se demande vraiment où tous ces énarques du savoir comment vivre vont chercher tout ca.

Montant des retraites, les erreurs de paiement des pensions, comptez-vous !

En plus de la diminution de vos retraites, il faut que vous sachiez qu'en 2017, selon un rapport sur la certification des comptes de la Sécurité sociale, la Cour des comptes a noté des erreurs dans la liquidation des retraites qui vont jusqu'à 12,27 % pour la CNAV[208] (Caisse nationale d'assurance vieillesse). C'est une forte augmentation par rapport à 2016 où les erreurs n'étaient que de 10,54 %. Pour les caisses AGIRC/ARRCO, les erreurs tournent autour de 8 % des dossiers.

208. « CNAV, RSI… le bêtisier des erreurs des caisses de retraite », Sylvain Deshayes, capital.fr, 26 juin 2018.

Quant aux professions libérales (CIPAV), 6 % des retraités ont entamé des démarches de rectifications de leur pension. Dans la territoriale (CNRAC), les agents des mairies par exemple, se prennent seulement un petit 3 % d'erreurs de calcul de leur pension… Les militaires sont les moins bien lotis avec une marge d'erreur constatée qui peut atteindre les 1 400 euros par an.

Et si erreur il y a, c'est pour ta pomme !

Même si votre caisse de retraite découvre une erreur sur le montant de votre retraite, celle-ci n'a pas obligation de vous avertir (ou n'en a pas le temps, ou l'envie…). Et vous avez intérêt à faire fissa car le délai de réclamation est très court.

Par exemple, au régime général, il faut commencer par saisir la commission de recours amiable, par courrier et dans les deux mois qui suivent la notification de la pension, après c'est trop tard.

Donc, même si votre caisse de retraite a fait une erreur dans le montant de votre pension de retraite, c'est à vous de la trouver et de la signaler.

Pas facile de signaler quand on ne sait pas qu'il y a une erreur, non ?

Rien n'interdira de toucher (vers le bas) aux retraites déjà versées

Dans l'accord signé, un des syndicats a remarqué opportunément qu'un paragraphe ouvre la possibilité de planifier des baisses de la valeur de service des points. En théorie, il est donc possible d'avoir recours à une baisse nominale des pensions, y compris pour les retraités actuels. Bien entendu, ce sont des pratiques qui n'ont jamais été utilisées, mais comme l'accord n'en parle pas, il n'en protège pas les retraités…

En clair, les pensions pourraient être amenées à baisser si le déficit des régimes de retraites est trop important. *Le Parisien* dans une des éditions de novembre 2017 affirme même que les retraites pourraient diminuer d'au moins 9 % au cours des quinze prochaines années[209], d'autant qu'il n'aura pas échappé à nos politiques que le Conseil constitutionnel

209. « Retraites complémentaires : inquiétudes sur une potentielle baisse des pensions », Thomas Le Bars, capital.fr, 8 novembre 2017.

considère dans une décision en date de 1994[210] qu'aucune règle ni aucun principe constitutionnel ne garantit l'intangibilité des droits à retraite liquidés. Peut-être, sans doute, des mauvaises surprises en perspective.

Cerise sur la pension de retraite : 2019, deux mois de versement de pension en moins pour tous[211]

Pour finir, je vais vous expliquer un petit tour de passe-passe qui vient désespérément s'ajouter aux chapitres précédents : la revalorisation des retraites vient de prendre un an de retard dans les dents. Le gouvernement a annoncé que la revalorisation de toutes les retraites ne serait pas effective le 1er octobre 2018 mais seulement le 1er janvier 2019. Officiellement, le gouvernement reporte la date pour « rendre notre système de retraite plus simple et plus lisible ». Officiellement, tous les retraités, de façon simple et lisible, vont perdre en trois mois (de non-augmentation), environ 400 millions d'euros.

« L'astuce arnaque » dure depuis plusieurs années

Depuis dix ans exactement, tous les gouvernements de gauche ou de droite ont usé de la même « astuce arnaque ». En 2009, Nicolas Sarkozy ouvre le bal avec la revalorisation qui passe du 1er janvier au 1er avril. Puis François Hollande la repousse au 1er octobre et dernièrement Emmanuel Macron gratte encore trois mois de plus, d'octobre au 1er janvier. Un an de recul en dix ans.

Pilleurs de vie, mais aussi pilleurs de retraites

Une des caisses complémentaires a fait très fort en spoliant délibérément d'une partie du montant de leurs retraites tous les auto-entrepreneurs qui ont travaillé entre 2009 et 2015. Ils sont plusieurs centaines de milliers (sur 320 000), potentiellement aptes et recevables à réclamer de droit une révision et une régulation à la hausse de leur pension de retraite.

---

210. Conseil constitutionnel, décision N° 94-348 DC du 3 août 1994, JO du 6 août 1994, p. 11482.

211. « Comment les retraités se sont fait discrètement sucrer près d'un demi-mois de pension », Thomas Le Bars, capital.fr, 20 septembre 2017 ; « Les retraites ne seront pas revalorisées en 2018, lesechos.fr, 19 septembre 2017.

Les auto-entrepreneurs sont de la revue pour leur retraite !

Un jeune retraité, Alain Tate, qui ne se laisse pas faire[212] (il en reste un peu…), découvre que sa retraite complémentaire versée par la Caisse interprofessionnelle de prévoyance et d'assurance vieillesse (CIPAV) ne lui verse pas ce qu'elle lui doit au titre de sa retraite, et ce, en connaissance de cause.

Il va en justice et gagne y compris en appel (mars 2018). La CIPAV est condamnée à rectifier ses points de retraite (elle lui en avait sucré plus d'une centaine), avec effet rétroactif, et à réviser le montant de sa pension complémentaire. S'y ajoute la somme de 10 000 euros de dommages et intérêts pour « manquement à ses obligations d'information et de conseil », et enfin 1 500 euros de *pretium doloris* « en réparation du préjudice moral ».

Le tribunal considère que la CIPAV a réduit le montant des prestations qu'elle sert au titre de la retraite complémentaire, non pas sur le fondement légal ou réglementaire, mais pour pallier l'absence de compensation par l'État à hauteur des sommes qui seraient normalement dues aux auto-entrepreneurs à jour de leurs cotisations sociales. En gros, pour simplifier, elle réduisait volontairement les cotisations des auto-entrepreneurs pour avoir moins à leur verser plus tard, mais sans le dire, et…

Un milliard d'euros en suspens à rembourser[213]

C'est ce que pourrait coûter le préjudice subi par tous les auto-entrepreneurs trompés (de 2009 à 2015) par la CIPAV, si ceux-ci se réveillent et portent l'affaire en justice. Car aussi bien du côté de la Cour des comptes, du Défenseur des droits ou encore de la justice ; tous sans exception dénoncent la méthode pour le moins cavalière doublée d'une illégalité de fait, le tout appliquée aux adhérents auto-entrepreneurs pour que ceux-ci ne touchent qu'une retraite réduite.

212. « Retraites des auto-entrepreneurs : la victoire judiciaire qui change tout », Solveig Godeluck, lesechos.fr, 24 juin 2018.

213. « Une faille dans le versement des pensions de retraite des auto-entrepreneurs », Hayat Gazzane, lefigaro.fr, 25 juin 2018.

Le président de la CIPAV lui-même déclare que s'il doit rembourser le préjudice de tous les auto-entrepreneurs lésés, il sera contraint de mettre la clé sous la porte.

Silence radio partout

Du coup silence radio général dans quasiment tout les médias et panique au gouvernement. La CIPAV a envoyé un petit courrier d'appel au secours au gouvernement, spécialement à la ministre Agnès Buzin (si, si j'en ai une copie) qui s'empresse de voler au secours de la caisse en se pourvoyant en cassation. L'État n'a pas le choix car c'est lui qui est responsable de la cotisation réduite puisqu'il a cessé depuis 2016 de compenser à la CIPAV le surcoût lié à des prestations plus généreuses. Du coup, la CIPAV n'a eu d'autre choix que de rogner sur les pensions. L'État est donc aussi responsable du milliard à éventuellement rembourser, coupable de ce pillage des pensions de retraite.

La carambouille devrait continuer

Je ne sais pas pourquoi mais j'ai comme l'impression que, malgré toutes les preuves de l'arnaque subie par les retraités auto-entrepreneurs, qui ont été grugés par leur caisse avec la permission de l'État, malgré la Cour des comptes, malgré deux jugements, malgré les déclarations très dures du Défenseur des droits, les grugés resteront grugés.

Un milliard d'euros à rembourser quand même, il ne faudrait pas que tous les retraités grugés soient remis dans leur droit quand même !

Un petit plus quand même dans les nouvelles règles de retraites complémentaires

À l'étonnement général des syndicats, le MEDEF a approuvé sans réserve l'abaissement à 55 ans de l'âge à partir duquel le conjoint survivant pourra toucher la pension de reversion[214]. Pas trop de risque, on parle beaucoup de la réduire à son strict minimum, voire de la supprimer.

---

214. « Fusion AGIRC-ARRCO : les cadres seront-ils perdants ? », Anne-Marie Le Gall, notretemps.com, 20 mars 2018.

Tout le monde aura compris que nous n'aurons plus que nos yeux pour pleurer devant le massacre de nos retraites pourtant méritées. Ça, c'est pour la retraite complémentaire du salarié de base, le cadre de l'entreprise. Regardons ce qui dans le même temps se produit à l'autre bout de l'échelle, pour la retraite complémentaire du « salarié patron ».

Article 39 : retraite complémentaires des « salariés patrons »

Le régime de l'« article 39 » garantit un niveau global de retraite à son bénéficiaire. Il est uniquement financé par l'employeur. Le salarié peut en bénéficier à condition d'achever sa carrière dans l'entreprise, c'est-à-dire de justifier de sa présence dans l'entreprise au moment de la liquidation de sa retraite. Les prestations sont versées sous forme de rente viagère. Les montants sont sympas pour ces « salariés patrons ». Voici quelques exemples :

Extraits de previssima.fr :

– En 2005, Pierre Richard, directeur général de Dexia, part avec une retraite chapeau de 600 000 euros par an.

– En 2009, Daniel Bouton, P.-D.-G. de la Société Générale puis président du conseil d'administration de la même banque, partirait avec une retraite chapeau de près d'1 million d'euros par an selon la presse.

– En 2010, Thierry Lombard quitte la direction de France Telecom avec une retraite chapeau évaluée à 325 000 par an.

– En 2011, Henri Proglio, P.-D.-G. de Veolia part en retraite avec une rente chapeau de 742 000 euros par an.

– En 2011, Yves-Thibault de Silguy, président du conseil d'administration de Vinci, se retrouve au cœur de la polémique lorsqu'il quitte l'entreprise avec une retraite chapeau de 380 000 euros par an.

– En 2012, le P.-D.G. de Carrefour, Lars Oloffson, part avec une retraite chapeau de près de 500 000 euros par an.

– En 2013, Ben Verwaayen, directeur général d'Alcatel-Lucent : l'entreprise provisionne au moins 4,8 millions d'euros afin d'assurer le versement de sa retraite chapeau ;

– En 2013, le P.-D.G. de PSA, Philippe Varin est au cœur de la polémique avec une retraite chapeau provisionnée à hauteur de 21 millions d'euros selon la presse.

– En 2014, Gérard Mestrallet, président de GDF-Suez, a droit à une retraite chapeau de plus de 800 000 euros par an.

– En 2017, Michel Combes quitte l'entreprise Altice avec une prime de 14 millions d'euros. Il n'y est pourtant resté que deux ans, a licencié 10 000 salariés, puis vendu Altice au concurrent Nokia. Après intervention du gouvernement, sa prime de départ est ramenée à 7,9 millions d'euros. Lui aussi va passer sa retraite en tant que directeur financier et président de l'opérateur américain Sprint.

Et dernièrement :

– En 2018, Georges Plassat, P.-D.G. sortant de Carrefour, a touché près de 4 millions d'euros en 2016 et 13 millions en 2017, auxquels s'ajoutent 3 millions d'actions et 500 000 euros de retraite par an jusqu'à la fin de ses jours. Il devrait par ailleurs percevoir 896 593 euros de part variable au titre de 2017. Remarquez, il est sympa, devant le scandale soulevé et une petite remarque du président Macron, il vient de faire un petit geste en refusant sa prime de départ (4 millions). Il va se rattraper car il vient d'obtenir selon le journal *Les Échos* un poste de conseiller senior chez Degroof Petercam, une banque d'affaires belge.

Quelques petits avantages « annexes » pour ces dames et ces messieurs de la retraite chapeau

– Les sommes versées en vertu d'un « article 39 » ne sont donc pas imposables au titre de l'impôt sur le revenu. Les rentes à vie oui, dans la catégorie des pensions de retraite après abattement de 10 %.

– L'entreprise bénéficie d'une exonération de cotisations de Sécurité sociale[215] de CSG et de CRDS et, de plus, les sommes versées à l'article 39 sont déductibles des bénéfices imposables.

215. « Retraite « article 39 » : quel régime fiscal et social pour l'entreprise ? », previssima.fr, 3 mai 2018.

– L'entreprise peut, et beaucoup l'ont fait, transformer la rente viagère en pension de réversion à la mort de l'heureux retraité. L'entreprise peut même verser une rente au conjoint survivant si le « salarié patron » meurt avant son départ à la retraite.

Demain grâce à l'Europe ce sera encore mieux pour la retraite chapeau des salariés patrons :

Avant et aujourd'hui

Le texte des retraites chapeau « article 39 » prévoit que le salarié patron perd ses droits à y prétendre s'il n'achève pas sa carrière dans l'entreprise. Bref, c'est au moment de sa retraite et seulement à ce moment que le veinard peut toucher le pactole à condition d'être toujours dans l'entreprise.

Mais avec une directive européenne du 16 avril 2014 et sa transposition quasi obligatoire dans le droit français, la donne va changer. À l'heure où j'écris ces lignes, le gouvernement a prévu d'intégrer les dispositions issues de cette directive dans le projet de loi Pacte (Plan d'action pour la croissance et la transformation des entreprises) et de se conformer au droit européen.

En clair et si j'ai bien compris la lecture de cette directive[216], cela veut dire qu'un « salarié patron » qui quitte son entreprise avant sa retraite pourra toujours prétendre à tendre plus tard et beaucoup plus discrètement son chapeau pour y recevoir son pécule retraite.

Un pas en avant deux pas en arrière du ministre

En 2014, le ministre de l'Économie décide et annonce que dans un cadre égalitaire il faut supprimer ces retraites complémentaires. La presse nationale s'empresse de répercuter l'info. En 2015, le ministre laisse tomber la réforme. La presse n'en parle plus ! Il s'appelait Emmanuel Macron.

L'art de faire des annonces à propos de mesures qui existent déjà

Le 12 avril 2018 le président Macron annonce qu'il veut stimuler l'intéressement et la participation dans les entreprises : « Les salariés doivent (devraient) recevoir une part des bénéfices. »

216. https://eur-lex.europa.eu/legal-content/FR/TXT/HTML/?uri=CELEX:32014L0050

C'est DÉJÀ la loi

Du moins celle écrite en 1967 (le 17 août) sous la présidence du général de Gaulle et qui n'a pas changé depuis. En gros, il est écrit que toute entreprise de plus de 50 salariés qui réalise des bénéfices doit en reverser une partie à ses salariés. Cela s'appelait la « participation des salariés aux fruits de l'expansion des entreprises » ; tout un programme !

Je vous donne la formule en usage depuis plus de 50 ans :

$$1/2\ [B - 5\%C] \times S/VA$$

Pour faire simple, avant que le salarié touche un seul kopeck de dividendes de l'entreprise, il faut multiplier la moitié du bénéfice fiscal moins 5 % des capitaux propres, ceci par le montant de l'assiette salariale elle-même divisée par la valeur ajoutée. Quand je vous disais que c'est simple. En vérité tout est obsolète et plus personne ne s'y retrouve, d'ailleurs peu de salariés touchent cet intéressement. On est plutôt dans l'inverse, si l'entreprise ne fait pas assez de bénéfices pour reverser de copieux dividendes aux actionnaires, c'est le salarié qu'on vire en premier. En plus, c'est légal (voir chapitre « Le saviez-vous ») et ça ils savent faire.

Si on creuse un peu dans le chapitre retraite, il y a encore mieux : la retraite de nos sénateurs.

1,4 milliard d'euros de bas de laine pour la retraite des sénateurs

C'est le petit pactole que nos sénateurs se sont mis de côté pour assurer leurs vieux jours. Cela laisse rêveur et cela agace fortement, d'autant plus que ce sont les plus virulents à vouloir raboter la retraite du petit peuple, économie oblige mais pour les autres[217].

217. « Les retraites dorées des sénateurs font grincer des dents », Jannick Alimi, leparisien.fr, 23 mars 2018.

La pension moyenne d'un sénateur s'élevait en 2016 à 4 467 euros net pour une durée moyenne de mandat de douze ans et neuf mois et demi (source: services du Sénat, décembre 2016), hors majoration pour enfants (on en ignore d'ailleurs le mode de calcul).

Un rendement super

Avec près de 6 euros de prestations pour 1 euro cotisé, les sénateurs ont un régime de retraite à faire pâlir les députés. En trois ans de mandat environ, ils ont rentabilisé leur cotisation.

En 2010, grand changement apparent suite à la loi Woerth qui a fait passer l'âge de la retraite de 60 à 62 ans. Pour faire passer la pilule, les sénateurs disent avoir aligné leur régime de retraite sur celui des fonctionnaires.

Les cachotiers

En réalité, si les sénateurs ont certes consenti un effort sur la durée de cotisations et l'âge de départ, ils se sont créés un régime complémentaire par points rien que pour eux, qui leur permet de compenser l'abandon du système de double cotisation devenu trop voyant. En sus, l'arrêté de questure N° 2010-1329 du 15 décembre 2010, qui en contient le *modus vivendi* n'est pas consultable, donc personne, hormis quelques sénateurs du sérail, ne connaît le fonctionnement de ce régime à points. Coté transparence, c'est plutôt opaque.

Une subvention déguisée

Avec le trésor accumulé, l'avenir des retraites sénatoriales est assuré pour longtemps, d'autant que les sénateurs continuent de toucher une cotisation dite « d'employeur » par le Sénat même qui, en d'autres lieux, d'autres juges, un autre système, s'appellerait une subvention déguisée et payée par les véritables employeurs à qui on n'a pas demandé leur avis : NOUS, les citoyens contribuables.

Fronde capricieuse des députés

Un vent de fronde semble animer quelques députés qui trouvent que les sénateurs sont trop bien servis en matière de retraite. Ces députés ne râlent pas parce qu'ils trouvent indécent les méthodes et les montants des retraites sénatoriales par rapport à l'ensemble de la population, mais plutôt parce que les sénateurs, depuis 2010, sont mieux servis qu'eux. Et pour ces députés, ce n'est pas normal. Comme quoi chacun voit le normal à sa porte, surtout les députés.

On la repousse à 63 ans la retraite ?

Tellement sympas ces sénateurs à la retraite en or qu'ils viennent de faire une proposition dans un rapport présenté a la commission de Affaires sociales du Sénat le 4 juillet dernier[218]. Les sénateurs Jean-Marie Vanlerenberghe et René-Paul Savary avec « l'ineffable » Jean-Paul Delevoye proposent tout simplement, pour commencer – en même temps que la retraite à points qui arrive bientôt –, de reculer d'un an le départ à la retraite des salariés, même pour ceux qui ont la totalité de leur annuité.

C'est vrai qu'ils peuvent en parler plus facilement que nous, ils n'ont aucun souci de retraite, eux ! Ça aide pour nous expliquer comment toucher moins en travaillant plus longtemps.

Nos parlementaires viennent de s'occuper de la maigre retraite des agriculteurs qui, eux, travaillent de plus en plus longtemps pour gagner de moins en moins.

Pour la retraite « dégradante » des agriculteurs, la revalorisation pourra attendre

En mars 2018, une loi qui sommeillait dans les placards du Sénat, votée en première lecture le 2 février 2017 à l'Assemblée nationale est ressortie à l'initiative d'un groupe politique. Il s'agissait d'une proposition de loi qui visait à assurer la revalorisation des pensions de retraite agricoles en France continentale et dans l'outre-mer. Le texte proposait de passer le montant des retraites des agriculteurs à 85 % du SMIC.

218. « Retraites : des sénateurs proposent de repousser l'âge de départ à 63 ans », latribune.fr, 4 juillet2018.

Aujourd'hui le minimum retraite des agriculteurs est de 75 % du SMIC. La revalorisation concernerait environ 280 000 agriculteurs.

La loi ayant été votée à l'unanimité y compris par la commission des Affaires sociales, tout le monde s'attendait à une approbation rapide et entière du gouvernement. Quelques semaines plus tôt, le 22 février 2018, le président de la République avait défendu mordicus les agriculteurs plaçant ceux-ci au cœur de l'action gouvernementale.

Mais de façon incompréhensible et soudaine, le gouvernement a déposé un amendement qui annule l'augmentation et la repousse à 2020. Il utilise un article de la Constitution du 4 octobre 1958, l'article 44 al. 3.

Un passage en force, mais surtout en douce

Pour faire adopter cet amendement qui oblige les agriculteurs à attendre pour voir leur maigre retraite être un tant soit peu revalorisée, le gouvernement a donc utilisé l'astuce du 44 al. 3. L'alinéa 3 de l'article 44 de la Constitution de la Ve République permet au gouvernement de bloquer un vote du Parlement ! Plus précisément, il permet de faire voter un texte en retenant seulement les amendements que le gouvernement a proposés et/ou modifiés[219]. Il passe ainsi outre la volonté des députés et sénateurs réunis.

Écoutez ce que je dis, ne regardez pas ce que je fais

C'est ainsi qu'une semaine à peine après le salon de l'agriculture, un mois après un discours présidentiel dithyrambique sur le bonheur et la valeur de nos agriculteurs, le gouvernement fait adopter en catimini

---

219. **Constitution du 4 octobre 1958**, **article 44** : **[al. 1]** Les membres du Parlement et le Gouvernement ont le droit d'amendement. Ce droit s'exerce en séance ou en commission selon les conditions fixées par les règlements des assemblées, dans le cadre déterminé par une loi organique.
[al. 2] Après l'ouverture du débat, le Gouvernement peut s'opposer à l'examen de tout amendement qui n'a pas été antérieurement soumis à la commission. **[al. 3]** Si le Gouvernement le demande, l'Assemblée saisie se prononce par un seul vote sur tout ou partie du texte en discussion en ne retenant que les amendements proposés ou acceptés par le Gouvernement.

un texte de loi supprimant la petite augmentation du montant déjà rabougri de la retraite de nos agriculteurs.

La retraite des agriculteurs est illégale

Elle est illégale ou devrait l'être pour la simple et bonne raison qu'elle se situe en dessous du seuil de pauvreté défini pour la France à 1 085 euros par mois. Les agriculteurs (comme d'autres) touchent donc une retraite dont on sait officiellement et avec la bénédiction de l'État, qu'elle permet tout juste de survivre. Les « non salariés agricoles » sont en effet peu payés de leurs efforts. Ils touchent en moyenne 855 euros pour une carrière complète (au moins 150 trimestres cotisés, retraite complémentaire comprise)[220]. Sachant que ce n'est qu'une moyenne et que la tendance globale est plutôt en dessous de ce montant.

La FNSEA, principal syndicat des agriculteurs, ne « moufte » pas un mot

La FNSEA, pourtant si prompte à hurler quand il s'agit de garder le glyphosate dans nos cultures, n'a bizarrement pas eu la moindre réaction pour défendre la revalorisation des retraites de l'agriculture.

Un autre qui, lui, au contraire, aurait mieux fait de se taire

Le secrétaire d'État chargé des Relations avec le Parlement, Christophe Castaner, déclare pour justifier le refus d'augmentation des retraites des agriculteurs : « On ne peut pas trouver 400 millions d'euros comme ça. »

Dans les semaines précédentes, le même Castaner avait applaudi des deux mains d'autres cadeaux en millions d'euros, mais ce n'était pas pour les mêmes.

Un mois plus tard rebelote ! on repousse encore

Environ un mois plus tard le Sénat essaye à nouveau de proposer cette augmentation. Le même vote bloqué est demandé par le gouvernement qui repousse à nouveau l'augmentation éventuelle à 2020.

---

220. « Retraite : les pensions minuscules des agriculteurs, capital.fr, 18 avril 2018.

Encore une promesse…

Dans la rubrique on n'oublie pas ce que tu dis : lors de la campagne présidentielle, le candidat président avait promis à plusieurs reprises une revalorisation d'environ 100 euros des retraites agricoles, « à court terme » avait-il même précisé. On dirait bien que le court terme n'a pas la même longueur dès qu'on loge à l'Élysée !

« L'un des préjudices d'avoir refusé
de prendre part à la vie politique
est que vous finissez par être gouverné
par vos subordonnés. »
Platon

Pilleurs d'asphalte
Les concessionnaires d'autoroutes

S'il y a bien un domaine où le peuple se fait allègrement plumer, ratiboiser, tondre, scalper, c'est bien les péages des autoroutes. Et tout se fait le plus légalement du monde car nos dirigeants politiques sont toujours de la fête quand l'autoroute veut nous plumer.

On pique 730 000 euros aux handicapés pour financer une consultation sur l'avenir des autoroutes

C'est la prouesse que la région Île-de-France, sous l'impulsion de sa présidente, Valérie Pécresse, et de son vice-président au transport, Stéphane Beaudet, a réalisée en catimini (du moins le croyaient-ils)[221] en ce début de mois juillet 2018, juste au moment du Mondial de foot, du Tour de France, de Wimbledon et des départs en vacances. Pas terrible comme décision politique courageuse au moment où la région affiche sa volonté de mettre en place un vaste plan pour promouvoir une région solidaire.

221. « La région Île-de-France utilise une partie du budget handicap pour financer une étude sur l'avenir des autoroutes », France Info, 8 juillet 2018.

Là où il y a de la gêne...

Donc, pour financer une consultation internationale sur le devenir des autoroutes, lancée par le Forum métropolitain du Grand Paris – ce qui, entre nous, rien que dans le titre me fait bien rigoler, quand on sait les bénéfices indécents engrangés par les concessionnaires et les contrats honteux qui nous lient avec eux jusqu'en 2036 –, Valérie Pécresse et Stéphane Beaudet se sont dit qu'ils n'avaient qu'à se servir discrètement sur le budget alloué à l'insertion et au mieux-être des handicapés de la région Île-de-France.

D'après un des responsables dudit budget, cet argent était un solde non utilisé du budget annuel de la région consacré aux handicapés : « 14 millions d'euros alors que les dépenses prévues cette année seront [de] 12 millions d'euros. Il n'y a donc pas de réduction de service, c'est de l'argent qui ne va pas être utilisé », a-t-il déclaré aux médias.

Petit clou (de girofle) dans leur choucroute

Je comprends bien que l'on essaye de sauver la face avec l'argument fallacieux du « c'est de l'argent non utilisé », ce qui sous-entend que tout est fait dans le monde du handicap à la région ? Qu'il n'y a plus rien à améliorer ? Je ne suis pas sûr que les handicapés de la région Île-de-France soient de cet avis surtout concernant les transports franciliens.

En plus, sérieusement, rien que le titre de l'étude prête à sourire. Tout le monde sait (ou presque) que le devenir, l'avenir des autoroutes ne peut être que radieux, il faut vraiment une étude à 730 000 euros pour le savoir ?

Pourtant les autoroutes aux bénéfices supergras sur le dos des usagers ne sont pas tendres avec les handicapés. Il y a quelque temps un concessionnaire d'autoroute avait même déposé plainte contre la présidente de l'Association des paralysés de France de Haute-Garonne[222], qui avait eu l'outrecuidance d'organiser un happening en fauteuil sur une aire de péage pour réclamer une ponction légère sur les énormes bénéfices des

222. « Autoroutes : la plainte de Vinci contre les handicapés fait polémique », ladepeche.fr, 10 avril 2015.

concessionnaires autoroutiers dans le but de financer l'accessibilité des handicapés qui laisse encore à désirer.

Les pompiers, policiers et secours payent leur péage sur l'autoroute

Pas touche aux bénéfices

C'est que les autoroutes sont chatouilleuses quand il s'agit de réduire leur marge bénéficiaire. Tout le monde paye sur l'autoroute, même la police et les pompiers[223].

Pourtant en 2012 déjà, un sénateur de Maine-et-Loire, Christophe Béchu, avait bien essayé de déposer une proposition de loi[224] de bon sens demandant simplement la gratuité pour les services de secours à la personne dans le cadre de leur intervention. Peine perdue, la proposition de loi n'avait pas dépassé le cadre de la conférence de presse.

Tu ne payes pas, uniquement si tu portes secours SUR l'autoroute

C'est à peu près la politique des concessionnaires autoroutiers qui décident que l'accès au secours est gratuit s'il s'agit d'un accident, ou autre problème, arrivé sur leur réseau et uniquement sur leur réseau. Dès que tu sors du réseau autoroutier pour secourir ailleurs, tu passes à la caisse. C'est ainsi que, de plus en plus au vu des restrictions budgétaires accrues, des chefs de véhicules de pompiers en intervention et à qui il appartient la décision de choisir d'emprunter ou non l'autoroute, ont préféré l'éviter pour des raisons purement pécuniaires. À cause d'une autoroute non empruntée en raison du péage, il a pu en découler un retard irréparable pour la survie d'une victime.

Fin 2017, un député, Éric Ciotti, dépose un amendement dans le cadre de la loi de finances 2018 qui imposerait « à tous les concessionnaires autoroutiers la gratuité pour l'ensemble des déplacements des

223. « Les pompiers devront-ils payer l'autoroute cet été ? », Sébastien Meurs, capital.fr, 26 juin 2018.

224. « Proposition de loi N° 761 enregistré à la présidence du Sénat le 13 septembre 2012.

véhicules de secours (police, gendarmerie, pompiers et SAMU) sur l'intégralité des autoroutes du territoire français ». L'amendement reçoit l'aval du gouvernement (difficile de dire non) et passe comme une lettre à la poste.

Un sous-amendement est déposé au cas où

Mais les concessionnaires d'autoroutes ne veulent pas lâcher prise si vite. Dans la foulée de l'amendement voté à l'unanimité, le gouvernement, via un de ses fidèles députés, Fabien Matras, député du Var et porte-parole du parti présidentiel, dépose et fait adopter un sous-amendement afin de limiter cette gratuité aux seules interventions – c'est-à-dire aux seules urgences.

On ne sait jamais, si par malheur les pompiers ou les policiers abusaient de l'autoroute pendant leurs congés avec le camion à grande échelle en plus, il vaut mieux être prudent chez les concessionnaires autoroutiers...

Les autoroutes réclament une « indemnisation »

En juin 2018, rien n'a encore bougé. Le député à l'origine de l'amendement N° 284 du projet de loi sent l'entourloupe, il en fait part à mots plus ou moins couverts au Premier ministre à qui il écrit pour lui demander si l'État prépare quelque chose[225]. Plusieurs personnes auraient eu vent de réunions interministérielles pour remettre en cause la gratuité des autoroutes pour les secours.

C'est le ministre des Transports qui monte au front et assure (la main sur le cœur...) qu'il s'agit d'un simple retard dû aux négociations avec les concessionnaires d'autoroutes qui veulent être indemnisés pour le manque à gagner que leur cause la gratuité des déplacements sur autoroutes des véhicules de secours et de police.

Les derniers chiffres connus font remonter la somme de 6,5 millions d'euros déboursée par la police à l'année quand elle emprunte les

225. « Les pompiers et les policiers paient toujours les péages d'autoroutes, malgré un amendement », France Info, 24 juin 2018.

autoroutes pour secourir les biens et les personnes. Et ce ne sont que les chiffres de la police.

Sachant que le passage à l'année sur autoroute de la police doit être une goutte d'eau infinitésimale par rapport au trafic du reste des véhicules, on n'ose même pas imaginer les bénéfices colossaux qu'engrangent les autoroutes en une année. La part des secours, utile à l'ensemble de la société ne doit rien peser dans les caisses déjà remplies d'or des autoroutes.

Je serais le gouvernement, je taperais sur la table et je demanderais gentiment aux concessionnaires de passer dans leur bilan annuel en pertes et profits le coût gratuit des services de secours sur l'asphalte des autoroutes.

Mais :

En juin 2018, le gouvernement négociait l'indemnisation du manque à gagner de Vinci et Cie depuis six mois déjà.

C'est à ce genre de détail qu'on se demande qui commande dans ce pays ?

Panneaux 80 km/h

Par contre, et c'est marrant, le décret d'application et la pose des panneaux indiquant la nouvelle limitation à 80 km/h ont été beaucoup plus rapides. Sans être mauvaise langue une fois de plus, je constate que l'application d'une loi est plus rapide quand c'est pour faire payer le peuple que pour réduire les bénéfices de Vinci et de ses petits camarades.

Mais nos amis les parlementaires européens ont trouvé encore mieux pour taxer la fin de la chaîne, celui qui utilise la voiture qu'on lui a vendue, NOUS !

En 2021, commencera la fête de la taxe tous azimuts sur autoroute

Le tarif des péages pourrait dépendre dès 2021 de la distance parcourue par votre véhicule mais aussi de son niveau de pollution, selon un projet étudié par les députés européens[226], qui prévoit d'instaurer une taxe dite « de congestion » (qui concernera les bouchons – voir le chapitre « Ailleurs aujourd'hui, chez nous sûrement demain »). Par « ruissellement » cela finira par atterrir aussi en France.

Une écotaxe déguisée déjà en expérimentation sur l'A63

Pour démarrer l'expérience, une section de 110 kilomètres de la nationale 10 a été transformée en 2013 en une autoroute payante (A63) dans les Landes. Les poids lourds qui l'empruntent pour rejoindre l'Espagne depuis la ville de Bordeaux doivent payer[227].

Ce système pollueur-payeur s'applique aux poids lourds. En accédant aux données techniques du véhicule (contenues dans le boîtier de télépéage du camion) et en les croisant avec un lecteur de plaque, la barrière d'autoroute applique un paiement différencié.

Plus le poids lourd est vieux, plus il paye. « Le montant du péage est en moyenne de 35 euros, mais cela peut monter à 41 euros pour les camions les plus polluants et descendre à 33 euros pour les moins polluants. »

Pour payer plus vite

Le système est déjà mis en place sur les camions équipés d'un boîtier de télépéage. On croise les données avec la plaque d'immatriculation et le tarif du péage augmente selon l'âge du camion.

On se demandait pourquoi Vinci insiste si lourdement pour que tout un chacun soit équipé de ces boîtiers.

Le télépéage, c'est tout bénef pour les concessionnaires d'autoroutes

Il faut savoir qu'un poste de receveur en trois-huit sept jours sur sept revient à 240 000 euros par an, charges et encadrement compris. Une borne espèces et cartes c'est 110 000 euros par an pour l'installation

226. « Sur autoroute, plus vous polluerez, plus vous paierez ! », Frédéric Mouchon, *Le Parisien*, 5 juin 2018.
227. « Péages : Bientôt une nouvelle taxe pour circuler sur les nationales ? », 20minutes.fr, 11/7/2017.

et l'entretien. Un équipement de télépéage, c'est 15 000 euros (cf. *Marianne*, N° 758).

Vite amorti avec les passages à la caisse.

Les camions contournent les péages

Pour ne pas payer une telle somme, les poids lourds commencent à contourner le tronçon d'autoroute A63 en empruntant les départementales à proximité, ce qui ne fait pas l'affaire des riverains (on les comprend) ni des concessionnaires de l'autoroute.

En 2015, après avis favorable du préfet des Landes et la signature par le président du conseil départemental des arrêtés correspondants, trois axes qu'empruntaient les camions pour éviter l'autoroute sont interdits aux poids lourds de plus de 7,5 tonnes.

Les politiques rabattent les camions sur l'autoroute ;

Les routes étant interdites, les camions sont obligés de reprendre l'autoroute pour traverser les Landes[228] et de repasser à la caisse. Le montant des taxes remonte.

Et voilà comment on fait pour qu'une taxe devienne « obligatoire ».

Bien entendu, rien n'a été fait pour favoriser le transport des poids lourds en train. En Suisse par exemple, c'est plus de 110 000 trains qui ont fait du ferroutage en 2016. Il est d'ailleurs quasiment interdit de traverser la Suisse en camion. C'eût été un bon moyen de rentabiliser la SNCF que l'on vient de brader sur l'autel de la soi-disant concurrence.

Cinq cents millions à casquer en plus sur les autoroutes pour les automobilistes

En 2015, Ségolène Royal, ministre de l'Écologie, et le ministre de l'Économie, un dénommé Emmanuel Macron, gèlent le tarif des autoroutes pour l'année 2015. Les sociétés d'autoroute attaquent

228. « Les poids lourds devront prendre l'autoroute pour traverser les Landes », *Sud Ouest*, 24 février 2015.

immédiatement en justice et, au vu du contrat initial signé du temps de Villepin Premier ministre, l'État est obligé de négocier et finit par signer un nouvel accord.

Un accord perdant/ perdant pour les usagers

L'accord signé est tellement mauvais et aux petits oignons pour les concessionnaires d'autoroutes que le ministre de l'Économie refuse de le communiquer publiquement.

Il faut la ténacité d'un Raymond Avrillier, un ancien élu de Grenoble, pour qu'au bout de deux ans de procédures aussi harassantes que décourageantes (c'est le but), le tribunal administratif ordonne au ministre de communiquer la copie de l'accord signé le 9 avril 2015 entre l'État et les concessionnaires d'autoroutes[229].

Le ministre refuse encore de fournir les documents

Malgré la décision du tribunal administratif, le ministre de l'Économie s'obstine et immédiatement avant de quitter son ministère, il se tourne vers le Conseil d'État pour ne pas fournir le document[230]. Personne ne comprend cette obstination à refuser un document public qui concerne quand même 53,3 millions de véhicules et d'usagers en 2017[231].

Plusieurs milliards de cadeaux aux autoroutes

C'est *Le Canard enchaîné* qui ouvre le bal en 2016 en découvrant que l'accord signé par l'État offre plusieurs milliards d'euros aux autoroutes. À savoir (liste non exhaustive) :

- une clause de stabilité fiscale (les autoroutes paieront moins d'impôts et c'est nous, par ricochet, qui paieront les intérêts des emprunts à venir) ;
- la répercussion sur les usagers de la taxe d'occupation domaniale, qui est une espèce de droit de passage sur leur territoire que demandent les régions, les départements ;

---

229. « L'accord secret entre l'État et les sociétés d'autoroutes », *L'Œil du 20 heures*, France 2, 11 septembre 2017.

230. « Raymond Avrillier : "C'est l'Administration qui est procédurière" », Jérémy Jeantet, lelanceur.fr, 7 décembre 2016.

231. Chiffres ASFA 2018, autoroute.fr

- une « compensation » des montants des travaux à venir[232] ;
- la continuité de l'augmentation des tarifs de péage supérieurs à l'inflation officielle ;
- un rallongement des dates de fin de concessions (et le supplément des bénéfices qui vont avec).

En gros et pour résumer simplement (pour faire simple, je sais, ILS n'aiment pas), grâce à l'accord signé le 9 avril 2015, les autoroutes peuvent faire des emprunts sans en payer les intérêts pour financer des travaux que nous « compensons », l'État leur consentant des réductions, d'impôts. Cerise sur le gâteau, un peu plus longtemps que prévu initialement avec l'allongement de la durée de leurs concessions. Elle n'est pas belle la vie d'un actionnaire des sociétés concessionnaires d'autoroutes ?

Et ce n'est pas fini

Suite au gel des tarifs en 2015 (gel soi-disant illégal), les autoroutes obtiennent dans la corbeille du marié, en sus de l'énoncé ci-dessus, une hausse carabinée du tarif des péages actée entre 2019 et 2023, dont le montant de 500 millions d'euros environ sera entièrement supporté par les automobilistes. Tant qu'à faire, pourquoi se gêner.

Avec les autoroutes, à tous les coups ils gagnent ! À tous les coups, on paye

Le 13 octobre 2016, un article de la cellule investigation de France Inter, signé Max Fayolle, démontre l'absurdité des contrats signés entre l'État et les concessionnaires. Selon **Jean-Charles Kohlhaas**, (élu écologiste, en 2016, de la région Auvergne-Rhône-Alpes), le projet d'autoroute A45 entre Saint-Etienne et Lyon est chiffré à l'époque à 1,3 milliard d'euros. Il y a dans les contrats une clause de déchéance à sens unique. Le concessionnaire peut se retirer à tout moment, et cela ne lui coûtera pas un kopeck.

---

232. « Entre l'État et les sociétés d'autoroutes, un accord secret à plusieurs milliards », *L'Obs*, 4 juillet 2017.

En gros et pour refaire simple (ILS n'aiment toujours pas), les investisseurs concessionnaires privés (Vinci, Eiffage, Sanef, et consorts) jouent à la roulette et doivent gagner même s'ils perdent, c'est dans le contrat. Dans tous les cas de figure, ils ne prennent aucun risque. *« Je mets mon argent sur la table (emprunt), si ça marche, il faut que cela me rapporte impérativement, et si ça ne marche pas, il faut que l'État me rembourse. »*

Avouez que cela vaut le coup d'investir dans les sociétés concessionnaires d'autoroutes.

Pour faire semblant de contrôler

L'État a chargé, à compter du 1er février 2016, une autorité de régulation, l'ARAFER (*Autorité de régulation des activités ferroviaires et routières)* de vérifier la transparence des sociétés d'autoroutes et de contrôler leurs marchés. Cet organisme « indépendant » a peu de moyen et s'occupe déjà du ferroviaire depuis 2009.

Des factures à venir qui paraissent surévaluées

Un des responsables d'ARAFER estime, dans un de ses rapports, que sur les 500 millions de l'accord signé par le ministre de l'Économie, plus de 90 millions sont des opérations qui figuraient déjà dans les accords initiaux. C'est sympa de savoir que l'automobiliste va passer deux fois à la caisse puisque finalement, c'est lui qui paye.

L'ARAFER prend aussi comme exemple les aires de covoiturage. La société d'autoroute Paris-Normandie qui gère l'A13 estime le coût de construction d'une place de covoiturage autour de 7 000 euros alors que le coût moyen découvert et répertorié par l'Autorité de régulation se situe autour de 2 500 euros la place. Elle note, également, que les travaux qu'elle trouve surfacturés sont souvent effectués par des entreprises croisées (BTP entre eux).

Montant du rab accordé par le ministre de l'Économie

Selon *Le Parisien*[233] qui suivait le dossier en 2014, les estimations de l'accord de 2015 se seraient situées à 3,2 milliards de travaux en

233. « Le pactole des autoroutes : 3,2 milliards de travaux ; 14,7 milliards de recettes », *Le Parisien*, 5 décembre 2014.

dépense pour les concessionnaires pour 14,7 milliards de recettes grâce aux quelques années de concessions en rab accordées par le ministre de l'Économie.

Dernier détail qui pourrait être marrant

La loi N° 55-435 du 18 avril 1955 portant statut des autoroutes a posé le principe de la gratuité des autoroutes, sauf exception. L'exception aujourd'hui est bel et bien devenue la règle.

Au fait le ministre de l'économie qui a géré et signé cet accord à sens quasiment unique (remarquez, normal pour des autoroutes) avec les concessionnaires d'autoroutes le 9 avril 2015 et qui refuse de fournir le document avec sa signature en bas s'appelle Emmanuel Macron.

On comprend mieux pourquoi il ne voulait pas que cela sorte avant le 7 mai 2017.

« À vouloir étouffer les révolutions pacifiques,
on rend inévitables les révolutions violentes »
John Fitzgerald Kennedy

Ces « libertés » qu'on nous octroie pour mieux nous emprisonner et nous piller

Il y a un non-sens flagrant qui s'installe dans nos sociétés modernes, un mot que tout le monde emploie quasiment chaque jour : la liberté. Liberté de choisir, liberté de vaquer, liberté d'expression, liberté de manger ce qu'on veut, etc. Mais petit à petit un étau se resserre autour de nous pour que nous consommions de la liberté mais uniquement dans la servilité et la soumission. Liberté, mais sous contrôle. Ceux qui ne sont pas dans le rang risquent de plus en plus gros.

Institut de sondage à la botte

Comment peut-on croire un seul instant que certains sondages sont impartiaux et ne sont là que pour éclairer et nous aider à prendre nos décisions ? Prenons l'exemple de l'institut de sondage CSA dont, en 2008, Vincent Bolloré a acheté 60 % du capital[234]. Comme il en détenait déjà 40 % depuis 2006, l'addition est simple et les intentions sont limpides.

234. Le groupe Bolloré acquiert la totalité de l'institut de sondage CSA », *L'Obs*, 15 juillet 2008.

Le gouvernement de l'époque laisse faire, ne dit rien, aucun journal ne se pose la vraie et seule question qui vaille : dans quel but ?

Il est évident pour tous que monsieur Bolloré rachète un institut de sondage uniquement par altruisme. J'aurais plutôt tendance à penser que cela peut servir à influencer l'opinion publique sans que celle-ci s'en rende compte. Une manière insidieuse de piller les cerveaux en leur fournissant la possibilité évidente de ne pas se poser de question puisque le sondage y a déjà répondu.

La diffamation, nouvelle arme pour l'obstruction de la liberté d'expression

En général, la mise en examen d'un individu n'intervient qu'à la suite d'un interrogatoire, de première comparution, mené par le juge d'instruction en charge du dossier [art. 80-1 du Code de procédure pénale]. Au cours de cet interrogatoire, le juge d'instruction fait le tour du dossier, des faits et des soupçons, relève des indices concordants ou de preuves matérielles pour lesquels la mise en examen de l'individu est envisagée et/ou prononcée.

Pour la diffamation, c'est plus simple et plus tordu tout à la fois

Il ne s'agit pas dans mon propos de remettre en cause le fait de pouvoir se défendre quand on s'estime diffamé(e), mais de constater qu'il est incongru et parfois disproportionné d'assister à la mise en examen automatique d'un individu en cas de diffamation.

D'autant plus qu'au cours de l'entretien ayant conduit à une mise en examen en matière de diffamation, le juge d'instruction n'a aucune possibilité immédiate pour qualifier de diffamatoires les propos sur lesquels repose la plainte, son travail consiste donc essentiellement à vérifier que des propos publics susceptibles d'être diffamatoires ont bien été tenus, qu'ils l'ont été par la personne accusée et qu'ils ne sont pas prescrits. Si ces conditions sont remplies, il rédige quasi automatiquement une OTRC (ordonnance de renvoi devant le tribunal correctionnel).

La mauvaise foi est présumée en matière de diffamation, donc la charge de la preuve incombe à la personne qui accuse. Il faut donc prouver ce que vous avancez.

Pas de contrôle du maire

En plus, et c'est aussi un des effets pervers de la loi sur la diffamation, c'est qu'un maire, par exemple n'a pas l'obligation de demander l'avis et le vote de son conseil municipal pour intenter un procès en diffamation à un de ses opposants un peu trop virulent[235]. Souvent pour couronner le tout, c'est aux frais de la princesse qu'il fait un procès puisqu'il se prévaut de la protection fonctionnelle et ne paie donc pas son ou ses avocats.

Il y a donc de plus en plus de procès en diffamation pour trois fois rien.

Traiter un élu de Chamallow, de Louis XIV et de coquine vaut procès

– En février 2018, un élu d'opposition de Saintry-sur-Seine, dans l'Essonne, relate sur son blog et dans le détail la mise en place d'un site Internet municipal qui n'a pas vu le jour mais qui a déjà été payé par la municipalité. Il traite à cette occasion la maire « de coquine »[236].

Ne pouvant prouver que la maire est une coquine, il est condamné. Il est relaxé sur l'affaire du site Internet.

– En mars 2015 un autre élu d'opposition dans la ville de La Salvetat-Saint-Gilles (Haute-Garonne) envoie un mail à une cinquantaine de personnes dans lequel il compare le maire à un Chamallow mou et gluant[237].

Trois ans après, il est relaxé, mais pour obtenir sa relaxe, il a fallu pas moins de dix interrogatoires de gendarmerie, donc dix rapports de gendarmerie, un juge d'instruction, un ou des greffiers, un procès en première instance et un autre en appel pour conclure.

---

235. Cour de cassation, Ch. crim., 1er décembre 2015, pourvoi N° 14-86516.

236. « Saintry-sur-Seine : condamnations et relaxes en diffamation pour l'opposant municipal », Sébastien Morelli, *Le Parisien*, 20 février 2018.

237. « Haute-Garonne : Maintenant on en est sûr, traiter son maire de "Chamallow", ce n'est pas grave », Hélène Ménal, 20minutes.fr, 12 mars 2018.

– En 2011 un ex-maire d'Herlies (Nord) traite le premier adjoint de Louis XIV. Par manque « d'offre de preuves » l'ex-élu est condamné[238].

Là aussi, il aura fallu plusieurs renvois avant que le procès se tienne.

De l'argent et du temps foutu en l'air

Perte de temps, perte d'agent public et surtout muselage de la liberté d'expression car les mis en examen payent, eux, de leur poche et perdent du temps dans tous ces procès inutiles.

Mais si ces procès sont désagréables et la plupart du temps injustes et inutiles, ils partent souvent de querelles de clocher et sont de la roupie de sansonnet par rapport à l'utilisation de la justice pour clore le bec à ce qui peut gêner un gros trafic ou une grosse magouille.

La liberté obstruée par les procès et procédures bâillons

Nouvelle méthode des « nantis » et « gros poissons » pour essayer de bâillonner la presse, les médias, les blogs, les réseaux sociaux, tous ceux qui pourraient dire quelque chose d'utile et d'intéressant sur les faits et gestes du monde économique et/ou politique des « nantis ».

J'emploie volontairement le mot nanti car c'est à coups de millions d'euros, avec des armées d'avocats très bien payés et spécialisés que ces gens-là essaient d'étouffer la simple liberté d'informer.

Un des spécialistes du procès-pour-faire-peur-et-faire-taire est Vincent Bolloré. Il doit avoir en cours une vingtaine de procès contre des « opposants », des journalistes pour la plupart, qui ont le tort de ne pas écrire ou parler comme il le veut lui et surtout l'impertinence de regarder d'un peu près le contenu de ses affaires.

238. Philippe Pascot, *Allez (presque tous) vous faire…*, *op. cit.*, p. 48.

Sept questions donnent 700 000 euros de demande de dommages et intérêts

C'est la mésaventure qui arrive à un journaliste en janvier 2017. Le groupe Vivendi (propriété de Vincent Bolloré) réclame 700 000 euros de dommages et intérêts, au civil, pour sept questions qu'a posées le journaliste Nicolas Vescovacci dans le cadre de la préparation d'un livre coécrit avec Jean-Pierre Canet[239]. Vivendi (donc Bolloré) voit ces questions comme une attaque, un dénigrement, voire une grave déstabilisation.

Sans répondre aux questions le groupe attaque à raison de 100 000 euros par question posée.

Détails du choix

Les auteurs, outre leur livre, sont également « coupables » d'une enquête sur le Crédit mutuel subitement déprogrammée par Canal + après le passage de la chaîne sous pavillon Bolloré. Ceci expliquant sans doute cela quand on connaît les liens entre Bolloré et le Crédit mutuel.

Résultat probable

Il est fort probable que monsieur Bolloré va perdre ce nouveau procès mais le message passe aussi auprès d'autres journalistes qui voudraient se frotter à l'empire Bolloré. Tout le monde comprend à travers ses procès qu'il a le temps et l'argent pour vous pourrir la vie durant quelques années.

Une première dans l'histoire des pressions sur la liberté d'expression le montant du préjudice estimé

Vincent Bolloré attaque aussi France 2 au tribunal de commerce de Paris et réclame 52 millions d'euros de dommages et intérêts pour « atteintes aux intérêts commerciaux » suite à la diffusion

239. Nicolas Vescovacci et Jean-Pierre Canet, *Vincent tout-puissant*, Paris, JC Lattès, janvier 2018.

dans Complément d'enquêtes d'un portrait peu flatteur de l'homme d'affaires.

Trois procès en trois mois

Élise Lucet, avec son émission *Cash Investigation*, confiait fin 2017[240] qu'elle avait régulièrement des plaintes en diffamation, la troisième en trois mois, disait-elle. Un pays lui avait même intenté un procès, l'Azerbaïdjan, pour l'avoir qualifié de *« dictature » dans une émission.* La plainte avait été jugée irrecevable.

Petite lueur d'espoir

Dernièrement, la Cour européenne des droits de l'homme a donné raison à un élu de la ville de Broc, dans les Alpes-Maritimes, alors qu'il avait traité son maire d'escroc. Michel Lacroix avait accusé le maire et sa première adjointe d'escroquerie à l'occasion de la passation d'un marché public, en conseil municipal puis dans un tract. Il est condamné en première instance et en appel sans pouvoir présenter les preuves de ses allégations. Il ne lâche pas le morceau et porte l'affaire devant la Cour européenne des droits de l'homme.

Celle-ci lui donne raison le 7 septembre 2017, condamne la France pour entrave à la liberté d'expression d'un élu et au versement de 11 670 euros au titre des dommages et intérêts[241].

Cette décision rendue sous le numéro 41519.12 retient que les propos litigieux *relevaient du cadre d'un débat d'intérêt général pour la collectivité, dans lequel le requérant avait le droit de communiquer des informations au public, qu'ils avaient été* prononcés dans une instance comparable à celle du Parlement et qu'ils constituaient des invectives que les élus s'autorisent lors de débats.

240. Élise Lucet a été mise en examen pour la troisième fois en trois mois », Laura Buys, *Voici*, 8 novembre 2017.

241. « Liberté d'expression : la Cour européenne des droits de l'homme donne raison à un élu du Broc », Catherine Lioult, FR3 Côte d'Azur.

Moralité

On a le droit maintenant de traiter son élu d'escroc à condition d'en avoir la compétence (et les preuves), si le propos relève de l'intérêt général, le tout dans l'enceinte du conseil municipal. Cela aura quand même pris sept ans.

La liberté jugulée directement par l'argent

Articles dans le journal Le Monde

Un portrait publié en octobre 2013, « Vincent Bolloré, un prédateur si bien élevé », et un autre « Le monopole de Bolloré sur le port d'Abidjian » en septembre 2014, déplaisent fortement à monsieur Bolloré. Ni une ni deux, il passe un petit coup de fil à l'agence Havas qui s'occupe de la publicité du journal *Le Monde*.

Père et fils même combat

Coup de chance, c'est son fils Yannick Bolloré, président d'Havas, qui répond au téléphone. *Le Canard enchaîné*, qui a eu accès à un document interne du *Monde*, évoque une perte sèche de 3,2 millions d'euros en 2014 et de 4 millions en 2015.

« Casse-toi riche con »

C'est dans *Libération* et c'est le titre de sa une, le 12 septembre 2012. Le message est adressé à Bernard Arnault et fait suite à sa demande de nationalité belge. Dans un premier temps, il porte plainte pour injures publiques. Puis, sans doute par crainte d'un risque du déballage public lors du procès, il retire sa plainte et s'arrange pour faire perdre plus de 700 000 euros au journal.

À l'étranger

La banque HSBC aurait pénalisé de nombreuses radios britanniques ayant abordé à l'antenne le scandale SwissLeaks dans laquelle elle est impliquée. C'est plusieurs millions d'euros que les radios britanniques perdent.

Coca-Cola n'est pas content d'une émission télé sur France 2 et retire sa pub

Dans le même ordre d'idées, un simple exemple de pression des trusts sur l'indépendance des médias.

En janvier 2013, un reportage est diffusé sur France 2. La réalisatrice, Olivia Mokiejewski, y raconte Coca-Cola autrement que lissé et policé[242]. Un reportage où témoignent librement des scientifiques, des anciens employés de la marque, le patron de Coca-Cola, qui répond toujours à côté des questions pourtant simples et précises. Le succès est au rendez-vous puisque près de 2 millions de personnes regardent l'émission.

Coca-Cola n'apprécie pas le reportage. La répression ne se fait pas attendre. La firme écrit au président de France Télévisions, Rémy Pflimlin, pour se plaindre, et retire ses publicités de toutes les chaînes du groupe.

Selon *Le Canard enchaîné*, ce sont plus de deux millions d'euros de manque à gagner pour France Télévisions.

L'État français regarde ailleurs et laisse faire cette répression sur la liberté d'expression.

La censure par l'intimidation

Attaquer les sources

En juin 2017, la ministre du Travail, Muriel Pénicaud, a annoncé avoir déposé plainte contre X pour vol, violation du secret professionnel et recel à la suite de la parution de documents sur la réforme du Code du travail alors en préparation.

Décembre 2017, la ministre de la Culture et de la Communication, Françoise Nyssen, a aussi annoncé sa volonté de porter plainte contre X après la publication sur le site du Monde de « pistes de travail » pour réformer l'audiovisuel public.

242. « Coca-Cola sucrerait sa pub sur France 2 », Désirée de Lamarzelle, marieclaire.fr, archives 2013.

Les deux plaintes des deux ministres sont retirées quelques jours plus tard pour ne pas se fâcher avec la presse, mais l'effet d'annonce médiatique a atteint son but. Le fait de porter plainte contre X vise à retrouver les sources et à s'acharner sur elles plutôt que d'attaquer les publications en diffamation[243].

En France, l'exercice du métier de journaliste est en effet encadré par un droit spécifique dont les infractions sont prévues par la loi sur la liberté de la presse du 29 juillet 1881, laquelle protège le secret des sources. Les motifs de plaintes, le plus souvent utilisés, sont la diffamation et l'injure.

En portant plainte contre X, les deux ministres ont simplement cherché à faire peur aux sources internes à venir et à tarir les investigations des journalistes.

Malgré le retrait des plaintes, des enquêtes internes ont été diligentées pour trouver les éventuels responsables des « fuites ».

La liberté détruite par les services secrets

Novembre 2017, deux enseignantes du lycée Jean-Macé à Rennes, dans le cadre d'une semaine de sensibilisation à l'économie sociale et solidaire, emmènent une soixantaine d'élèves déjeuner à la cantine de la Maison de la Grève. Tout est O.K., autorisation du proviseur et du rectorat compris. Tout se passe bien.

Inspection et convocation

Peu après, nos deux enseignantes subissent chacune une inspection surprise puis un entretien individuel et sont convoquées au rectorat. Elles y apprennent avec stupeur qu'elles ont fait l'objet d'un signalement des services de renseignements qui signalent dans leur rapport le possible « endoctrinement » des élèves auquel pourrait aboutir une telle sortie. Aux yeux de la DGSI, il pourrait s'agir de « former des bataillons de zadistes ».

243. « Quand les ministres de Macron contournent la liberté de la presse en s'attaquant à ses sources », crashdebug.fr, 16 novembre 2017.

Des explications politiques

Après une réunion chez le proviseur, un collègue syndicaliste accompagnant les enseignantes déclare publiquement : « Nous avons eu droit à un discours hallucinant du numéro trois de la préfecture. Il nous a sermonnés sur notre responsabilité à former la conscience politique de nos élèves, sur la sécurité des forces de l'ordre et du pays, sur la dangerosité des zadistes [...]. Il y a une reprise en main politique de la part de la préfecture, c'est évident[244]. »

L'ensemble des enseignants a bien compris qu'il valait mieux éviter de se rendre dans certains lieux comme la Maison de la Grève qui, apparemment, n'est pas dans les petits papiers du gouvernement.

Fin de l'histoire

Devant le pataquès provoqué, le rectorat trouva que la cantine de la Maison de la Grève n'était pas aux normes sanitaires pour recevoir des lycéens et les enseignantes auraient donc pu exposer leurs élèves à un risque d'intoxication alimentaire. Quand on est de mauvaise foi, on trouve les excuses qu'on peut !

Je pourrais multiplier par dix les exemples et montrer comment l'étouffement des libertés commence insidieusement à se répandre en France. Sait-on, par exemple, qu'une centaine de médecins du travail sont en procès avec des employeurs pour avoir défendu des salariés dont les conditions de travail n'étaient pas conformes ? Que le médecin du travail ne peut se défendre sauf à rompre le secret professionnel et que le Conseil d'État, sollicité à propos de cette anomalie, a donné raison aux employeurs.

Pour info

La Cour européenne des droits de l'homme épingle souvent la France qui fait partie des pays les moins respectueux de la

244. « Rennes : Deux enseignantes convoquées au rectorat pour avoir organisé une sortie scolaire à La Maison de la Grève », lundi.am, 8 février 2018.

Convention de sauvegarde des droits de l'homme et des libertés fondamentales. Et notamment en raison de la violation répétée de son article 10 protégeant la liberté d'expression. Indigne d'une démocratie.

« Il est incroyable de voir comme le peuple,
dès qu'il est assujetti, tombe soudain
dans un si profond oubli de sa liberté
qu'il lui est impossible de se réveiller
pour la reconquérir :
il sert si bien, et si volontiers, qu'on dirait à le voir
qu'il n'a pas seulement perdu sa liberté
mais gagné sa servitude. »
La Boétie, *Discours de la servitude volontaire*, 1576

Conclusion d'une non-conclusion

Je dois vous avouer que je suis très embêté, voire courroucé car je pourrais encore vous parler d'une dizaine de dossiers importants et inadmissibles pour les populations, par exemple la magouille des marchands de cigarettes qui trichent avec les tests de nocivité des cigarettes[245] en nous faisant croire depuis des dizaines d'années qu'elles sont moins dangereuses que la réalité du cancer qu'elles provoquent. Je pourrais, et j'ai la matière, vous démontrer la perversité des États qu'ils soient français, allemand ou japonais ; faire deux chapitres au moins sur ce qu'on a appelé les « Dieselgate », à savoir le truandage inadmissible et assassin (je pèse mes mots quand des études indépendantes estiment, en fourchette basse, à plus de 40 000 morts directement causés par ces tromperies criminelles) des émissions de pollution par les voitures diesel. Une modification des taux de pollution qui a été mise en place à l'aide de logiciels sciemment truqués et dissimulés dans les moteurs Volkswagen[246.]. Mais la marque allemande, si elle s'est fait prendre, n'était pas la seule à piller la santé

245. « Filtergate : l'industrie du tabac accusée de fausser les taux de goudron et nicotine », *Sciences et Avenir* avec AFP, 9 février 2018.
246. « La véritable histoire du scandale Volskwagen », lesechos.fr, 13 janvier 2017.

des humains et de l'environnement en minimisant outrageusement la pollution de ses véhicules. Il y a eu des tromperies et des truandages quasi identiques, aux conséquences tout aussi graves pour la santé, chez Peugeot, Citroën[247], Nissan, PSA[248], Renault[249], Suzuki, Mazda et Yamaha[250]. Une magouille à l'échelle mondiale qui n'avait d'autre but que de nous faire croire que l'on achetait un produit propre, presque sain. Nous manipuler pour mieux nous vendre leurs véhicules a été le seul credo de ces pilleurs des temps modernes.

L'union européenne protège les industriels véreux

Mais le pire dans cette escroquerie c'est que l'Union européenne au lieu de sévir véritablement auprès de ces malfrats a fait l'inverse pour mieux protéger ces industriels véreux. Dès que le scandale Volkswagen a été révélé sur la place publique, l'Union européenne avec le silence bienveillant de nos dirigeants, a pondu une décision scélérate pour empêcher l'incendie du scandale sanitaire de s'étendre aux autres marques de véhicules. L'Europe a mis en place un assouplissement des règles et normes antipollution pour les véhicules diesel. Elle a purement et simplement légalisé des écarts de pollution de 110 % dans un premier temps, (puis 50 % ensuite)[251] au-dessus des seuils légaux pour les véhicules diesel.

Xavier Jadot, député européen, a bien résumé cette loi européenne, honteuse et malhonnête, qui revient à proclamer que vous n'avez officiellement pas le droit de rouler à plus de 50 km/h mais qu'en cas de contrôle, on ne commencera, officiellement, à vous taper sur les doigts que si vous dépassez largement les 110 km/h. Pratique quand vous fraudez.

247. « Dieselgate : Peugeot et Citroën soupçonnés de tricherie », autonews-dz.com, 11 février 2017.

248. « Dielselgate : PSA à son tour soupçonné de fraude sur ses moteurs diesel », lexpress.fr avec AFP, 8 septembre 2017.

249. « Renault soupçonné d'avoir triché sur les tests antipollution », lexpansion.lexpress.fr, sans date.

250. « Suzuki, Mazda et Yamaha : leurs contrôles pollution falsifiés », lexpress.fr avec AFP, 9 août 2017.

251. « L'Europe assouplit les normes antipollution pour les véhicules diesel », *Science et Avenir*, 30 octobre 2015.

Dans le même ordre d'idées, pour témoigner du peu de considération des peuples par les dirigeants et « industriels » réunis, j'aurais pu vous faire goûter un long chapitre sur l'après 11 mars 2011. Ce jour funeste où un tsunami géant a déclenché l'accident nucléaire de Fukushima avec plus de 18 000 morts (fourchette basse) et 160 000 Japonais obligés de quitter leur habitation dans la précipitation.

Et des dirigeants politiques qui autorisent toujours, aujourd'hui, l'entreprise Tepco (l'exploitant de la centrale accidentée) à exploiter sept autres réacteurs sur la mer du Japon, (province de Niigata), alors que l'on sait que deux d'entre eux sont situés sur une faille sismique (active selon les critères de sûreté). Les cinq autres, de la même technologie que ceux de Fukushima, nécessiteraient, quant à eux, des travaux urgents et massifs de remise aux normes[252].

J'aurais pu vous parler des suites de cet accident nucléaire ou, un an après, selon une étude faite auprès de 38 000 enfants on a pu constater que 36 % d'enfants de la région de Fukushima présentaient des kystes ou des nodules anormaux se trouvant sur leurs thyroïdes[253]. Et des dirigeants et des industriels réunis japonais qui, deux ans à peine après la catastrophe, assouplissent et changent les taux des normes de radioactivité admissibles par un individu alors que la décontamination confiée à des sous-traitants mal payés laisse plus qu'à désirer. Que, comme à Tchernobyl, les conséquences sur la santé et l'environnement sont minimisées, évacuées, dénaturées, malgré les évidences, les chiffres et les faits vérifiés, recoupés, revérifiés par tout ce qui n'est pas gouvernemental ou industriel du nucléaire. Le gouvernement fait même adopter une loi pour faire taire les curieux.

Surtout, que le peuple ne sache rien

En décembre 2013, le parlement japonais ne doutant de rien et sous la pression des lobbys vote un projet de loi où chaque citoyen

252. « Fukushima, 2 ans après : pas de retour à la normale pour les Japonais », leplus.nouvelobs.com, 11 mars 2013.
253. « 36 % des enfants de Fukushima présentent des excroissances anormales », atlantico.fr, 17 juillet 2012.

ou fonctionnaire risquent jusqu'à 10 ans de prison s'ils divulguent des « secrets d'État spéciaux ». Petit rajout dans la loi : c'est 5 ans pour les journalistes qui voudraient seulement essayer de trouver des informations classifiées. Un bon moyen de couper court à toute information gênante sur Fukushima auprès de la population japonaise[254].

Il était temps de remettre le couvercle sur la cocotte, en 2012 un éminent physicien nucléaire ayant prélevé au hasard dans les rues de Tokyo, cinq échantillons du sol, a analysé et trouvé des niveaux de contamination atteignant 7 000 Bq/kg (dans un jardin d'enfants). Par comparaison, aux États-Unis et ailleurs, un prélèvement de cette nature serait immédiatement considéré comme un déchet nucléaire[255].

Très dangereux hier, mais plus aujourd'hui

Toujours pour la compréhension de tous, cela veut dire que les gouvernants japonais ont décidé deux ans à peine après la catastrophe, qu'à partir de mardi on pouvait retourner vivre à l'orée de la centrale nucléaire alors que la veille, le lundi, il était plus que dangereux de s'en approcher. Un tour de passe-passe dans l'analyse et l'interprétation des taux pour minimiser les effets dévastateurs de l'accident et, surtout, pour ne pas remettre en cause la poursuite lucrative du nucléaire au Japon.

Petite précision : les dirigeants et les responsables haut placés de l'industrie nucléaire n'habitent pas, bien entendu, dans la proche région de l'accident. Faut pas non trop leur en demander !

Il faut que j'arrête, ce livre ne peut en contenir davantage

Ce genre d'histoires vraies, de faits démontrés, basés sur le mensonge généralisé, organisé par quelques-uns et couverts par les autorités et les élus, je pourrais vous en citer malheureusement des centaines. Par exemple, comment rendre des gens malades alors qu'ils sont en bonne santé en changeant tout simplement le seuil du taux de cholestérol,

254. « Japan whistleblowers face crackdown under proposed state secrets law », *The Guardian*, 5 décembre 2013.

255. « Gunderson : Tokyo soil so hot it should be sent to nuclear waste dump – Really severe releases hit city », enenews.com, 8 novembre 2012.

mais c'est encore 400 pages qu'il nous faudrait pour mettre un peu plus de transparence dans ce remugle d'intérêts individuels au détriment du bien-être de tous.

De ces pillages de nos, vies, de notre crédulité, de notre environnement, de notre santé, je m'aperçois avec colère que dans tous les pays dits « civilisés » une dictature insidieuse se développe un peu plus chaque jour. La démocratie sert de paravent à l'implantation implacable de castes qui s'enracinent chaque jour un peu plus dans le droit divin du « ceussent qui détiennent la (leur) vérité et nous la dictent ».

On pourrait lutter, gagner, mais une espèce de léthargie s'installe dans les populations où chacun pense que la démocratie est immuable, acquise. On est sûr que l'on aura le temps de se rebeller quand « ils » abuseront trop. Chacun défend son pré carré en premier lieu, essayant tant bien que mal de protéger son premier cercle, sa famille, dans une politique induite et favorisée par nos gouvernants eux-mêmes : celle du chacun pour soi.

On râle, mais on laisse faire

Le constat est flagrant et légèrement désespérant ; plus on tape sur la tête du peuple français, plus il râle, tempête, vitupère tout en laissant faire.

On sait tous, au fond de nous-mêmes, que nos politiciens (pas tous, mais ils sont de plus en plus nombreux) glissent gentiment mais sûrement vers une corruption passive et une soumission accrue aux sirènes de l'économique. La gestion politique de la cité par nos élus devient un tableau Excel où seuls les chiffres dits « de rentabilité » comptent. On organise, on planifie l'inefficacité des services publics comme la Poste (suppression de personnels, recours à des sous-traitants), la SNCF (non-entretien des réseaux, non-renouvellement du matériel) ou les hôpitaux (regroupement forcé des unités, régionalisation des lieux pour supprimer la proximité, rationalisation à outrance des soins, fermeture des lits non « rentables ») pour que le peuple lui-même, excédé, réclame une privatisation rapide. Privatisation qui entraînera OBLIGATOIREMENT une augmentation du prix des services ou des prestations. Viendra alors le temps de ceux qui pourront payer et/ou s'endetter et de ceux qui n'auront que leurs yeux pour pleurer.

On sait tous, dans nos sociétés modernes que ce que l'on mange ou ce que l'on boit devient de plus en plus immangeable et imbuvable. Nous avons encore accès a l'information, à la possibilité de savoir, de comprendre, et, de moins en moins, nous nous en servons. Nous continuons au contraire à nous jeter lors d'une promotion « publicitaire » sur une pâte à tartiner aux composants douteux, ou, à se précipiter à la pompe à essence puis sur une motte de beurre à la moindre fausse rumeur de pénurie.

Et pour couronner le tout, alors que la démocratie et le libre arbitre s'étiolent dans les faits de la vie quotidienne, le seul moment où on pourrait encore dire stop, ou du moins marquer réellement notre désapprobation à cette gangrène et à cette dictature sociétale qui s'installe, c'est le moment de l'élection. Et pourtant :

Des victoires électorales à moins d'un électeur sur dix !

Élection législative partielle du Val-d'Oise en février 2018, le candidat vainqueur a gagné son maroquin de député de la nation avec moins d'un électeur sur dix.

Plus près encore, en juillet 2018, lors de l'élection départementale de Corbeil-Essonnes pour remplacer le siège de feu Serge Dassault. Au premier tour de l'élection : moins de 11 % de votants pour six candidats soit 0,6 électeur sur 10 pour le total des deux candidats sélectionnés pour le deuxième tour.

Au deuxième tour, la victoire est obtenue par 2 033 voix sur 32 519 électeurs inscrits soit, là aussi, avec un peu plus de 0,5 électeur sur dix.

Bientôt il ne sera plus nécessaire de faire une campagne électorale, un dîner entre amis devrait suffire à se faire élire.

Ces élus, que l'on met nous-mêmes en place sont légalement élus, mais illégitimes, ils ne nous représentent plus.

« Bonnet blanc et blanc bonnet ! » oui, mais

« Pourquoi aller voter pour la peste ou le choléra… Ils sont tous pareils… Il n'y en a pas un pour remplacer l'autre… C'est bonnet blanc et blanc bonnet ». Aujourd'hui, il y a souvent entre 60 % et 80 % voire 90 % des inscrits qui vont à la pêche selon une expression populaire, et la tendance ne se dirige vers une amélioration. Les intégristes de l'abstention prêchent donc dans le vide en pensant que ne pas voter fera exploser le système. La preuve en est faite, au vu des résultats ci-dessus, que s'abstenir facilite au contraire la venue d'aigrefins ou de nuls. Ne pas aller voter renforce donc l'illusion de la légitimité des candidats.

La meilleure des abstentions aujourd'hui, c'est le vote blanc (ou nul)

Nous sommes dans un monde de plus en plus médiatique, qui succombe souvent à l'émotionnel. Une des règles du judo, c'est de se servir de la force de l'adversaire. Nous pouvons chacun et tous à la fois inverser la représentativité d'un élu dont nous ne voulons pas en nous servant du système et non en le rejetant. Il suffit que dans l'urne il y ait en nombre plus de bulletins blanc ou nuls que ceux en faveur des deux candidats (peste ou choléra souvent) que l'on nous impose maintenant quasi systématiquement au deuxième tour des élections.

Exemple : un électeur pour le candidat, sept ou huit électeurs (on peut rêver) qui votent blanc ou nul. Un joli graphisme en perspective pour les journaux télévisés. Alors oui, ce candidat sera élu légalement mais non, il ne pourra plus jamais dire qu'il nous représente et qu'il est légitime. Pour les médias, qui raffolent de ce genre d'informations, il y a une forte chance pour que cela fasse plusieurs unes de journaux et que par voie de conséquence la loi commence à changer et qu'enfin les bulletins blancs ou nuls soient pris en compte.

Le pouvoir est encore entre nos mains

Nous ne sommes pas obligés d'allumer la télévision pour absorber un programme débilitant. Nous ne sommes pas obligés de consommer des produits dont nous savons qu'ils sont néfastes pour la santé. Nous ne sommes pas obligés de légitimer des représentants politiques en leur en laissant l'illusion par notre absence « abstentionniste », notre mise « hors vote » volontaire lors de l'élection.

Nous sommes encore (pour l'instant) dans une société où nous pouvons parler, contester, demander des comptes, s'informer ou publier des livres comme celui-ci, qui n'a d'autres buts que d'essayer d'obtenir un peu plus de transparence dans un monde que quelques-uns veulent rendre opaque pour (soi-disant) mieux nous guider alors qu'en réalité ils nous emmènent en haut de la falaise en nous laissant croire que l'air est plus frais, que la vie y est plus agréable et que le paysage y est mirifique. Comme les moutons de Panurge, nous suivons ces « premiers de cordée » sans regarder où nous allons et voir qu'en haut de la falaise, il y a le vide. Les premiers de cordée se détachent toujours du troupeau, il faut bien qu'ils supervisent la chute des moutons.

Arrêtons d'être des moutons que l'on tond un peu plus à chaque fois et que l'on jette sans vergogne en haut de la falaise quand la laine repousse moins vite.

N'oublions jamais que nous sommes le nombre, la masse et que nous pouvons chacun d'entre nous reprendre le fil (de la laine) de nos vies, ne plus nous laisser piller par une minorité de nantis qui pensent et vivent dans leur univers protégé et sans contrainte, engoncés dans un pouvoir pour eux « naturel » qui régit et guide leur vie de profit.

N'oublions jamais que les élus sont nos employés et que l'argent qu'ils manipulent et dépensent parfois sans compter, c'est le nôtre.

N'oublions jamais que ce qui fait un riche, ce sont les pauvres qui achètent et qui consomment.

N'oublions jamais que nous pouvons encore dire non concrètement, sans violence et avec efficacité, juste avec un bulletin de vote ou à cause d'un produit que l'on n'achète plus.

La démocratie s'use quand on ne s'en sert pas.
Sans contre-pouvoir la dictature s'installe.
Le pouvoir, c'est nous !
Servons-nous-en.

« Le mensonge et la crédulité s'accouplent
et engendrent l'opinion. »
Paul Valéry

Des élus les doigts (la main, le bras pour certains) dans la confiture, il y en a encore

J'en suis désolé, mais malgré les serments de moralisation prêtés par nos dirigeants politiques, je trouve toujours autant d'élus qui franchissent la ligne jaune. Rien ne semble avoir changé dans le fait que je retrouve toujours autant de délits de détournement d'argent, de fraudes fiscales que par le passé. Les grandes déclarations télévisées qui nous parlent de « vertu politique » ne se transcrivent vraiment pas dans la réalité du quotidien. Ce que je trouve encore plus grave aujourd'hui, c'est que les élus qui trichent, mentent, volent, le font maintenant la tête haute et s'accrochent à leur mandat comme les poux aux cheveux. Je remarque aussi que plus le délit de l'élu est important, moins il se sent coupable. Je ne vois ou lis quasiment jamais d'excuses ou de remords, même devant l'évidence du forfait. Souvent, c'est le petit élu, qui, ayant fait une faute de gestion communale, formule le plus de regrets. C'est souvent ce petit élu qui se voit infliger aussi, proportionnellement, la plus grande sanction par le tribunal, n'ayant pas les moyens, lui, d'embaucher l'avocat tip-top.

L'inéligibilité commence à être appliquée mais au compte-gouttes. J'ai découvert aussi avec effarement que l'inéligibilité peut être prononcée pour un type de mandat et permet ainsi de rester éligible sur un autre mandat. Il y a aussi les inéligibilités qui ne sont pas appliquées, la lettre du préfet n'arrivant jamais à son destinataire. Je ne parlerai pas des peines qui parfois sont à la limite du ridicule par rapport aux faits reprochés. Quant aux amendes, on se demande parfois si l'élu ne pourra pas la payer avec les seuls intérêts du montant du détournement.

Bref, malheureusement, aujourd'hui on peut encore croire que cela change mais il faut vraiment le vouloir pour le croire.

Lénaïck Adam (Guyane – 973) – **toujours élu**
Député.
Il aurait harcelé une assistante.

Décembre 2017 : une enquête préliminaire est ouverte par le parquet pour une suspicion de harcèlement moral sur l'une de ses collaboratrices.

Résumé

C'est une collaboratrice du député qui a déposé une main courante contre son employeur fin 2017, et la justice a jugé qu'une enquête préliminaire était nécessaire. À l'heure où j'écris ces lignes, je n'ai pas plus d'information sur l'avancée de l'enquête.

Petit à-côté marrant

Le 8 décembre 2017, l'élection de Lenaïck Adam est annulée par le Conseil constitutionnel. Il se représente avec la maire de Saint-Élie pour suppléante, elle-même « momentanément » mise en examen pour détournement de fonds publics (voir la fiche V. Jacaria *supra*). Il est élu lors de cette élection partielle de mars 2018.

Réserve parlementaire

Il est le seul député de la majorité présidentielle à avoir voté contre la suppression de la réserve parlementaire.

Louange du Premier ministre

Édouard Philippe le cite et salue son parcours dans son discours de politique générale en juin 2017. Mais c'était juste avant les déboires successifs du député.

Source

« Enquête préliminaire pour harcèlement moral contre Lénaïck Adam », la1ere.francetvinfo.fr, 13 décembre 2017.

Francis ADOLPHE (Vaucluse – 84) – **démissionnaire**
Maire de Carpentras.

2014 : il est gardé à vue pour violence conjugale. L'élu nie les faits.
Mars 2016 : il est condamné à 2 mois de prison avec sursis et 1 500 euros d'amende pour violence sur son ex-compagne.
Juin 2017 : il est condamné à 8 mois de prison avec sursis et à 5 ans de privation des droits civiques et familiaux. Il se pourvoit en cassation.
Mai 2018 : rejet de son pourvoi en cassation et dépôt de deux recours, une requête auprès de la Cour européenne des droits de l'homme et une demande de relèvement de peine.
Juin 2018 : le maire démissionne.

Résumé

Le jugement parle et reparle de violences aggravées. Y'a pas photo !

C'est amusant de voir une fois de plus comment un élu s'accroche à ses mandats comme une bernique à son rocher.

Sources

– « Le maire de Carpentras en garde à vue pour violence conjugale », 20minutes.fr, 4 septembre 2014.

– « Un maire condamné pour violence conjugale », le figaro.fr avec AFP, 16 mars 2016.

– « Carpentras : le maire condamné pour violences sur son ex-compagne », France 3 Côte d'Azur, 28 juin 2017.

– « Carpentras : condamné pour violences, le maire Francis Adolphe ne veut pas démissionner », La Provence, 20 mai 2018.

Ramlati Ali (Mayotte – 976) – **toujours élue**
Députée de Mayotte.
L'élue aurait aidé à faire des procurations litigieuses.

Février 2018 : elle est mise en examen pour complicité de fraude électorale.

Résumé

Lors des élections législatives dernières, le peu d'écart de voix entre les candidats et des recours déposés avaient entraîné l'annulation du scrutin en janvier 2018. Ramlati Ali a été réélue députée de Mayotte lors des élections partielles suivantes.

Sources

– « Mayotte : la candidate soutenue par LREM, Ramlati Ali, réélue députée lors d'une législative partielle », lemonde.fr avec AFP, 25 mars 2018.

– « Une ex-députée LREM mise en examen pour complicité de fraude électorale », lexpress.fr avec AFP, 14 février 2018.

Romain Bail (Calvados – 14) – **toujours élu**
Maire de Ouistreham.
Il se serait envoyé un faux mail d'une organisation anglaise.

Avril 2018 : condamné à un an avec sursis et 5 000 euros d'amende pour faux et usage de faux. Il fait appel.

Résumé

Le maire de la ville veut son centre d'interprétation des relations franco-britanniques. Le projet coûte un peu cher pour la petite commune de Ouistreham. Mais, miracle, lors d'un conseil municipal, le maire produit un e-mail envoyé par le Normandy Memorial Trust qui promet un don de 2,8 millions d'euros pour aider au financement du centre.

Le mail s'avère être un faux

Le pot aux roses est découvert quelques jours après quand le NMT anglais dément être l'auteur du mail. L'enquête démontre que le mail a été rédigé du domicile du maire et finalisé sur un ordinateur de la mairie en fin de journée.

Petite circonstance gênante pour le maire ; il déclare l'ordinateur de son domicile vendu mais on le retrouve dans la chambre du couple lors d'une perquisition.

L'après appel

Romain Bail n'en démord pas. On a piraté son ordinateur et sa boîte mail pour lui faire porter le chapeau. Une cabale pour le déstabiliser et le faire tomber. Dans l'attente, le tribunal administratif de Caen a suspendu le projet de musée à Ouistreham sur signalement du préfet qui trouvait que plusieurs irrégularités affectant la composition et le fonctionnement du jury de concours constituaient des moyens propres à créer un doute sérieux sur la légalité du marché.

Sources

– « Calvados : le maire de Ouistreham condamné à un an avec sursis », RTL, 12 avril 2018.

– « Ouistreham. Romain Bail : “On veut interrompre mon mandat avant son terme” », actu.fr, 28 avril 2018.

– « Le tribunal administratif de Caen suspend le projet de musée à Ouistreham », actu.fr, 11 avril 2018.

Jean-Pierre Bansard – Inéligible

Sénateur des Français à l'étranger.

Tout était presque *open bar* pour ses électeurs.

27 juillet 2018 : rejet des comptes de campagne, annulation de l'élection et inéligibilité jusqu'à un an.

Résumé

Alors que chaque candidat n'a droit qu'à 27 000 euros de dépenses électorales (plus 50 000 euros de frais de voyages), il semblerait que

Jean-Pierre Bansard ait fait exploser les compteurs pour obtenir ses 132 électeurs qui lui ont permis d'obtenir deux sièges de sénateurs pour sa liste en septembre 2017. Procurations en masse, voyages payés, restaurants à gogo. Il semblerait que Jean-Pierre Bansard n'ait pas lésiné pour gagner cette élection à laquelle il se présentait pour la troisième fois. Les témoins affirment même avoir vu, le jour de l'élection, un gros van noir 12 places transporter les électeurs jusqu'au bureau de vote. Il faut dire qu'il fait partie des 200 plus grosses fortunes de France.

C'est un candidat malheureux qui a porté l'affaire devant le Conseil constitutionnel, en déposant un recours en annulation. Le Conseil a tranché en estimant que le candidat avait dissimulé une partie importante de ses dépenses de campagne.

Détail d'élection

J'y consacre un chapitre entier dans mon dernier livre, *Allez (presque tous) vous faire…* (voir p. 181-195). J'y explique, par le menu, l'arnaque électorale des « sénateurs de l'étranger » et celles des délégués consulaires qui n'ont qu'une seule fonction : voter pour les sénatoriales. Pas étonnant que leur vote vaille cher !

Source

« Cadeaux et dépenses cachées : l'élection du sénateur Bansard annulée », Mediapart, 27 juillet 2018.

Nicolas Bay (Normandie) **– toujours élu**
Conseiller régional.
Il aurait employé de faux assistants.

Juin 2018 : il est mis en examen pour abus de confiance.

Résumé

Plusieurs élus de son parti sont soupçonnés d'avoir détourné de l'argent du Parlement européen par le biais d'emplois fictifs d'assistants parlementaires.

Source

« L'élu de Normandie Nicolas Bay mis en examen pour les présumés emplois fictifs du FN », actu.fr, 9 juillet 2018.

Gérard Berger (Haute-Savoie – 74) – toujours élu

Maire de Morzine-Avoriaz.

Le maire a fait des erreurs dans la gestion des appels d'offres communaux.

Mai 2018 : mis en examen

Résumé

C'est la chambre régionale des comptes Auvergne-Rhône-Alpes qui a dénoncé des irrégularités dans la gestion communale concernant les appels d'offres et l'attribution des marchés publics. Une gestion pour le moins opaque, peut-être même un peu clientéliste pour la chambre mais surtout limite dans leur rédaction et leur légalité. C'est ainsi qu'une cinquantaine de marchés sur 262 sont caducs et que quatre entreprises ont obtenu plus du tiers des marchés. Détail relevé : plus du tiers des attributaires, et plus encore sur certains marchés, sont géographiquement situés à Morzine même.

En tout, 25 millions d'euros de travaux ont été réalisés sans contrôle de légalité.

Le maire et la municipalité font remarquer qu'ils ont d'abord agi dans l'intérêt général.

Détails des mis en examen

Trois autres élus sont aussi mis en examen.

Sources

– « Morzine-Avoriaz: le maire et trois élus mis en examen », lemessager.fr, 13 mai 2018.

– « Morzine : petits marchés publics entre amis », *Le Faucigny. Chronique des pays de Savoie*, 7 janvier 2016.

– « Micmac à Morzine : Chroniques des dérives de la station haut-savoyarde », latribune.fr, 12 avril 2016.

Yannick Bethermat (Val-d'Oise – 95) – **toujours élu**
Ex-maire adjoint à Pontoise.
Il piochait dans la caisse des enfants handicapés.

Mars 2018 : il a été condamné à 1 an de prison avec sursis, à 5 ans d'interdiction d'exercer une fonction de trésorier. Il devra rembourser 120 000 euros à la partie civile et 3 000 euros au titre du préjudice moral.

Résumé

C'est dans la caisse du comité d'entreprise de l'association d'enfants handicapés de Jouy-le-Moutier (Anaïs) dont il est le trésorier que l'élu a détourné environ 150 000 euros entre 2011 et 2014. Le maire de Pontoise l'a démis de son poste d'adjoint mais il reste conseiller municipal.

Le summum de l'hypocrisie des juges et des politiques

Donc, si j'ai bien compris, notre élu, toujours élu, aura le droit de se représenter en 2020. Officiellement, Il n'a pas le droit d'avoir une fonction de trésorier pendant 5 ans mais celui de continuer à gérer l'argent de nos impôts.

Y'a pas comme un malaise là ?

Sources

– « Pontoise : l'adjoint au maire piochait dans la caisse de l'association des handicapés », leparisien.fr, 15 mai 2017.

– « Je suis Yannick Bethermat », anti-K.org, 7 mars 2018.

Loïc Bréhu (Eure-et-Loir – 28) – **démissionnaire**
Ex-conseiller municipal de Chartres, ex-vice-président de Chartres Métropole.
Il recevait de l'argent sur un compte bancaire… en Roumanie.

Décembre 2017 : il est reconnu coupable de corruption passive, faux, usage de faux, blanchiment d'argent. Relaxé du motif de recel. Il est condamné à 2 ans de prison avec sursis, 30 000 euros d'amende, avec interdiction d'exercer son activité professionnelle pendant cinq ans et d'exercer un mandat social pendant deux ans. Il fait appel.

Résumé

Un des fournisseurs habituels, La société Ferco était un fournisseur habituel depuis longtemps de la société Lorillard que dirige Loïc Brehu, et de sa marque Lorénove. Ferco fournissait depuis trente ans au fabricant de fenêtres Lorillard, des ferronneries et des serrures, pour un chiffre d'affaires avoisinant 2 millions d'euros par an. Mais Winkhaus, une société allemande, concurrente de Ferco, a fait des offres à Lorillard. Ferco a eu beau diminuer ses tarifs, elle a perdu une grande partie du marché au profit du concurrent allemand. La dure loi des affaires.

Une erreur de destinataire dans le mail

L'affaire aurait pu en rester là si un mail envoyé par erreur (grosse erreur) par Loïc Bréhu n'avait atterri dans la boîte mail du fournisseur évincé. Dans ce mail destiné à la société Winkhaus et envoyé par erreur à Ferco, Loïc Bréhu évoque notamment le versement de 40 000 euros par Winkhaus « hors contrat avec Lorillard » et demande « la plus grande discrétion sur ce point ». Pour que cet argent soit réellement versé, il fallait faire une facture. Loïc Bréhu en établit une, à en-tête d'une société roumaine, dont il est aussi le dirigeant. En revanche, le compte bancaire sur lequel doivent être virés ces 40 000 euros est un de ses comptes personnels. Un compte en Roumanie, qui d'ailleurs n'a pas été déclaré en France.

La société Ferco n'a pas aimé du tout et la justice non plus.

Loïc Bréhu reconnaîtra la fausse facture de 40 000 euros mais pas qu'il s'est enrichi. Il reconnaîtra aussi que ce compte en Roumanie n'était pas déclaré

Un élu qui prend ses responsabilités

Loïc Bréhu a démissionné de ses fonctions politiques malgré son appel qui lui confère le statut de présumé innocent.

Détail qui me chagrine

Loïc Bréhu est condamné en première instance à une interdiction d'exercer un mandat social. C'est vrai qu'il est aussi président d'un club de tennis de table, si la condamnation est confirmée en appel, ça devrait beaucoup lui manquer. Il pourra se consoler en redevenant élu car rien ne l'en empêchera.

Sources

– « Deux ans de prison avec sursis requis contre Loïc Bréhu, patron du groupe Lorillard à Chartres », lechorepublicain, 17 octobre 2017.

– « Décryptage de la peine prononcée contre Loïc Bréhu, l'ex-PDG de Lorillard », lechorepublicain.fr, 6 décembre 2017.

– « Loïc Bréhu, ancien patron de Lorillard et vice-président de Chartres Métropole, condamné pour corruption passive, lechorepublicain.fr, 4 décembre 2017.

– « À Chartres, Loïc Bréhu démissionne de ses mandats politiques », lechorepublicain.fr, 7 décembre 2017.

Jean-Claude César (Haute-Garonne – 31) – **toujours élu**
Maire de Marquefave.
Accusé d'agression sexuelle, il refuse de démissionner.

Mars 2018 : il est mis en examen pour agression sexuelle.

Résumé

Maire depuis vingt-trois ans, âgé de 79 ans. C'est une employée municipale qui l'accuse d'agression et de harcèlements sexuels. Mis en garde à vue puis mis en examen sous contrôle judiciaire.

Douze des 14 élus de la commune lui demandent de démissionner. Il adresse à ses conseillers une lettre de refus.

Sources

– « Mis en examen pour agression sexuelle, un maire refuse de démissionner », ouest-France.fr, 25 juin 2018.

– « J.-Cl. César, le maire mis en examen pour agression sexuelle : "Si on ne peut plus embrasser quelqu'un… " Propos recueillis par Xavier Hurteven, ladepeche.fr, 23 juin 2018.

Thomas Chadoeuf-Hoebeke (Rhône – 69) – **non réélu**
Ex-maire de Tarare.
La mairie aurait favorisé un entrepreneur.

Février 2015 : il est condamné à 6 mois de prison avec sursis et 3 000 euros d'amende, à verser à la commune de Tarare, partie civile dans l'affaire, 1 000 euros de dommages et intérêts. Il fait appel
Novembre 2017 : le tribunal confirme et condamne l'ex-élu en appel. Il se pourvoit en cassation.

Résumé

Il était accusé de délit de favoritisme dans la passation du marché public de végétalisation de la mairie. Il aurait préparé un cahier des charges sur mesure pour une entreprise (elle aussi condamnée). L'ex-maire n'en démord pas, il n'est pas responsable.

Détail de protection fonctionnelle

Le nouveau conseil municipal de Tarare a estimé qu'il n'avait pas à payer les frais d'avocat de l'ancien maire. Ce dernier fait un procès. Il obtient gain de cause. Son avocat sera pris en charge par la ville de Tarare.

Sources

– « L'ex-maire de Tarare veut "prouver son innocence", le-pays.fr, 31 août 2017.

– « La ville de Tarare refuse de payer les frais d'avocat de l'ancien maire, le tribunal doit trancher », leprogres.fr, 21 novembre 2017.

Jean Chatelard (Gard – 30)
Ancien maire de Mars.
Les travaux sont effectués par son gendre.

Septembre 2017 : il est condamné à 4 000 euros avec sursis, mais est dispensé de l'inscription de cette condamnation sur le bulletin n° 2 de son casier judiciaire.

Résumé

A oublié la procédure de marché public et a signé le marché avec son gendre pour les travaux de la mairie sans appel d'offres.

Source

« Gard : deux maires condamnés pour prise illégale d'intérêts », midilibre.fr, 18 novembre 2017.

Yvon Collin (Tarn-et-Garonne – 82) – **toujours élu**
Sénateur.
Il aurait promis un emploi contre monnaie sonnante et trébuchante.

Novembre 2017 : **il a été condamné à 2 ans de prison, dont 1 avec sursis**, à 50 000 euros d'amende et à 3 ans d'interdiction d'exercer une fonction publique.
Le tribunal a aussi ordonné la confiscation d'une somme de 40 000 euros. Il a fait appel.

Résumé

En 2010, lors des élections sénatoriales, Yvon Collin aurait reçu 40 000 euros contre la promesse d'un emploi. Une fois l'élection passée et gagnée, point d'emploi à l'horizon. L'ami floué et en colère écrit un peu partout pour se plaindre de ce qu'il pense être une escroquerie. Et c'est le vénérable de la loge maçonnique des deux compères qui transmet la missive à la justice, ce qui enclenche une enquête qui aboutira au procès d'Yvon Collin pour trafic d'influence passif. Ah, la fraternité !

Sources

– « Le sénateur Yvon Collin condamné à 1 an ferme pour trafic d'influence, Tahiti.infos.com, 3 novembre 2017.

– « Procès d'Yvon Collin : prison ferme et inéligibilité requise, ladepeche.fr, 21 septembre 2017.

Gilbert Cuzou (Seine-et-Marne – 77) – **toujours élu**

Conseiller régional d'Île-de-France.

Il aurait agressé sexuellement cinq femmes dont une qu'il aurait violée.

Janvier 2018 : il est placé en garde à vue et mis en examen pour viol, agression sexuelle, harcèlement sexuel.

Résumé

C'est d'abord deux plaintes qui sont déposées en fin d'année dernière. Puis trois autres femmes se décident dans la foulée à porter plainte elles aussi. Ce sont toutes des membres de l'équipe de campagne de Benoît Hamon. L'intéressé, lui, nie les faits avec véhémence.

Sources

– « Un conseiller régional d'Île-de-France en garde à vue pour viol », leparisien.fr avec AFP, 24 janvier 2018.

– « L'ex-PS Gilbert Cuzou mis en examen pour viol », liberation.fr, 26 janvier 2018.

Étienne Dedieu (Ariège – 09) – **toujours élu**

Maire de Saint-Lizier.

Le maire récupérait une partie de l'argent de la vente des bougies votives.

Novembre 2016 : il est condamné pour agression sexuelle à quatre mois de prison avec sursis, à 2 000 euros d'indemnités à verser aux parties civiles, avec inscription au fichier des délinquants sexuels identifiés.
Mars 2018 : a été condamné à 5 mois de prison avec sursis et 2 000 euros d'amende. Il devra également verser solidairement avec son épouse 8 000 euros de dommages et intérêts à l'association diocésaine de Pamiers, 800 euros pour préjudice moral et 1 000 euros au titre des frais de justice.

Résumé

C'est l'histoire d'un archiprêtre (décédé depuis) et du maire de la commune qui se sont partagés durant moult années les bénéfices, entre autres, de la vente des bougies votives de la cathédrale. Depuis, le prêtre a été condamné pour plus de 660 000 euros de détournement d'argent (ça en fait des bougies…). En ce qui concerne le maire, les gendarmes ont estimé sur (seulement) les trois dernières années, qu'il avait dû empocher environ 32 000 euros rien que sur les ventes des bougies.

L'affaire durait depuis quelques années, jusqu'à l'arrivée d'un nouveau prêtre dans la cathédrale qui, lui, a peu goûté à l'association financière de l'archiprêtre et du maire de Saint-Lizier.

Cinquante centimes, et la lumière fut

C'est aussi dans la cathédrale que le maire avait fait installer à ses frais un monnayeur. Les fidèles y versaient une obole de 50 centimes d'euros et avaient droit à trois minutes de lumière sur les statues et fresques de l'église. Bien entendu, l'argent récolté passait par les comptes de Mme Dedieu qui reversait à son époux le liquide correspondant. Le petit commerce des lumières durera de 2000 à 2014, date du vandalisme de l'appareil, ce qui mit fin à la « taxe des lumières ».

La main dans la culotte

C'est pendant et après le pot qui suit en général la cérémonie du 11-Novembre commémorant l'armistice de la guerre de 1914-1918 que le maire a eu, semble-t-il, des gestes plus que déplacés envers un homme de sa commune.

La victime, qui avait un peu forcé sur la boisson ce jour-là, expliquera au procès qu'en émergeant de ses libations à son domicile, il avait aussi trouvé la main du maire (qui avait dû lui aussi boire un peu trop ?) sur, ou dans sa braguette. Le maire, absent lors du procès en appel, a nié les faits. Apparemment, le tribunal a préféré la version « main au panier » puisque le maire a été condamné à exactement la même peine en première instance et en appel, et qu'il a, en sus, jugé plus prudent de demander l'inscription du maire au fichier des délinquants sexuels.

Une association communale et familiale

Il y avait aussi sur la commune une association, Les Amis du Marsan. Créée en 1971 par Étienne Dedieu, président, on y retrouvait son épouse, sa fille Laetitia, adjointe au maire et trésorière de l'association. L'association était subventionnée par la commune et aucune assemblée générale n'avait eu lieu depuis vingt ans. Une association familiale quoi !

Interrogation de sursis ?

Une barque quand même chargée pour un maire qui en est à son quatrième mandat et qui est comptable de formation. Difficile de plaider l'ignorance. Outre que l'inéligibilité n'a pas été prononcée dans aucun des deux procès, je m'aperçois qu'il n'y a pas eu non plus de révocation de sursis. Il y a des subtilités de jugement que j'ai du mal à comprendre. Je croyais qu'un sursis tombait quand il y avait un autre écart dans le respect de la loi ? Ah, mais oui, j'y suis ! J'oubliais, la révocation d'un sursis ne marche qu'en cas de récidive dans la commission de la même infraction. En justice, on ne mélange pas les culottes avec les bougies.

Sources

– « Saint-Lizier : condamné, le maire échappe à l'inéligibilité », gazette-ariégeoise.fr, 20 mars 2018.

– « Ariège : les affaires pas très catholiques du curé et du maire de Saint-Lizier », leparisien.fr, 19 octobre 2017.

– « Agression sexuelle : le maire de Saint-Lizier condamné en appel », ladepeche.fr, 9 novembre 2016.

Jean Denais (Haute-Savoie – 74) – **toujours élu**
Maire de Thonon-les-Bains.
Il aurait acheté « très facilement » un appartement T3.

2019 : procès en correctionnelle pour prise illégale d'intérêts.

Résumé

Les faits démarrent en 2014. Jean Denais et son épouse) achètent un appartement T3 en front du lac Léman. Le premier souci, l'immeuble « Domaine de Corzent », où se trouve l'appartement T3, dépend d'un hameau résidentiel dont la construction a été financée à hauteur de 33 % par une société d'économie mixte dont Jean Denais est le président du conseil de surveillance. D'après lefaucigny.fr, journal d'informations locales, il n'y aurait pas que ce petit détail. Par exemple, on pourrait souligner que l'appartement acheté par le maire avait été préalablement « réservé » par « l'économiste du bâtiment » en charge du dossier, un certain Alain Coone. Ce grand dévoué, devenu par la suite maire adjoint chargé de la voirie et des bâtiments communaux, était bien placé pour faire main basse sur les trois meilleurs emplacements, dont deux juste sous les combles, avant même qu'ils ne soient commercialisés, c'est-à-dire avant même qu'une grille des tarifs ne soit rendue publique. Ce n'est que plus tard que celui-ci a consenti à céder l'un des lots à Jean Denais. Ou plus précisément, expliquait le maire de Thonon, qui se voulait « parfaitement transparent dans cette histoire », à se désister en sa faveur. Par exemple encore, on pourrait ajouter que le maire a pu bénéficier aussi d'une augmentation de surface habitable entre le moment où l'appartement a été réservé par M. Coone et la date d'acquisition du maire, sans pour autant que le prix initial, celui de la réservation, n'ait été modifié. Un prix d'ami en quelque sorte pour un appartement avec une vue imprenable sur le lac, une terrasse de 30 m², dont le prix est inférieur aux appartements des étages inférieurs, acquis en grande partie par des assujettis à l'ISF. Un prix d'ami, vous dis-je. Bref, un tas de petits détails qui, mis bout à bout, pourraient valoir au maire de Thonon quelques ennuis à quelques mois des prochaines municipales. En plus, comme le souligne le blog, il n'y a même pas de mise en examen, on passe directement à la case procès.

Petite note d'espoir

Il paraîtrait que des manœuvres sont en cours pour que le maire de Thonon-les-Bains, Jean Denais, puisse avoir une petite place au Sénat après le départ prévu de Jean-Claude Carle… On n'est jamais trop prudent.

Sources

– « Le maire de Thonon, Jean Denais, renvoyé devant le tribunal correctionnel », ledauphiné.com, 19 juin 2018.

– [la rédaction], « Thonon-les-Bains : Jean Denais renvoyé en correctionnelle pour "prise illégale d'intérêts" », faucigny.fr, 25 juin 2018.

Patrick Doucède (Haute-Garonne – 31) – **toujours élu ??**
Ex-maire de Ponlat-Taillebourg.
Il revendait le matériel communal sur leboncoin.fr

Mars 2018 : il est condamné à 6 mois de prison avec sursis et à 3 ans d'inéligibilité ainsi qu'à la confiscation de sommes saisies.

Résumé

C'est sous le nom de « Doudou 31 » que le maire mettait des annonces sur le site Internet leboncoin pour revendre du matériel de la commune (un micro-tracteur). Les enquêteurs ont aussi trouvé 25 000 euros de matériel acquis par la municipalité, mais disparus géographiquement. Il semblerait que le maire déclarait que le matériel avait été volé, pour le revendre sur le site de petites annonces. C'est un habitant du village qui, en reconnaissant la photo du micro-tracteur volé à la ville, a été tout étonné de tomber sur le téléphone du maire en appelant le vendeur. Le procureur avait demandé dix ans d'inéligibilité à cause du passé du maire, un ancien policier.

Sources

– « Prison avec sursis et inéligibilité pour le maire qui vendait du matériel communal sur Le Bon Coin », ladépêche.fr, 29 mars 2018.

– « Le maire de Ponlat-Taillebourg au tribunal pour des malversations », centpourcent.com, 2 mars 2018.

– « Un maire soupçonné d'avoir revendu sur le Bon Coin un micro-tracteur appartenant à sa commune », new.sfr.fr, 28 novembre 2017.

Didier Dutheil (Lot-et-Garonne – 47)
Maire adjoint de Marmande.
L'élu ne payait plus le loyer de son appartement.

À la demande de la compagne de Didier Dutheil, mort le jour de son procès en appel, je donne la suite de cette affaire qui a tourné à l'avantage justifié de feu Didier Dutheil (sans y être obligé mais par sympathie pour sa veuve qui le défendait même après sa mort).

Décembre 2014 : il est condamné à régler ses loyers en retard et est expulsé du logement. Il doit aussi s'acquitter de 1 000 euros de dommages et intérêts.
3 mai 2015 : la cour d'appel d'Agen a, dans un arrêt rendu le 3 mai dernier, reconnu que M. Dutheil avait subi un trouble de jouissance de l'appartement qu'il louait et a condamné son propriétaire à lui verser des dommages et intérêts à ce titre d'un montant de 2 500 euros.

Résumé

C'est après deux renvois que la justice a rendu son jugement dans cette affaire ménagère ordinaire. Deux anciens amis sont en conflit. L'un loue un appartement à l'autre, maire adjoint à l'urbanisme de la ville de Marmande. Ce dernier estime que son ami, donc le bailleur, doit faire réparer la chaudière et effectuer quelques autres travaux qui justifient le non-paiement de son loyer.

L'affaire eût pu être courte et rapide. Elle est devenue longue et a fait la joie de plusieurs articles dans la presse, relatant à chaque fois les péripéties de la chaudière récalcitrante et les justifications de l'élu s'estimant dans son bon droit. Le juge est resté inflexible. Un loyer se doit d'être réglé.

Dernière minute

Didier Dutheil change d'avocat et fait appel.

Dernière ligne

Didier Dutheil fait un malaise le jour du procès en appel et meurt quelques jours après. La justice met le jugement en délibéré et donne raison à Didier Dutheil, le trouble de jouissance était avéré. L'élu avait raison sur le fond.

Sources

– « Lot-et-Garonne : un élu condamné par la justice pour des loyers impayés » sudouest.fr, 19 décembre 2014.

– « Marmande : Didier Dutheil fait appel de sa condamnation », sudouest.fr, 5 février 2015.

M'jid El Guerrab

(9e circonscription des Français de l'étranger) – **toujours élu**

Député.

Il agresse à coups de casque un ancien collègue.

Septembre 2017 : il est mis en examen pour « *violences volontaires avec arme ayant entraîné une incapacité totale de travail (ITT) supérieure à huit jours* ».

Résumé

Le député au cours d'une altercation avec un ancien collègue de son parti se sert de son casque de moto comme arme et envoie à l'hôpital son ex-collègue. Comme les faits ressortissent du flagrant délit, le député ne bénéficie pas de l'immunité parlementaire.

Sources

– « Agression à coups de casque : le député LREM El Guerrab mis en examen », marianne.net, 3 septembre 2017.

– « Agression : enquête ouverte contre le député LREM pour "violences aggravées", la victime en réanimation », marianne.net, 31 août 2017.

– « M'jid El Guerrab, un député entre blessures et coups », liberation.fr, 15 septembre 2017.

Machiré GASSAMA (Essonne – 91) – **toujours élu**
1er adjoint à la mairie de Saintry-sur-Seine.
Il aurait violemment frappé le directeur général des services de la ville de Corbeil-Essonnes.

Juillet 2018 : il est placé sous contrôle judiciaire avec interdiction de mettre les pieds à la mairie de Corbeil-Essonnes.
2015 : il est mis en examen pour complicité d'achat de votes et recel, complicité de financement illicite de campagne électorale, recel et blanchiment, et blanchiment de fraude fiscale dans le cadre des élections de 2009 et 2010 à Corbeil-Essonnes.

Résumé

Premier adjoint au maire de Saintry-sur-Seine, Machiré Gassama est également directeur du service de la Jeunesse et des sports à la mairie de Corbeil-Essonnes. Et ès qualités, il est mécontent de la coupe budgétaire de son secteur d'activité. Il se rend, le 2 mai 2018, avec de jeunes animateurs sportifs dans le bureau du directeur général des services de la ville de Corbeil-Essonnes, qu'il est soupçonné d'avoir violemment agressé.

Pression sur les témoins

Selon *Le Parisien*, le 1er adjoint de Saintry-sur-Seine après « l'altercation » aurait réuni ces animateurs sportifs pour les menacer de représailles si par malheur ceux-ci donnaient une version différente de la sienne.

Tentative d'assassinat

Quelque temps auparavant, Machiré Gassama avait essuyé plusieurs coups de feu. Il rentrait a son domicile en voiture quand deux tireurs de chaque côté de la route l'ont canardé. Cette tentative de meurtre serait peut-être en relation avec une sombre affaire d'achat de voix à la mairie de Corbeil. Les tireurs seraient des proches de Machiré Gassama.

Mis en examen

Machiré Gassama est mis en examen dans le cadre des achats de voix par Dassault à Corbeil-Essonnes. On le retrouve sur des écoutes téléphoniques prodiguant des conseils à un de ses amis qui venait de tirer à l'arme à feu sur un autre supposé participant à l'achat de voix.

Petit plus

Machiré Gassama est également visé par une information judiciaire pour « association de malfaiteurs », qui a été ouverte en 2014 à Évry.

Moralité d'évidence

Du rififi à Corbeil-Essonnes et du rififi à Saintry-sur-Seine. Il y a des choix d'élus ou de collaborateurs parfois…

Sources

– « Corbeil : les témoins sous pression, après l'agression du directeur des services », leparisien.fr, 4 mai 2018.

– « Saintry : le 1er adjoint dénonce “les plans diaboliques” de ses opposants », leparisien.fr, 21 novembre 2017.

– « Un membre du clan Dassault échappe à une tentative d'homicide », liberation.fr, 26 mai 2014.

Bruno Gollnisch (circonscription Est) – **toujours élu**
député européen.
Il aurait employé des assistants qui ne travaillaient que pour son parti.

Juillet 2018 : il est mis en examen pour abus de confiance.

Résumé

C'est une affaire qui touche tout le parti politique auquel appartient Bruno Gollnich. La justice soupçonne la mise en place d'un système frauduleux pour rémunérer ses permanents avec des deniers européens. Bruno Gollnisch conteste les faits.

Source

« Assistants parlementaires. Bruno Gollnisch mis en examen pour “abus de confiance” », ouest-france.fr, 6 juillet 2018.

Claude Guéant (Paris – 75)
Ex-ministre de l'Intérieur.
Les affaires libyennes le rattrapent comme celles du Kazakhstan.

Mai 2014 : une information judiciaire est ouverte pour détournement de fonds publics, complicité et recel ?
Mars 2015 : il est mis en examen pour faux et blanchiment.
Novembre 2015 : il est condamné à 2 ans de prison avec sursis et 5 ans d'interdiction de toute fonction publique.
Février 2016 : il est mis en examen pour favoritisme.
Février 2017 : il est condamné en appel à 2 ans d'emprisonnement dont un an ferme, confirmation de l'amende de 75 000 euros ainsi que de la peine complémentaire de 5 ans d'interdiction d'exercice de toute fonction publique.
Juin 2018 : il est mis en garde à vue.

Résumé

Cette fois-ci, sa garde à vue de juin 2018 s'explique en raison des soupçons sur le rôle d' « intermédiaire » qu'aurait joué Guéant en 2011, pour permettre à des hommes d'affaires proches du président du Kazakhstan d'éviter un procès. La suite sous peu sans doute.

Détail d'enquête en liquide

Guéant ? Un homme qui a manié beaucoup d'argent en liquide. Pourtant en neuf ans sur les comptes en banque de Claude Guéant, l'enquête démontrera qu'il n'a retiré en tout et pour tout que 800 euros en liquide, mais les enquêteurs découvrent un flux de 120 000 euros en liquide sur la même période. Ils relèvent également un montant de 160 000 euros en liquide remis à son fils en grosses coupures de 100 ou 200 euros, selon le témoignage de sa belle-fille. Petit plus dans l'enquête : Claude Guéant rétribuait au noir la femme de ménage de sa résidence secondaire. Pendant dix ans, il la paiera 200 euros par mois en espèces pour un montant total de 23 400 euros non déclarés. (Je n'ai pas vu de mise en examen à ce sujet…)

Sources

– « Claude Guéant, cas d'espèces », *Libération*, 20 mars 2018.

– « Claude Guéant a été placé en garde à vue dans une autre affaire, le “Kazakhgate” », Europe 1, 2 juin 2018.

Véronique Jacaria (Guyane – 973) – **toujours élue**

Maire de la commune de Saint-Élie.

La maire aurait, puis n'aurait plus détourné des fonds publics.

Septembre 2017 : elle est mise en examen, entre autres, pour détournement de fonds publics.
Février 2018 : Véronique Jacaria n'est plus mise en examen.

Résumé

Le procureur de la République de Cayenne, M. Éric Vaillant, a communiqué via l'AFP : « Mme Véronique Jacaria, maire de Saint-Élie,

M. Éric Jacaria, collaborateur de mairie [souvent présenté comme… directeur de cabinet] et M. Yves Primerose, directeur général des services et deux employés de la mairie ont été placés en garde à vue le 10 juillet 2017 dans le cadre d'une enquête commencée depuis octobre 2016 et menée par la section de recherches de la gendarmerie sous l'autorité du parquet. Mme Jacaria, MM. Jacaria et Primerose ont été déférés le 11 juillet 2017 devant le juge d'instruction saisi par le parquet des faits d'atteintes à l'égalité d'accès aux marchés publics (absence de marchés publics), détournement de fonds publics, faux et usages de faux en écritures privées (factures fictives) et publiques ou authentiques (délibérations irrégulières du conseil municipal et irrégularité des listes électorales) commis par des personnes dépositaires de l'autorité publique ou chargées d'une mission de service public dans l'exercice de leurs fonctions, atteintes à la sincérité d'un scrutin par manœuvres frauduleuses (électeurs faussement inscrits) et construction sans permis de construire, susceptibles d'avoir été commis à Saint-Élie et à Cayenne entre le 4 mars 2014 et le 5 juillet 2017. »

Quelques broutilles quoi !

Grossière erreur de mise en examen

Mais apparemment tout ceci n'est qu'une grossière erreur des enquêteurs et de la justice puisqu'en février 2018, la mise en examen est levée. On se demande quand même parfois…

Petit plus électoral

Mme Jacaria est la suppléante du député LREM Lénaïck Adam (voir sa fiche *infra)*, celui dont le Premier ministre Édouard Philippe a vanté l'avenir et les mérites publiquement dans son discours de politique générale.

La suppléante qui passe en procès, cela ne ferait pas terrible dans le décor.

Sources

– «Guyane: la suppléante du député En Marche Lénaïck Adam mise en examen », Guyane la1ere.frncetvinfo.fr, 13 juillet 2017.

– « La Guyane n'est plus une colonie. C'est une république bananière ! », le blog de @diogenedArc sur Mediapart, 13 juillet 2017.

– « Guyane : la suppléante d'un député LREM mise en examen », lefigaro.fr avec AFP, 12 juillet 2017.

Maryse Joissains (Bouches-du-Rhône – 13) – **toujours élue**
Ex-députée, maire d'Aix-en-Provence.
Son chauffeur avait été embauché et promu très rapidement.

Avril 2014 : elle est mise en examen pour prise illégale d'intérêts dans le cadre d'une affaire d'emplois présumés de complaisance.
Juillet 2018 : elle est condamnée à un an de prison avec sursis et dix ans d'inéligibilité pour détournement de fonds publics. Elle fait appel.

Résumé

La maire d'Aix-en-Provence avait embauché une collaboratrice chargée de la maltraitance animale à son cabinet de la Communauté d'agglomération du pays d'Aix, et son chauffeur personnel pour qui elle avait exigé une promotion éclair alors qu'il était en fin de liste sur le tableau par ordre du mérite. S'y rajoute la création de deux emplois pour les enfants du chauffeur.

On ne lâche rien du fief

Non seulement Maryse Joissains va essayer de « faire reconnaître son innocence » dit-elle pour pouvoir se représenter en 2020, sinon, ce n'est pas grave, sa fille lui succédera. Elle-même avait récupéré la mairie à la mort de son mari, maire lui aussi d'Aix en Provence.

Faudrait quand même pas que cela sorte de la famille.

Sources

– « La maire UMP d'Aix-en-Provence, Maryse Joissains, mise en examen », lemonde.fr, 9 avril 2014.

– « La maire d'Aix en Provence écope d'un an de prison avec sursis et dix ans d'inéligibilité pour favoritisme », AFP, 18 juillet 2018.

Bernard Jourdain (Deux-Sèvres – 79)
Ex-conseiller municipal de Niort.

Janvier 2018 : il est condamné pour prise illégale d'intérêts à 6 mois de prison avec sursis, confiscation des terrains à bâtir.

Résumé

Bernard Jourdain, quand il était élu, avait acheté une parcelle de terrain à 29 euros le mètre carré. Il voulait y créer un lotissement. Deux ans plus tard, il en revend un bout à 120 euros le mètre carré. Ce qui en soi n'est pas une infraction. Le souci, c'est qu'il participe à six délibérations en conseil municipal en rapport avec les faits reprochés, et ça, c'est une infraction. L'ex-élu ne savait pas.

Source

« L'ancien élu condamné pour prise illégale d'intérêts », lanouvellere-publique.fr, 11 janvier 2018.

Patrick Labaune (Drôme – 26) – **toujours élu**
Conseiller départemental.
Il aurait dépensé indûment l'argent de la collectivité.

Septembre 2018 : procès en correctionnelle pour détournement de fonds publics.

Résumé

Quand Patrick Labaune accède à la présidence du conseil départemental, il licencie les membres du cabinet précédent comme c'est l'usage. Un cabinet d'avocats le conseille. La chambre régionale des comptes estime que l'argent public a été indûment dépensé. Signalement, ce qui l'entraîne au tribunal en septembre 2018.

Démission du président

Le président Labaune, lors d'un entretien secret avec un candidat d'un parti ami, lui propose de s'allier pour éliminer le maire de Valence lors d'une prochaine élection. Le maire de Valence est de son propre parti. Malheureusement, la conversation a été enregistrée et, à l'écoute de ce qui s'est dit et devant la réprobation unanime de ses propres petits camarades du conseil départemental, Patrick Labaune est obligé de démissionner de la présidence en mai 2017. Il reste néanmoins simple conseiller.

Moralité

Quand tu dis des insanités, vaut mieux pas être enregistré.

Sources

– « Patrick Labaune démissionne de la présidence du conseil départemental de la Drôme », France Bleu Drôme Ardèche, 29 mai 2017.

– « Attaque de Patrick Labaune contre Nicolas Daragon : la polémique enfle », francebleu.fr, 23 mai 2017.

– « Valence : Patrick Labaune cité à comparaître en correctionnelle à Grenoble », france3-regions.francetvinfo.fr, 17 mai 2018.

Éric Lambert (Charente – 16) – **toujours élu**

Maire adjoint de Bellevigne, maire délégué de Malaville.

Il tire sur un chat et blesse un enfant.

Mars 2018 : il est mis en examen **pour blessures involontaires et mises en danger de la vie d'autrui**. Placé sous contrôle judiciaire.

Résumé

Le maire, chasseur chevronné, a voulu faire fuir un chat qui entrait dans son poulailler. La balle, en ricochant, est venue se loger dans la boîte crânienne d'un enfant qui attendait le bus. Il est mis en examen.

Sources

– « Charente : l'élu ayant blessé un ado par balle est mis en examen », sudouest.fr, 6 mars 2018.

– « Affaire de Malaville : l'ado blessé par le tir est rentré chez lui », **charentelibre.fr**, 12 mars 2018.

André Ledran (Calvados – 14)
Ex-maire de Ouistreham.
L'ex-maire aurait trouvé un emploi saisonnier à une jeune fille.

Juillet 2018 : il est jugé pour prise illégale d'intérêts.

Résumé

La justice reproche à l'ancien maire d'avoir embauché en 2012 pour un emploi saisonnier au camping municipal la nièce d'un adjoint. Elle aurait également bénéficié d'un logement appartenant à la mairie, à un prix très concurrentiel. L'ex-maire fait remarquer qu'il ne la connaissait même pas.

Source

« Ouistreham. Le procès de l'ancien maire, André Ledran, renvoyé », actu.fr, 17 mai 2018.

Mairie de Buironfosse (Aisne – 02)
Ex-premier adjoint.
Il puisait dans la caisse de l'association de la salle polyvalente.

Février 2018 : il a été condamné à une amende de 2 000 euros dont 1 000 euros avec sursis pour abus de confiance.

Résumé

En tant que premier adjoint, il était trésorier de l'association de la salle polyvalente. En 2016, on découvre un trou de 5 300 euros dans la caisse. Il est démissionné immédiatement du conseil municipal. Lors du procès, il affirme que ce n'était qu'un emprunt.

Détail

L'élu reste anonyme. Il m'a été impossible de retrouver son nom.

Source

« Un élu condamné pour abus de confiance », lunion.fr, 3 février 2018.

Jean-Pierre Mangiapan (Alpes-Maritimes – 06)
Conseiller municipal de Villefranche-sur-Mer.
Pour la huitième fois, il est mis en examen pour diffamation.

Juin 2018 : il est mis en examen pour diffamation.

Résumé

C'est la huitième plainte en diffamation qu'essuie l'élu d'opposition, en quatre ans. Il avait accusé le maire de faux en écriture et de faux budget lors d'une émission de télévision sur France Bleu Côte d'Azur.

Source

« L'élu d'opposition Jean-Pierre Mangiapan poursuivi pour diffamation pour la huitième fois en quatre ans », nicematin.com, 9 juillet 2018.

Didier Martin (Côte-d'Or – 21) – **toujours élu**
Député, adjoint au maire de Dijon.
Il aurait influencé des témoignages.

Mars 2017 : plainte pour escroquerie au jugement et ouverture d'une enquête préliminaire.
Novembre 2017 : la plainte est classée sans suite.

Résumé

L'ancienne directrice de l'office du tourisme de Dijon, licenciée de son poste avait porté plainte arguant du fait que Didier Martin avait fait pression sur des salariés de l'office du tourisme pour qu'ils produisent de faux témoignages, justifiant son licenciement. Après enquête, la justice a conclu que l'infraction n'étant pas constituée, la plainte devait être classée sans suite.

Sources

– « Un candidat En Marche visé par une enquête préliminaire pour tentative d'escroquerie au jugement », BFMTV, 6 juin 2017.

– « La plainte contre le député de Côte-d'Or Didier Martin est classée sans suite », francebleu.fr, 17 novembre 2017.

Bernard MIALHE (Gard – 30)
Maire de Vézénobres.
Il signe pour un abri et sa piscine personnelle.

Novembre 2017 : il est condamné à 4 000 euros avec sursis, mais sont dispensés de l'inscription de cette condamnation sur le bulletin n° 2 de leur casier judiciaire.

Résumé

Au lieu de faire signer l'arrêté de travaux par un de ses adjoints, il le signe lui-même.

Source

« Gard : deux maires condamnés pour prise illégale d'intérêts », midilibre.fr, 18 novembre 2017.

Jean-Louis MIVEL (Haute-Savoie – 74)
Ancien maire de Cluses, vice-président du conseil départemental.

Octobre 2017 : il est placé en garde à vue pendant trente-six heures dans le cadre d'une enquête sur une affaire de mœurs impliquant des mineurs.

Résumé

C'est suite à deux plaintes circonstanciées que l'édile s'est retrouvé en garde à vue. Ex-président de l'entraide internationale des Scouts de Cluses et ex-directeur adjoint du prestigieux lycée catholique Saint-Michel à Annecy, c'est dans ces deux cadres qu'il semble que le maire de Cluses ait proposé l'hébergement à son domicile à des petits scouts.

Dernière minute

Juste avant sa mise en examen probable et un dernier rendez-vous avec le juge, Jean-Louis Mivel a fait deux malaises cardiaques ayant entraîné sa mort. La justice s'arrête pour lui. Il est dommage par contre que l'enquête s'arrête aussi, ne serait-ce que pour prouver l'innocence du maire ou l'étendue des dégâts chez les enfants.

Sources

– « Le maire de Cluses (Haute-Savoie) placé en garde à vue pendant 36 heures », France 3 Rhône-Alpes, 20 octobre 2017.

– « Le maire de Cluses en garde à vue dans une affaire de mœurs impliquant des mineurs », ledauphiné.com, 19 octobre 2017.

– « Élucubrations : Dernière apparition de Mivel au Conseil départemental », lefaucigny.fr, 20 novembre 2017.

– « Le maire de Cluses, Jean-Louis Mivel, est mort », francebleu.fr, 22 novembre 2017.

Louis Molinié (Guadeloupe – 971) – **inéligible**

Ex-maire de Terre-de-Haut, ex-conseiller régional, ex-conseiller communautaire.

Il faisait (entre autres) effectuer des travaux d'amélioration de l'habitat en les faisant passer pour de la réhabilitation de logements insalubres.

Décembre 2013 : plainte contre le maire pour « détournement de fonds publics, de faux et usage de faux en écriture publique, de prise illégale d'intérêts et de non-respect du Code des marchés publics ».

Janvier 2014 : il est accusé de détournement de fonds, d'usage de faux en écriture, de prise illégale d'intérêts.
Janvier 2018 : il est condamné à 2 ans de prison ferme, 5 ans de privations de droits civiques et civils et 10 ans d'inéligibilité, confiscation de trois de ses biens immobiliers. Il fait appel mais devient inéligible, la peine n'étant qu'en partie suspensive.

Résumé

La liste est longue des dépassements de ligne rouge faits par Louis Molinié.

Dans le cadre de la résorption de l'habitat insalubre, le maire faisait faire des travaux de réhabilitation mais le plus souvent à des électeurs favorables à sa candidature ou à sa réélection.

Dans le dossier, on trouve des emplois fictifs pour les joueurs de foot de la ville. Plus de 64 000 euros « d'emplois » payés par la mairie. Un voyage touristique pour des joueurs du club en République dominicaine pour plus de 116 000 euros.

Molinié aurait aussi réglé des dépenses personnelles par le biais de la collectivité : un téléviseur haut de gamme pour près de 6 000 euros, 900 bouteilles de champagne de marque pour la bagatelle de 23 000 euros.

Le jugement le condamne à une inéligibilité immédiate.

Sources

– « Guadeloupe. Justice : Le “canot” de Louis Molinié est vraiment très chargé… », caraibcreolenews.com, 11 décembre 2017.

– « Louis Molinié rattrapé par la justice », la1ere.francetvinfo.fr, 29 juin 2017.

– « Les conséquences de la condamnation de Louis Molinié », la1ere.francetvinfo.fr, 26 février 2018.

Robert Navarro (Hérault – 34) – **toujours élu**

Sénateur LREM de l'Hérault, ex-vice-président du conseil régional de Languedoc-Roussillon.

Le « Hérault » de la pizza connexion et des voyages en famille !

2012 : il est mis en examen pour abus de confiance sur plainte de la fédération du parti socialiste de l'Hérault.
Juillet 2016 : il est condamné à 3 mois de prison avec sursis pour abus de confiance, 3 ans de privation de droits civiques et 30 000 euros d'amende. Il fait appel.
Juillet 2018 : confirmation des peines de première instance en appel, 3 mois de prison avec sursis pour abus de confiance, 3 ans de privation des droits civiques et 30 000 euros d'amende.

Résumé

La plainte déposée en mars 2011 par ses camarades du PS concerne des interrogations notamment sur le montant des factures de pizzas adressées à la fédération entre 2008 et 2010 pour 42 000 euros.

Mais le procès porte surtout sur des billets d'avion, pour un total de plus de 85 700 euros payés par la fédération socialiste de l'Hérault entre 2004 et 2010. Robert Navarro en était alors le premier secrétaire. Les enquêteurs ont aussi retrouvé des billets en famille à Prague, Ljubljana, etc.

Détail de disparition

Tous les éléments comptables de la fédération locale du PS ont disparu. C'est ballot.

Sources

– Philippe Pascot, *Délits d'élus : 400 politiques aux prises avec la justice*, tome 1, Paris, Éditions Max Milo, 2014, p. 285-286.

– « Abus de confiance : 3 mois avec sursis requis contre le sénateur LREM Robert Navarro », lcp.fr, 6 mars 2018.

Jean-Marc Nicolle (Val-de-Marne – 94) – **toujours élu**
Maire du Kremlin-Bicêtre.
Le maire jouait jusqu'à 3 000 euros par jour.

Mars 2018 : il est mis en examen pour « corruption active et passive, blanchiment, favoritisme et trafic d'influence ».

Résumé

C'est un rapport de la chambre régionale des comptes d'Île-de-France qui a mis le feu aux poudres. Il y apparaît que sur la commune du Kremlin-Bicêtre, « les règles de la commande publique ne sont pas toujours respectées ». Après enquêtes, perquisitions diverses, garde à vue, le maire Jean-Marc Nicolle est mis en examen avec intitulés multiples. Les enquêteurs découvrent que le maire était addict aux jeux PMU et Cie. Sur une période de sept ans, les enquêteurs ont recensé 45 000 paris, pour un montant total avoisinant le million d'euros. Il pouvait jouer jusqu'à 3 000 euros par jour.

C'est par le biais d'une association d'œnologie, Au sergent du Kremlin, créée en 2001 par Jean-Marc Nicolle lui-même que « l'argent » arrivait. L'association se réunissait régulièrement pour faire quelques dégustations de bouteilles de vin. Dans ses statuts, l'association précise que ses ressources se composent « *des cotisations versées par ses membres, des subventions qui peuvent lui être accordées et des recettes des manifestations.* D'ailleurs, on a retrouvé nombre de membres tels que des entreprises bénéficiaires de marchés avec la ville. Les entreprises étaient gentiment sollicitées pour effectuer des dons à l'association.

Le système était bien rodé. C'est la directrice de cabinet (mise en examen également) de Jean-Marc Nicolle qui relançait les entreprises et elle établissait ensuite le reversement par chèques à son patron.

Après quatre petites semaines à l'hôpital, le maire se cabre (normal pour un addict des chevaux) et évoque mordicus un dossier privé qui n'a rien à voir avec la gestion de la ville. Il restera maire quoi qu'il arrive! Il est guéri de son addiction et n'a jamais mélangé les genres. On connaissait le « responsable mais pas coupable » de la ministre Georgina Dufoix dans l'affaire du sang contaminé. Maintenant on a « responsable oui, mais seulement dans le privé ».

Petite précision de trésorerie

La trésorière de l'association, mise en cause, est tombée de l'armoire en apprenant la nouvelle. D'ailleurs, les chiffres et les comptes qu'elle gérait pour l'association n'ont aucune mesure avec ceux des « détournements » supposés. Il semblerait que la directrice de cabinet s'occupait en parallèle des comptes du club. Des comptes qui voyaient double donc. Normal pour un club d'œnologie, en abuser et on voit double.

Quatre mille cinq cents euros de boulangerie

Un élu municipal, ancien ami, membre du PS, affirme en conseil municipal (juin 2018) avoir trouvé dans les comptes du PS départemental que gérait Jean-Marc Nicolle six « remboursements » provenant d'une boulangerie et de restaurants payés avec le compte du parti. Le tout pour 4 500 euros.

Du coup, car il semble que d'autres sommes encore plus importantes ne soient pas justifiées, l'élu et le PS se décident a porter plainte.

Du coup, Jean-Marc Nicolle, pas content, annonce qu'il porte plainte en citation directe pour diffamation.

Du coup, je ne veux pas dire, mais ça fait quand même cher du croissant.

C'est la faute à la presse

Pas content, le maire se fend d'une longue lettre explicative où il accuse la presse d'avoir organisé son lynchage médiatique et d'avoir répandu de fausses informations.

Joueur et en plus mauvais perdant, monsieur le maire du Kremlin-Bicêtre.

Dernières news des « frondeurs »

Aux dernières nouvelles, le maire n'a plus de majorité et chaque conseil municipal (juillet 2018) se solde par un *niet* majoritaire (18 *niet*, 14 pour, 2 abstentions) à chacune des délibérations proposées. Le moyen qu'ont trouvé les opposants réunis pour obliger le maire à démissionner.

Mon avis d'expert

Il y aurait bien une autre solution et beaucoup plus simple que de bloquer le fonctionnement de la ville. C'est que les opposants démissionnent en bloc. Cela provoquerait des élections anticipées, ce qui réglerait leur problème avec Jean-Marc Nicolle par les urnes.

Oui, mais s'ils ne sont pas réélus, eux ? L'opposition préfère donc monter une coordination et continuer à faire de l'obstruction municipale… c'est plus prudent.

Courageux, oui, mais pas téméraires quand même !

Sources

– « Mis en examen pour corruption, Jean-Marc Nicolle accuse "le tribunal médiatique" », 94citoyen.com, 12 avril 2018.

– « Le Kremlin-Bicêtre : le maire aurait aussi des casseroles dans son parti ! », leparisien.fr, 2 avril 2018.

– « Le Kremlin-Bicêtre : le maire attaque son ancien mentor pour diffamation », leparisien.fr, 5 juin 2018.

– « Jean-Marc Nicolle, maire du Kremlin-Bicêtre, mis en examen pour avoir détourné des fonds pour jouer au PMU, huffingtonpost.fr, 30 mars 2018.

– « Le maire qui aimait trop le PMU », lemonde.fr, 14 avril 2018.

Claire O'Petit (Eure – 27) – **toujours élue**

Députée LREM.

Elle avait fait des « fautes de gestions » dans son entreprise la conduisant à la faillite.

19 octobre 2017 : elle est condamnée par la cour d'appel à une interdiction de diriger, gérer, administrer ou contrôler directement ou indirectement toute entreprise commerciale ou artisanale le tout pour une durée de cinq ans. Elle est condamnée aussi à payer la somme de 3 000 euros au liquidateur judiciaire de la société ADCP (Agence de développement et de proximité).

Résumé

L'élue était poursuivie pour « des fautes de gestion » lorsqu'elle était la représentante légale de l'Agence de développement et de proximité (ADCP). En première instance en 2016, l'attendu du tribunal de commerce avait justifié sa décision en indiquant que Claire O'Petit « a commis des fautes de gestion qui ont contribué à l'insuffisance d'actif de la SARL ADCP ».

L'élue se félicite de sa condamnation

Plutôt que de faire profil bas, la députée se félicite sur Twitter de n'avoir été condamnée que pour manquements comptables, la cour d'appel (selon son tweet) reconnaît donc son honnêteté pour tout le reste.

Il y en a qui ne manque pas d'air quand même !

La suppression de 5 euros sur les APL, selon l'élue

« *Si à 18, 19 ans, 20 ans, 24 ans, vous commencez à pleurer pour 5 euros, qu'est-ce que vous allez faire de votre vie ?* », avait-elle osé dans une interview.

« *Mayotte est une ville* », c'est aussi ce qu'elle avait déclaré à la télévision. Tout en finesse et compétence l'ancienne commerçante devenue députée macroniste.

Détail de gestion

Donc si j'ai bien compris on peut être interdit de gérer une entreprise ou une association artisanale pendant cinq ans, car déclaré(e) incompétent(e), mais être autorisé(e) durant le même temps à gérer nos impôts.

Y'a pas comme qui dirait un malaise, là ?

Sources

– « La députée LREM Claire O'Petit condamnée en appel pour "fautes de gestion" », lexpress.fr, 21 octobre 2017.

– « Condamnée, la députée LREM Claire O'Petit n'a plus le droit de diriger une entreprise », leparisien.fr, 21 octobre 2017.

– « Claire O'Petit, députée LREM de la 5e circonscription de l'Eure, condamnée en appel », paris-normandie.fr, 20 octobre 2017

François Pelletant (Essonne – 91) – **toujours élu**

Maire de Linas.

Il exploitait son amant tunisien et touchait de subventions pour des emplois aidés.

Février 2018 : il est condamné en appel à 2 ans de prison avec sursis, 3 ans d'inéligibilité et 50 000 euros d'amende pour « escroquerie, prise illégale d'intérêts, travail dissimulé ». Déclaré inéligible, il se pourvoit en cassation.

Septembre 2017 : il est condamné aux prud'hommes pour harcèlements moral et sexuel à 66 000 euros d'amende.

Résumé

François Pelletant est accusé d'avoir détourné des fonds publics pour avoir employé une dizaine de contrats d'avenir dans deux de ses associations, l'ACEDA (Association pour la création, l'expérimentation et le développement d'activité) et AAHB (Association pour l'amélioration de l'habitat et du bâtiment).

L'ACEDA, association à but non lucratif, rappelons-le, couvrait l'exploitation commerciale d'un bar-restaurant à Villejuif : L'XO bar dont François Pelletant était le propriétaire en nom propre avec son épouse. L'association lui permettait d'employer du personnel avec des subventions d'État, le tout sans inscription au registre du commerce ni charges y afférant. La justice lui reproche de ne pas avoir payé les heures supplémentaires à plusieurs de ses « salariés ». Ceux-ci travaillaient sans relâche, ni pause, parfois entre 7 heures et 20 heures, voire 22 heures, déjeunant debout derrière le comptoir du bar.

L'AAHB servait à l'emploi « d'artisans » aux salaires eux aussi subventionnés.

Les enquêteurs ont aussi découvert des transferts d'argent, sans justificatif, de l'AAHB pour un montant de 23 000 euros vers le compte personnel du maire.

Pour rajouter une louche, l'enquête a démontré avec raison que François Pelletant faisait, avec un camion de sa mairie, transporter du bois communal vers son bar associatif à Villejuif (Val-de-Marne).

En l'occurrence, six stères de bois par an pendant trois ans sans factures ni justificatifs (déclaration d'un ex-employé communal). Un joli poêle à bois réchauffait l'atmosphère du bar de monsieur François Pelletant.

Les juges du TGI de Créteil avaient jugé F. Pelletant coupable :

– D'avoir, sous l'apparence d'une activité associative, développé une véritable activité artisanale de travaux du bâtiment, de l'avoir fait volontairement et dans un but uniquement lucratif, d'avoir bénéficié de contrats aidés auxquels il n'était pas éligible [...]

– D'avoir, en exploitant cette activité du bâtiment sous couvert de son association AAHB, commis le délit de travail dissimulé.

– D'avoir, sous l'apparence d'une activité associative, développé une véritable activité commerciale, de l'avoir fait volontairement et dans un but lucratif, d'avoir bénéficié de contrats aidés auxquels il n'était pas éligible [...]

– D'avoir, en exploitant l'XO bar sous couvert de son association ACEDA, commis le délit de travail dissimulé.

– D'avoir intentionnellement mentionné sur les bulletins de salaire des cinq employés de l'AAHB visés à l'acte de saisine un nombre d'heures de travail inférieur à celui réellement effectué.

– D'avoir intentionnellement mentionné sur les bulletins de salaire des huit employés de l'ACEDA visés à l'acte de saisine un nombre d'heures de travail inférieur à celui réellement effectué.

– De ne pas avoir déclaré un salarié comme il aurait dû le faire auprès de l'organisme de protection sociale.

– D'avoir adressé à l'URSSAF des déclarations de temps de travail effectué par trois salariées alors qu'elles n'étaient plus employées de l'ACEDA, d'avoir, par ces manœuvres frauduleuses, commis le délit d'escroquerie.

– D'avoir sciemment détourné les sommes consacrées par l'État et la région IdF au financement des contrats aidés, d'avoir ainsi commis le délit d'abus de confiance au préjudice de l'État et de la Région.

– D'avoir, en sa qualité de maire de Linas, délibérément reçu et conservé, indirectement à travers l'ACEDA de Villejuif, un intérêt dans des opérations annuelles de livraison de bois, d'avoir, du fait de ses deux fonctions de maire de Linas et de dirigeant de l'ACEDA bénéficiaire de ces livraisons, commis le délit de prise illégale d'intérêts.

Les juges de la cour d'appel de Paris ont confirmé ces incriminations.

F. Pelletant était également prévenu :

– D'avoir détourné des fonds à son profit personnel et au préjudice de l'association AAHB.

–D'avoir détourné des fonds à son profit personnel et au préjudice de l'association ACEDA.

En première instance, les juges avaient considéré que le doute devait bénéficier au prévenu pour ce qui concerne l'abus de confiance au préjudice l'association ACEDA. En appel, les juges ont décidé de retirer également des motifs de la condamnation l'abus de confiance au préjudice de AAHB.

F. Pelletant est relaxé de ce chef de prévention.

L'enquête démontrera que c'est 36 salariés, surtout des jeunes de moins de 26 ans sans diplôme que François Pelletant avait recrutés sur contrats aidés et subventionnés via les associations AAHB et ACEDA.

La charrette est déjà bien chargée pour ce maire à plusieurs facettes mais la suite vaut quand même son pesant de cacahouètes.

Résumé sur harcèlement moral et sexuel

C'est sur un site de rencontres homosexuelles que François Pelletant trouve son « ami » tunisien. Il le fait venir en France. L'homme, un sans-papiers, devient le salarié et l'amant du maire à travers l'association Carrefour des communes et l'Association des maires franciliens, dont François Pelletant était tout à la fois fondateur et président. L'ami du maire déclare au tribunal que ce dernier lui loue à Villejuif un appartement lui appartenant, truffé de caméras vidéo pour la somme de 700 euros. Peu après son installation, le maire lui impose bientôt des pratiques sadomasochistes. Devant les réticences avouées du tunisien, François Pelletant menace de le licencier et exige le reversement de la plus grande partie de son salaire sur le compte personnel de François Pelletant.

Visite médicale

C'est ainsi que François Pelletant appelait un rapport sexuel avant une embauche éventuelle.

Même coup que François Fillon : « Je dis et je ne fais pas »

En 2008, Pelletant avait pris l'engagement de se mettre en congé en cas de mise en examen et de carrément démissionner en cas de condamnation. Il l'avait même signé et distribué à l'ensemble de la population. Le titre était « Serment de moralité » avec un sous-titre : « Un engagement que tout le monde ne peut pas prendre ».

C'est marrant comme ces élus ont peu de mémoire !

François Pelletant spécialiste des coups et des procès en diffamation dont il se désiste au dernier moment

On ne sait pas trop si c'est par peur de perdre ses procès que François Pelletant se désiste systématiquement, la veille de l'audience, d'un procès qu'il a lui même intenté. Par deux fois il se dégonflera : lors du procès intenté en diffamation contre le Web journal Essonne Info (essonneinfo.fr), qui n'avait que bien fait et avec impartialité son travail d'informer ses lecteurs sur les turpitudes extraconjugales (entre autres) de monsieur le maire ; lors du procès intenté contre Jacques Bouissières, l'ancien président de l'Association des riverains du quartier de Guillerville qui avait relayé sur le blog de sa structure associative « le harcèlement moral et sexuel » dont aurait été victime l'ancien employé « amant » tunisien de François Pelletant.

Peut-être que monsieur Pelletant, en matière de procès, pratique aussi le coït interrompu ?

Sources

– Site des élues de la liste « oxygène » à Linas, *Mireille Cuniot-Ponsard*, oxygène-linas.fr

– « Essonne. Le maire de Linas condamné pour harcèlements moral et sexuel », ouest-france.fr, 28 septembre 2017.

– « François Pelletant, le maire de Linas, condamné pour harcèlement », leparisien.fr, 28 septembre 2017.

– « Comment un élu s'en est pris à Essonne Info (ou le difficile combat de la liberté d'informer près de chez vous », [La rédaction], essonneinfo.fr, 27 janvier 2018.

– « Linas : François Pelletant renonce à l'appel dans l'affaire de diffamation », leparisien.fr, 15 décembre 2017.

Philippe Pemezec (Hauts-de-Seine – 92) – **toujours élu**
Maire du Plessis-Robinson, sénateur.
Il aurait bénéficié d'un emploi fictif dans un ministère.

Mai 2016 : il est mis en examen pour « détournement de fonds publics, complicité et recel » dans une affaire d'emploi présumé fictif.

Résumé

L'affaire remonte à Christine Boutin, alors ministre. Elle avait embauché Philippe Pemezec au ministère du Logement entre juillet 2008 et août 2009. Des mauvaises langues avaient noté que c'était juste un an après l'invalidation de l'élection de Pemezec à l'Assemblée nationale et pour un salaire équivalent à ce que lui aurait rapporté son mandat de député. Christine Boutin déclarera que cet emploi lui fut imposé par le secrétaire général de l'Élysée, un dénommé Claude Guéant.

Ce n'est qu'en avril 2017 que le peuple apprenait la mise examen de son maire (petite cachotterie) . Il faut dire qu'il était candidat à la députation et qu'une mise en examen cachée aurait fait tache sur son CV.

Quelques questions légitimes

Un emploi fictif qui date de sept ans, toujours pas jugé ? Encore quelques années d'attente ?

Autres affaires

En mars 2016 il est relaxé en appel alors qu'il était poursuivi pour prise illégale d'intérêts, pour l'appartement HLM attribué à sa fille par la mairie. On notera juste que, comme le dit un habitant pour obtenir un logement social au Plessis-Robinson, il faut une moyenne de neuf ans d'attente…, sauf si…

En 2010 il est condamné pour injure publique à l'encontre de son opposant socialiste. Il devra s'acquitter d'une amende de 3 000 euros ainsi que de 1 000 euros de dommages et intérêts en réparation du préjudice subi et de 1 500 euros de frais de justice.

En 2007, il est condamné pour irrégularités lors de sa campagne électorale. Son élection sera annulée. Il sera réélu un peu plus tard et se présentera aux municipales de mars 2014.

Sources

– « Soupçon d'emploi fictif de Pemezec : Boutin charge Guéant », leparisien.fr, 16 mai 2013.

– « Hauts-de-Seine : Philippe Pemezec, candidat LR aux législatives… et mis en examen », leparisien.fr, 26 avril 2017.

– « Pemezec relaxé dans l'affaire du HLM de sa fille », leparisien.fr, 31 mars 2016.

– « Pemezec (UMP), invalidé et inéligible », liberation.fr, 30 novembre 2007.

Marc Petit (Puy-de-Dôme – 63) – toujours élu
Maire de Firminy.
Il aurait tenté d'abuser d'une employée départementale.

Janvier 2019 : date prévue pour son procès en correctionnelle.

Résumé

C'est en 2016 que les faits se seraient déroulés lors d'une réunion de l'Unesco au Palais des congrès d'Istanbul. L'élu aurait emmené dans un recoin une employée du département qu'il aurait tenté d'embrasser et de caresser. Après l'avoir giflé, cette dernière a porté plainte dès son retour sur le sol français.

Sources

– « Le maire communiste de Firminy, Marc Petit, renvoyé en correctionnelle pour agression sexuelle », *Le Monde*, 10 août 2018.

– Accusé d'agression sexuelle, le maire de Firminy, Marc Petit, confronté à la plaignante aujourd'hui », leprogres.fr, 1er juin 2018.

Marie-Laure PHINÉRA-HORT (Guyane – 973) – **toujours élue**

Maire de Cayenne.

Elle aurait touché un salaire sans travailler.

Février 2018 : elle a été mise en examen pour « recel de détournement de fonds publics ».

Juin 2018 : annulation de la procédure, pour vice de forme (non-respect du droit au silence lors d'un interrogatoire devant le juge d'instruction).

Résumé

Marie-Laure Phinéra-Horth est soupçonnée d'avoir été rémunérée pendant quarante mois en tant qu'orthophoniste à l'hôpital de Cayenne. Difficile d'être orthophoniste à plein temps, alors qu'on est déjà maire et en même temps présidente d'une communauté d'agglomération.

C'est le commissaire aux comptes de l'hôpital qui avait mentionné dans un rapport, l'absence répétée de la maire orthophoniste, mais qu'elle percevait la totalité de son salaire.

Pour sa défense, la maire de Cayenne évoque son bureau à l'hôpital occupé par un directeur.

Détail

Les salaires qu'aurait perçus la maire de Cayenne à l'hôpital se monte à *168 826,73 euros. Une jolie somme. Un joli pactole à ajouter aux indemnités ès qualités de maire. Et une jolie (et opportune) annulation de procédure, pour en profiter.*

Source

« La maire de Cayenne mise en examen pour "recel de détournement de fonds publics" », lemonde.fr avec AFP, 14 février 2018.

Serge Poinsot (Essonne – 91) – **toujours élu**
Maire de Vigneux-sur-Seine.
Écroué.

25 juillet 2018 : il a été mis en examen pour des chefs de « corruption par personne investie d'un mandat électif, blanchiment de fraude fiscale et corruption passive à titre habituel », puis placé en détention provisoire.

Résumé

Il y a onze ans, l'affaire démarre par une suspicion d'accointance entre le maire, Serge Poinsot, et une entreprise de BTP, France Pierre.

Sources

– « Essonne : le maire de Vigneux, Serge Poinsot, placé en détention provisoire », leparisien.fr, 26 juillet 2018.

– « Essonne : un maire LR incarcéré pour soupçons de corruption », lefigaro.fr avec AFP, 26 juillet 2018.

Jean-Claude Rattinassamy (Polynésie française – 987)
Ex-adjoint au maire de Fakarava.
L'électricité de la commune alimentait le magasin de sa fille.

Janvier 2018 : il est condamné à une amende avec sursis de 300 000 francs CFP.

Résumé

L'ex-adjoint et le maire de la commune avaient trouvé plus pratique de s'éclairer personnellement avec le groupe électrogène de la mairie. L'adjoint en avait profité pour brancher le jus chez sa fille qui possédait un magasin en ville.

Sources

– « L'ex-maire de Fakarava condamné à 2 ans d'inéligibilité », tahiti-infos.com, 23 janvier 2018.

– « Howard Vairaaroa condamné a deux ans d'inéligibilité », radio1.pf, 23 janvier 2018.

Roland Ries (Bas-Rhin – 67) – **toujours élu**
Maire de Strasbourg.
Le maire aurait favorisé un ami sur des marchés publics.

Juin 2018 : il est mis en examen pour favoritisme.

Résumé

C'est en ne respectant pas les règles du Code des marchés publics à propos de la réalisation de deux études sur la faisabilité d'un tramway au Mali et sur la redynamisation du *Christkindelsmarik* (marché de Noël, littéralement « marché de l'Enfant-Jésus », en alsacien) que Roland Ries s'est retrouvé mis en examen.

Sources

– « Strasbourg : le maire Roland Ries mis en examen pour favoritisme… », actu.fr, 27 juin 2018.

– « Roland Ries mis en examen dans l'affaire du tram de Bamako, la réaction du maire », *Dernières Nouvelles d'Alsace*, 27 juin 2018.

Thierry Robert (La Réunion – 974) – **inéligible**
Ex-député.
L'élu n'avait pas payé ses impôts.

Juillet 2018 : le Conseil constitutionnel invalide son élection et le déclare inéligible pour trois ans.
Février 2018 : il est condamné pour harcèlement sexuel à 10 000 euros et à 20 000 euros pour harcèlement moral.

Résumé

Thierry Robert « n'avait pas, dans le mois suivant l'attestation faisant état de la non-conformité de sa situation fiscale, acquitté ses impôts ni constitué des garanties suffisantes, ni conclu un accord contraignant en vue de payer ses impôts ». Il était le seul député à ne pas avoir obtenu son attestation de conformité fiscale.

En février de la même année, la cour d'appel de Paris le condamne dans une affaire de harcèlement l'opposant à une ancienne collaboratrice.

Sources

– « Le député Thierry Robert inéligible pour ne pas avoir payé ses impôts », leparisien.fr avec AFP, 6 juillet 2018.

– « Le député de La Réunion Thierry Robert condamné pour harcèlement sexuel », lexpress.fr, 23 février 2018.

Jean-Luc Roche (Rhône – 69)
Conseiller municipal de Tarare.
Il pose des questions sur l'honnêteté d'un élu en conseil municipal.

Juillet 2017 : il est condamné à verser 2 000 euros d'amende dont 1 000 euros avec sursis et 1 euro à la victime, au titre des dommages et intérêts, ainsi que 2 000 euros au titre des frais de justice. Il a fait appel.

Résumé

L'ancien maire de la ville, devenu conseiller municipal, a posé des questions jugées diffamatoires concernant « l'honneur, l'intégrité et l'honnêteté » d'un adjoint de la majorité municipale. Ces propos concernaient d'après Jean-Luc Roche un conflit d'intérêts possible sur les projets d'une construction municipale.

Source

« Jean-Luc Roche condamné pour diffamation », leprogres.fr, 13 juillet 2016.

Nicolas Sarkozy,
mis en examen pour « corruption passive, recel de détournement de fonds publics libyens et financement illégal de campagne électorale ».

Thierry Solère (Hauts-de-Seine – 92) – **toujours élu**
Député.
Accusé de favoritisme et quelques autres babioles.

Juillet 2018 : levée de son immunité parlementaire et garde à vue.

Résumé

Depuis plus d'un an il était déjà dans les papiers de la justice avec une enquête judiciaire ouverte sur des soupçons de fraude fiscale. Depuis, on est passé sans transition aux chefs de trafic d'influence, de corruption, d'abus de bien sociaux, de financement illicite de dépenses électorales et de manquements aux obligations déclaratives auprès de la Haute Autorité pour la transparence de la vie publique (HATVP).

Selon un document reprenant l'essentiel des motivations du parquet, monsieur Solère est susceptible *« de s'être servi de son influence en tant qu'élu local et national pour aider ses sociétés clientes à obtenir des contrats publics ou un agrément des pouvoirs publics »*.

Ces petites « choses » lui auraient rapporté la somme de 21 000 euros par mois environ (selon les déclarations 2017 de Thierre Solère à la HATVP).

Sources

– « Le député LREM Thierry Solère placé en garde à vue », *Le Monde*, 17 juillet 2018.

– « Pourquoi la justice veut entendre Thierry Solère », *Le Monde*, 3 juillet 2018.

– Vidéo : « Soupçons de fraude fiscale : le député Thierry Solère en garde à vue », 20minutes.fr avec AFP, 17 juillet 2018.

Dominique Tian (Bouches-du-Rhône – 13) – **toujours élu**
1er adjoint au maire de Marseille.
L'élu avait oublié (entre autres) quelques comptes en Suisse.

Janvier 2018 : il est condamné à 12 mois de prison avec sursis, à 3 ans d'inéligibilité et à une amende record d'1,450 million d'euros pour « déclaration mensongère de patrimoine » et « blanchiment de fraude fiscale ». Il fait appel.

Résumé

Tel est pris qui croyait... selon la formule ancestrale. Dominique Tian qui était un des leaders de la lutte contre la fraude sociale est tombé pour fraude fiscale. J'ai eu l'occasion de lui consacrer trois pages pleines et entières dans mon dernier livre. Il s'étonne du montant de son amende qui est CINQ fois plus élevée que celle que réclamait le procureur. Moi, NON ! Surtout avec trois comptes en Suisse.

Durant tout le procès, malgré les évidences qui s'accumulaient, Dominique Tian ne réalise pas qu'il est coupable, coupable d'avoir attendu, coupable d'avoir dissimulé, coupable de ne pas avoir payé de droit d'héritage, etc. Droit dans ses bottes, son leitmotiv inconscient était que, pour lui, c'est pas pareil que tous les fraudeurs sociaux qu'il vilipendait et menaçait de prison pour un ticket de métro impayé.

Fin de parcours

En juin 2018, l'adjoint au maire déclare qu'il ne se représentera pas en 2020. On n'est pas sûr du tout que la justice, de toute manière, ne l'y autorise. Il a raison d'anticiper.

Sources

– « Patrimoine et fraude fiscale : Dominique Tian sera fixé aujourd'hui sur son sort », *La Provence*, 26 janvier 2018.

– « Marseille, Dominique Tian : "J'arrête la politique en 2020", *La Provence*, 4 juin 2018.

– « Blanchiment de fraude fiscale : Dominique Tian, premier adjoint au maire de Marseille, condamné à un an de prison avec sursis », laprovence.com avec AFP, 26 janvier 2018.

– Philippe Pascot, *Allez (presque tous) vous faire…*, *op. cit.*, p. 107-110.

– « Il dénonçait les fraudeurs aux allocations, le député a trois comptes suisses », neufshares.com (source Mediapart), juin 2018.

Richard Trinquier (Essonne – 91) – **toujours élu**

Maire de Wissous.

Il tente d'arrêter l'installation de caravanes, mais avec un sabre.

Avril 2018 : garde à vue.
Octobre 2018 : procès.

Résumé

C'est avec rudesse que le maire de Wissous a tenté d'empêcher l'installation de caravanes sur sa commune. Il était équipé d'un *katana* (sabre de samouraï).

Sources

– « Essonne : le maire de Wissous arrêté pour violence avec arme, en état d'ivresse », leparisien.fr, 8 avril 2018.

– « Le maire de Wissous a des "grosses baloches" et les habitants sont contents », streetpres.com, 15 mai 2018.

Jean-Jacques Urvoas

Ex-ministre de la Justice

Il aurait transmis une note confidentielle à un ami.

Juin 2018 : il est mis en examen pour violation du secret professionnel.

Résumé

C'est sur la messagerie cryptée Telegram que Jean-Jacques Urvoas aurait envoyé un « petit mot » à son ami Thierry Solère pour le tenir au courant des suites de son dossier judiciaire en cours. Mais *Le Canard enchaîné* l'a su et a publié l'info. Pour un ministre de la Justice en exercice, ça la fout mal.

Sources

– « Jean-Jacques Urvoas, alors ministre de la Justice, aurait violé le secret professionnel », europe1.fr, 13 décembre 2017.

– « L'ex-garde des Sceaux Jean-Jacques Urvoas mis en examen par la Cour de justice »-lemonde.fr, 20 juin 2018.

Howard Vairaaroa (Polynésie française – 987)
Ex-maire de Fakarava.
Cent vingt compteurs électriques disparaissent, une centrale hybride ne voit jamais le jour.

Janvier 2018 : il est condamné à 10 mois de prison avec sursis et 2 ans d'inéligibilité. Il a fait appel.

Résumé

L'ex-maire de Fakarava (2008-2014) avait été mis en examen pour détournement de fonds publics. Les enquêteurs ont trouvé pour 600 000 francs CFP en billets d'avion non justifiés. Le maire voyageait aux frais de la princesse pour effectuer le trajet entre Fakarava et Tahiti car résidant à Papeete. Ils découvrent aussi 120 compteurs électriques commandés et payés par la collectivité mais la moitié est introuvable. Il faut y ajouter la construction d'une centrale hybride qui n'a jamais vu le jour mais qui a déjà coûté 2,6 millions de francs CFP ;

Dernier petit détail pratique, l'ex-maire et son adjoint utilisaient le groupe électrogène de la commune pour s'éclairer. L'ex-maire avait aussi été relaxé, il y a quelque temps, pour la prise en charge du loyer de son bureau annexe de Papeete par sa commune.

Sources

– « L'ex-maire de Fakarava condamné à 2 ans d'inéligibilité », tahiti-infos.com, 23 janvier 2018.

– « Howard Vairaaroa condamné à deux ans d'inéligibilité », radio1.pf, 23 janvier 2018.

Thierry Vignaud (Rhône – 69) – **démissionnaire ?**
Adjoint à Vénissieux.
Ivre, il casse les vitres d'un café en brandissant sa carte d'élu.

Juillet 2018 : il est condamné à 6 mois de prison avec sursis et mise à l'épreuve pendant 2 ans avec l'obligation de se soigner. En plus de sa peine, l'adjoint devra également indemniser les employés et les fonctionnaires de police à hauteur de 3 000 euros.

Résumé

C'est en mai dernier que l'élu se pose dans un café de Lyon et commande plusieurs bières, les exigeant même en brandissant sa carte d'adjoint à la mairie. Éconduit, il revient pour en découdre. Après avoir cassé du matériel dans le bar il s'en prend aux employés. La police l'embarque, il s'enfuit, se fait rattraper et moleste aussi les policiers.

Pas d'inéligibilité alors que l'élu avait déjà été condamné en janvier 2016 pour avoir, là aussi, brandi sa carte d'élu lors d'un contrôle routier.

Il a présenté sa démission à la maire de Vénissieux qui, en juillet 2018, ne l'avait toujours pas acceptée.

Source

« Sursis pour Thierry Vignaud adjoint à Venissieux », leprogres.fr, 30 juin 2018.

Gilbert Weber (Moselle – 57) – **toujours élu**
Maire de L'Hôpital, vice-président de la Communauté de communes du Pays naborien.
Il avait embauché sa fille et son gendre.

Septembre 2017 : il est condamné à 6 mois d'inéligibilité pour prise illégale d'intérêts, 5 000 euros d'amende.

Résumé

Il a été mis en examen en 2015 car il avait embauché sa fille est son gendre, avec des CV retouchés, sans entretien et sans autres candidats pour chacun des postes de travail. Sa fille avait aussi pris possession d'un logement de fonction, refait à neuf, aux frais de la princesse, c'est-à-dire de la commune, pour un montant de 20 000 euros. Des travaux qui passèrent mal auprès de l'ancien concierge qui s'était vu refuser, lui, l'installation d'une simple cabine de douche. Sa fille, son gendre et une adjointe étaient aussi mis en examen.

Aucun des mis en examen n'a pris la peine de se présenter à l'audience. Le maire a fait appel, ce qui est suspensif pour la peine d'inéligibilité.

Sources

– Philippe Pascot, *Du goudron et des plumes*, (*Délits d'élus*, tome 2), Paris, Éditions Max Milo, 2016, p. 374.

– « Le maire de L'Hôpital en Moselle condamné à six mois d'inéligibilité pour prise illégale d'intérêts », francebleu.fr, 18 septembre 2017.

Éric Woerth (Oise – 60) – **toujours élu**

Ancien ministre du Budget, député, président de la commission des Finances.

Les enquêteurs cherchent à comprendre l'*ampleur de la circulation d'espèces.*

Mai 2018 : il est mis en examen pour complicité de financement illégal de la campagne présidentielle de 2007.

Résumé

Cette mise en examen fait suite à celle de Nicolas Sarkozy en mars 2018 sur des suspicions de fraudes lors de l'élection présidentielle de 2007. À cette époque monsieur Woerth était le trésorier de la campagne. L'apport supposé et financier de l'ex-président libyen Kadhafi intéresse toujours la justice.

Toujours là dans les bons coups

C'est marrant, dans plusieurs dossiers brûlants, on retrouve le nom de l'ami Éric Woerth, pas loin des premières loges. L'affaire Cahuzac, les champs de courses de Champigny, l'affaire Bettencourt, le financement de campagnes électorales. Deux hypothèses me viennent à l'esprit : soit on lui en veut personnellement, soit il y en a qui ne savent vraiment pas passer à travers les gouttes. J'hésite !

J'ai oublié de déclarer le liquide

C'est ce que déclare Éric Woerth lors d'une interview[256]. En tant que trésorier de la campagne présidentielle de Nicolas Sarkozy en 2007, il reconnaît avoir reçu des enveloppes contenant du liquide, liquide qu'il a reversé à des salariés méritants. Argent liquide qu'il reconnaît avoir oublié de déclarer à la Commission des comptes de campagnes.

Pas terrible pour un trésorier de cette ampleur. Et il y en a qui ont été invalidés pour moins que ça.

Toujours président de la commission des Finances de l'Assemblée nationale

Malgré la gravité des accusations, Éric Woerth reste à la présidence de la commission des Finances de l'Assemblée nationale. Autres temps, autres mœurs. Il fut un temps où le mis en cause se serait mis en retrait pour mieux préparer sa défense. L'élastique de la morale l'est vraiment de plus en plus – élastique –, ces derniers temps.

Source

« Financement libyen de la campagne de 2007 : Éric Woerth mis en examen », lemonde.fr avec AFP, 29 mai 2018.

256. « Éric Woerth explique ne pas avoir "pensé" à déclarer l'argent liquide reçu par la campagne de Nicolas Sarkozy en 2007 », europe1.fr, 16 janvier 2018.

Les livres à lire absolument

Patrick Artus et Marie-Paule Virard, *Et si les salariés se révoltaient ?*, Paris, Fayard, 2018.

Louis Boutrin (avec la collaboration de Raphaël Confiant), *Chronique d'un empoisonnement annoncé. Le scandale du chlordécone aux Antilles françaises 1972-2002*, Paris, Éditions L'Harmattan, 2007.

André Cicollela, *Les Perturbateurs endocriniens en accusation. Cancer de la prostate et reproduction masculine*, Paris, Les Petits matins, 2018.

Mélanie Delattre et Emmanuel Lévy, *Un quinquennat à 500 milliards. Le vrai bilan de Sarkozy*, Paris, Fayard/Mille et une nuits, 2012.

Alain Deneault, *Gouvernance. Le management totalitaire*, Montréal (Québec), Lux éditeur, 2013.

Alain Deneault, *La Médiocratie*, Montréal (Québec), Lux éditions, 2015.

Paul François (avec Anne-Laure Barret), Un paysan contre Monsanto, Paris, Fayard, 2017.

Jean-François Gayraud, *L'Art de la guerre financière*, Paris, Éditions Odile Jacob, 2016.

Jean-François Gayraud, *Théorie des hybrides. Terrorisme et crime organisé*, Paris, CNRS Éditions, 2017.

Corinne Gouget, *Additifs alimentaires. Le guide indispensable pour ne plus vous empoisonner*, Escalquens (31750), Éditions Chariot d'or, 2017.

Marc Hillman, *Le Best-of des lois les plus bizarres dans le monde entier*, Paris, J'ai lu/Librio, 2014.

David Koubbi, *Une contestation française. Pour une justice, une politique et une justice au service des citoyens*, Paris, Éditions Don Quichotte, 2017.

Hervé Lebreton, *Je veux vivre en démocratie*, Paris, Éditions Max Milo, 2018.

Vincent Le Coq, *Projets publics, intérêts privés*, Paris, Éditions Libre & Solidaire, 2018.

Michel Le Net, *Ça pique ! Secouons nos neurones*, Paris, Éditions Jean Picollec, 2017.

Jean de Maillard, *Le Rapport censuré. Critique non autorisée d'un monde déréglé*, Paris, Flammarion, 2004.

Sylvie Matelly et Carole Gomez, *Argent sale a qui profite le crime ?*, Paris, Éditions Eyrollles, 2018.

Michel Rivasi, Serge Rader, Marie-Odile Bertella-Geffroy, *Le Racket des laboratoires pharmaceutiques et comment en sortir*, Paris, Les Petits matins, 2015.

Roland Sanviti, *Essai sur la démocratie au pouvoir*, Lyon, Éditions Ediprim, 1994.

Marc Trévidic, *Qui a peur du petit méchant juge ?*, Paris, JC Lattès, 2014.

Nicolas Vescovacci et Jean-Pierre Canet, *Vincent tout-puissant*, Paris, JC Lattès, 2018.

Ils sont dans ce livre

Tout mis en examen ou non condamné définitivement a le droit d'être présumé innocent tant qu'il n'est pas déclaré coupable, conformément à la loi, par un tribunal indépendant et impartial à l'issue d'un procès public et équitable.

Pour rappel une fois de plus avec ce livre, je ne veux qu'informer le lecteur et/ou l'électeur. La première des règles que devraient s'appliquer les élus, c'est la transparence, surtout quand il s'agit d'affaires judiciaires et/ou électorales qui les concernent.

Après tout, nous sommes leur employeur et c'est notre argent qu'ils manipulent. Nous sommes en droit de savoir qui ils sont et ce qu'ils font.

ALI Ramlati (Mayotte – 976)
Députée de Mayotte
ADAM Lénaïck (Guyane – 973)
Député
ADOLPHE Francis (Vaucluse – 84)
Maire de Carpentras
BANSARD Jean-Pierre
Sénateur des français à l'étranger
BAIL Romain (Calvados – 14),
Maire de Ouistreham
BAY Nicolas (Normandie)
Conseiller régional
BERGER Gérard (Haute-Savoie – 74)
Maire de Morzine-Avoriaz

BETHERMAT Yannick (Val-d'Oise – 95)
Ex-maire adjoint à Pontoise
BREHU Loïc (Eure-et-Loir – 28)
Ex-conseiller municipal de Chartres, ex-vice-président de Chartres Métropole
CÉSAR Jean-Claude (Haute-Garonne – 31)
Maire de Marquefave
CHADOEUF-HOEBEKE Thomas (Rhône – 69)
Ex-maire de Tarare
CHATELARD Jean (Gard – 30)
Ancien maire de Mars
COLLIN Yvon (Tarn-et-Garonne – 82)
Sénateur
CUZOU Gilbert (Seine-et-Marne – 77)
Conseiller régional d'Île-de-France
DEDIEU Étienne (Ariège – 09)
Maire de Saint-Lizier
DENAIS Jean (Haute–Savoie – 74)
Maire de Thonon
DOUCÈDE Patrick (Haute-Garonne – 31)
Exmaire de Ponlat-Taillebourg
DUTHEIL Didier (Lot-et-Garonne – 47)
Maire adjoint de Marmande
EL GUERRAB M'jid
Député de la 9e circonscription des Français de l'étranger
FAKIRI Aberahama (Polynésie française – 987)
Ex-maire de Tematangi
GASSAMA Machiré (Essonne – 91)
1er adjoint à la mairie de Saintry-sur-Seine
GOLLNISCH Bruno (circonscription Est)
Député européen
GUÉANT Claude (Paris – 75)
Ex-ministre de l'Intérieur
JACARIA Véronique (Guyane – 973)
Maire de la commune de Saint-Élie

JOISSAINS Maryse (Bouches-du-Rhône – 13)
Ex-députée, maire d'Aix-en-Provence
JOURDAIN Bernard (Deux-Sèvres – 79)
Ex-conseiller municipal de Niort
LABAUNE Patrick (Drôme – 26)
Conseiller départemental
LAMBERT Éric (Charente – 16)
Maire adjoint de Bellevigne, maire délégué de Malaville
LEDRAN André (Calvados – 14)
Ex-maire de Ouistreham
Mairie de Buironfosse (Aisne – 02)
Ex-premier adjoint
MANGIAPAN Jean-Pierre (Alpes-Maritimes – 06)
Conseiller municipal de Villefranche-sur-Mer
MARTIN Didier (Côte-d'Or – 21)
Député, adjoint au maire de Dijon
MIALHE Bernard (Gard – 30)
Maire de Vézénobres
MIVEL Jean-Louis (Haute-Savoie – 74)
Maire de Cluses, vice-président du conseil départemental
MOLINIÉ Louis (Guadeloupe – 971)
Ex-maire de Terre-du-Haut, ex-conseiller régional, ex-conseiller communautaire
NAVARRO Robert (Hérault – 34)
Sénateur de l'Hérault, ex-vice-président du conseil régional de Languedoc-Roussillon
NICOLLE Jean-Marc (Val-de-Marne – 94)
Maire du Kremlin-Bicêtre.
O'PETIT Claire (Eure – 27)
Députée
PELLETANT François (Essonne – 91)
Maire de Linas
PEMEZEC Philippe (Hauts-de-Seine – 92)
Maire du Plessis-Robinson, sénateur
PETIT Marc (Puy-de-Dôme – 63)
Maire de Firminy

PHINÉRA-HORT Marie-Laure (Guyane – 973)
Maire de Cayenne
POINSOT Serge (Essonne – 91)
Maire de Vigneux-sur-Seine
RATTINASSAMY Jean-Claude (Polynésie française – 987)
Ex-adjoint au maire de Fakarava
REVALOR Ansiau **(**Hérault – 34 **)**
Conseiller municipal de Pézenas
RIES Roland (Bas-Rhin – 67)
Maire de Strasbourg
ROBERT Thierry (La Réunion – 974)
Ex-député
ROCHE Jean-Luc (Rhône – 69)
Conseiller municipal de Tarare
SARKOZY Nicolas »
Ancien président de la République
SIECZKOWSKI-SAMIER Stéphane (Pas-de-Calais – 59)
Maire d'Hesdin
SOLÈRE Thierry (Hauts-de-Seine – 92)
Député
TIAN Dominique (Bouches-du-Rhône – 13)
1er adjoint mairie de Marseille
TRICOCHE Michel (Charente – 16)
Maire de Ruelle-sur-Touvre
TRINQUIER Richard (Essonne – 91)
Maire de Wissous
URVOAS Jean-Jacques
Ex-ministre de la Justice
VAIRAAROA Howard (Polynésie Française – 987**)**
Ex-maire de Fakarava
VIGNAUD Thierry (Rhône – 69)
Adjoint à Vénissieux`
VOGEL-SINGER Alain **(**Hérault – 34 **)**
Maire de Pézenas

WEBER Gilbert (Moselle – 57)
Maire de L'Hôpital, vice-président de la Communauté de communes du Pays naborien
WOERTH Éric (Oise – 60)
Ancien ministre du budget, député, président de la commission des Finances de l'Assemblée nationale

Avec le soutien de

btlv
DONNER DU SENS A SA VIE

Composition :
L'atelier des glyphes

Achevé d'imprimer en septembre 2018
sur les presses de la Nouvelle Imprimerie Laballery
58500 Clamecy
Dépôt légal : septembre 2018
N° d'impression : 808326

Imprimé en France

La Nouvelle Imprimerie Laballery est titulaire de la marque Imprim'Vert®